〖中华诗词存稿·名家专辑〗

中华诗词学会 编

中国现代诗词选

词卷（下）

刘梦芙 选编

中国书籍出版社
China Book Press

图书在版编目（CIP）数据

中国现代诗词选 . 4, 词卷 . 下 / 刘梦芙选编 . ——
北京 : 中国书籍出版社 , 2020.10
（中华诗词存稿）
ISBN 978-7-5068-7980-4

Ⅰ . ①中… Ⅱ . ①刘… Ⅲ . ①词（文学）—作品集—中
国—现代 Ⅳ . ① I226

中国版本图书馆 CIP 数据核字 (2020) 第 169323 号

中国现代诗词选 · 词卷（下）

刘梦芙 选编

责任编辑	李国永
责任印制	孙马飞　马　芝
封面设计	采薇阁
出版发行	中国书籍出版社
地　　址	北京市丰台区三路居路 97 号（邮编：100073）
电　　话	(010) 52257143（总编室）　(010) 52257140（发行部）
电子邮箱	eo@chinabp.com.cn
经　　销	全国新华书店
印　　刷	北京虎彩文化传播有限公司
开　　本	710 毫米 × 1000 毫米　1/16
字　　数	447 千字
印　　张	41
版　　次	2020 年 11 月第 1 版　2020 年 11 月第 1 次印刷
书　　号	ISBN 978-7-5068-7980-4
定　　价	1698.00 元（全 4 册）

目　　录

词人生卒年不详者，以姓氏笔画为序

女词人以生卒年先后为序

女词人生卒年不详者，以姓氏笔画为序

曾希颖

（1903——1985），号了庵，又号思堂，名广隽，以字行。原籍山东武城，世居广州。少年以诗名，与熊润桐、佟绍弼、余心一、李履庵号称"南园今五子"。早岁游学欧洲，习政治军事，抱负甚弘，而归国后际遇迍蹇，抑郁不得志。移居香港，教授上庠，从游诸生皆推为名师，诗书画三艺俱负盛誉。著作多散佚，身后由其门人董理诗词剩稿，辑为《潮音阁诗词》存世。

碧牡丹·红棉

恨满双螺髻，闲冷孤鸯被。残霸宫魂，借问清明归未？炫眼繁红，销客床筝泪。越台高处曾倚。　　漫回睇、点检身外事。絮卷夕阳荒水。词笔春风，瘁到西园连理（少日曾赋西园酒家连理木棉，应征获选）。寂寞尊前，恨寸笺谁寄？羁魂鹃又惊起。

烛影摇红

红棉谱就，感既未阑，璞翁邀集翠阁选茗谈词，爰再拈此解并和碧城。

日盖霞标，台高曾引攀天意。今如飘絮懒回头，谁共春风醉？万感银壶未洗。任销磨、英姿霸气。海尘迷梦，边角呼愁，人间何世？　　小约黄昏，琐窗闲坐深环翠。水边烛影漫摇红，盘蜡添鲛泪。细认香罗绣字。怕凄凉、年时无此。骈舻蛮府，赓社南园，故花应记。

浣溪沙

岭外词源一脉留，瓣香心许有千秋。忆江南馆海绡楼。　　要悟声家严片玉，好从师法问常州。绵绵神理待探求。

齐天乐·重阳

闲情未放低吟了，层台更登高处。藐世词仙，逃名赋客，可有人天俦侣？依然客土。算命酒琼筵，唾香帘户。错认当时，纵吟狂啸傲今古。　　休将前事细数。梦缘争易短，思旧情绪。蛮岛援琴，珠流入海，身世伊谁吩咐？笺愁无句。算强寄清欢，怕翻残谱。莫诩山楼，去天能尺五。

鹧鸪天

一片涟漪影太清，扁舟犯雨若为情。死生人约徒心许，离合神光记目成。　　停玉盏，倚云屏，如何梦里不分明。那须弱水量蓬岛，终负青鸾住碧城。

摸鱼儿·过忏庵故居

睥高丘、去来人事，斜阳还挂苍牖。空亭影树新添叶，转眼绿荫时候。延伫久。悄一似、到门题凤还依旧。沉思易瘦。叹三变新腔，四明涩体，不是等闲有。　　残客泪、重洒神州沉后，南园凋尽蒲柳。高楼早断笙歌梦，说甚樊蛮腰口。尘驻否？待消遣、吟边乐事寻冰藕。词场散又。纵玉笛飞梅，锦船叠鼓，独自忍呼酒。

高阳台·春尽和伯端

　　载酒车回，探芳屐倦，孤怀无奈春何。旧社鸥盟，几曾梦断清歌？秦筝绣屋闲尊俎，甚回头、邈隔山河。忍词题，玉笴埋云，罗袜凌波。　　百年俯仰无长策，剩曲身卷蠹，醒眼更罋。似水东风，海涯忽又经过。今宵暝踏蘼芜路，问何人、含睇崇阿？伫低徊，语咽残钟，影翳幽萝。

聂绀弩

（1903——1986），湖北京山人。曾任人民文学出版社副总编辑兼古典文学部主任。有《散宜生诗》及散文、杂文、小说等多种著作。

浣溪沙·萧红墓

浅水湾头浪未平，秃柯树上鸟嘤鸣。海涯时有缕云生。　　欲把繁花为锦绣，已伤冻雨过清明。琴台曲老不堪听。

[编者按] 聂氏与荒芜、杨宪益、黄苗子诸家共开当代杂文诗流派，嬉笑怒骂，笔锋辛辣。词则非其所长，录存一首。

陈荆鸿

（1903——1993），号蕴庐，广东顺德人。寓居香港，曾任报社总编辑、社长及各大专院校教授、系主任。工书画。有《蕴庐诗草》《蕴庐诗馀》《独漉堂诗笺释》《诗学论丛》等。

河　传

前路，微步。晚风轻，寒食飞花满城。玉壶买春还独倾，销凝，酒边无限情。　　望断浮云天际外，人不在，丘陇青青改。杜鹃啼，归未归。水西，柳腰应十围。

芰荷香·香海泛舟

晚风微。正高荷欲睡，倦鸟群飞。放怀孤寄，兰桡且任徘徊。屯门一发，悄无言、犹绾斜晖。炎徼外、翠绕珠围。人方蚁梦，地岂桃溪？　　藐是流离岁月，叹雷池咫尺，世事多违。路穷舟楫，庾郎词赋堪悲。两三灯火，渐隔江、烟树凄迷。回首处、寂寂畦篱。天低云重，山异城非。

一剪梅

九龙山岭间盛产异种杜鹃，枝干槎枒，丛花不叶，土人称之为石梅。岂宋台官富，绵绵此恨，春尽花魂，犹恋石耶？为赋此解。

天水茫茫接杳冥。望断零丁，凄绝冬青。二王村外旧冈陵。啼彻鹃声，落尽梅英。　　帝子心魂若有情。隐约鸾铃，踯躅云屏。可怜春梦唤难醒。如此江城，几换阴晴。

菩萨蛮·深春

碧天无际沧波绿，帘钩闲卷湘江竹。一枕梦难求，斜晖半上楼。　　欲寻冥想处，又逐炉烟去。悄立海棠阴，明朝春更深。

钟敬文

（1903——2001），广东海丰人。曾任北京师范大学中文系教授。有《天风海涛室诗词钞》等。

念奴娇·题瘦石所藏朱彝尊《梧月词序》墨迹卷子

饥驱人去，信轮蹄、踏遍雁门羊石。故国故家零落尽，忍对铜驼荆棘。覆楚东瓯，椎秦博浪，一念缠胸臆。胥涛如吼，古今悲恨同激。　　多事章奏推贤，大廷呈艺，博得金门籍。赐第赐餐承雨露，腾笑歌诗成集。志士缁衣，故人碧血，往事宁堪忆？移家愿杳，人间留此残墨。

吴其昌

（1904——1944），字子馨，浙江海宁人。清华大学研究院毕业。历任清华大学历史系讲师，武汉大学历史系教授、系主任。著有《殷墟书契解诂》《金文氏族疏证》《金文世族谱》《金文名象疏证》及《抱香楼诗词》等。

浣溪沙·客苏有感

春尽江南易断魂，小楼寒雨此心温。为谁伫立到黄昏。　　芳草何须寻旧梦，香车遮莫认前尘。十年情重一轻颦。

减字木兰花·黄鹤楼放歌

风前雪涕，脚底大江东去水。莫倚危栏，栏外青青无数山。　　登临纵目，万里川原正寥廓。肠断天涯，独立城头听暮笳。

鹧鸪天

涕泪乾坤剩一身，草堂修竹倚斜曛。凄凉庭院苔痕碧，创艾神州血渍新。　　蒲芽白，柳烟昏，浣花溪水绿环门。锦官城外春三月，臣甫重来拜帝魂。

鹧鸪天·葛岭避暑

万里觚棱百不谐，依然流泊作生涯。静听秋籁惊尘梦，倦息家山当母怀。　　搴薜荔，席崔嵬，望中杜若认低徊。微波木叶西风远，卧看平湖浸月开。

踏莎行·病中闻蝉

暗叶迟云，修柯挹露，深烟浓翠沉沉处。繁歌如雨咽斜阳，斜阳没了却无语。　　冷透罗帏，寒凋碧树，凄凉哀怨声如缕。可怜已是不胜情，如何更禁风和雨。

临江仙·威海卫青岛舟中晚望

新碧柔蓝烟拥水，茫茫绿上行舟。凄迷一发认神州。疏疏青数点，远屿没沙鸥。　　零落晚霞连又断，天涯伴我飘流。销魂都是在层楼。斜阳红似梦，天际落轻愁。

浦江清

（1904——1957），字君练，江苏松江人。历任清华大学、西南联大、北京大学教授。有《浦江清文录》《杜甫诗选》等。

满江红·台城怀古，步萨都剌韵

六代江山，凭眺处、沙鸥栖息。叹一片、榛芜荒秽，繁华非昔。古埭鸡鸣依旧是，南朝燕子曾相识。最凄凉、萧寺独凭高，悲风急。　　台上柳，和愁织。台下井，伤心迹。有明湖十里，寒波落日。冷荻秋弹词客泪，孤篷静伴斜阳泣。莽西风、一雁过城楼，长天碧。

百字令

清华园北院叶公超先生重阳看菊茶席上赋。同席有朱佩弦、陈仲贤、蔡贞芳诸君。

西园俊约，恰风风雨雨，重阳时节。一径萧疏衰柳外，苦恨芳菲都歇。湿翠依栏，嫩黄绕阁，此际花明灭。暗香凝处，伶俜来往寒蝶。　　难得钿碧芳车，为花久驻，同把秋怀说。占席分茶新韵事，谁谱关山旧阕。远浦烟迷，平林叶老，客梦云千叠。隔帘愁听，潇潇声里秋别。

（1930 年）

齐天乐

东风遍绿垂杨柳，芳草最怜人意。客梦莺呼，吟情燕惜，栏角池平春水。红梅似洗。看两树胭脂，对凝妆泪。谁借银灯，琼筵一夜赌诗思。　　主人频劝酌酒，道醉来莫问，今是何世。鹃血关河，笳声草木，愁杀江南游子。天涯倦矣。怕酒入愁肠，更添憔悴。独掩芳尊，销魂花影里。（吴宓教授欧游回清华园，夜宴玉梅下，作者、俞平伯、叶石荪等应邀，席间赋此。）

（1932 年）

菩萨蛮（三首）

（一）

去年记得花时候，深深深把伊人手。相约碧湖边，看花微雨天。　　丁香花最好，风度将花绕。不恨在天涯，相怜恰是家。

（二）

而今旧梦抛人去，流莺不劝流光驻。湖水照人哀，丁香花又开。　　花开还似旧，只是人消瘦。消息问东风，夕阳无语红。

（三）

登楼不是当年意，杨花那惜人憔悴？点点复团团，扑来帘幕寒。 　栏杆成独倚，冥想浮天际。明月照流波，相思恨最多。

（1933 年）

水龙吟·呈微昭并简宛春

匆匆聚散申滨，江山如此同萍寄。天涯倦羽，商量不定，欲归无计。故国莺花，浮生堪念，悲笳声里。但看君点染，烟霞满眼，可真有，桃源地？ 　一曲骊歌宫徵。向扁舟、月明千里。征程杳渺，栖迟哀怨，两般滋味。珍重灯前，忧愁风雨，莫轻憔悴。待他时剪韭，笑呼儿女，认桑田泪。

（1942 年）

踏莎行·和公权先生

万里燕云，长江楚水，几年梦比愁难至。男儿意气在边州，看花莫下英雄泪。　　霹雳弦惊，飞霜剑擘，貔貅一扫浑闲事。从来吴越论兴亡，其间那得商量地！

千荷叶

乍相逢，恨匆匆，临去秋相送。两情通，不言中。丁香细雨海棠风，播下了相思种。　　凭栏望，雨潇潇，帘外东风峭。酒魂消，雁迢遥，飞红点点乱春潮，客梦屏山绕。

胡景苹

（1904——1965），名应钟，号兆鸣，以字行。广东鹤山人。早年执教香港汉文师范，日寇犯港，回乡参与后方建设工作。日降后，重来港岛，与高剑父昆仲、陈树人、鲍少游等交游，卒于港中。有《胡景苹遗集》。

满江红·过锦城怀杜老

山水无多，枉负汝平生行迹。须到处、青铜三百，残杯冷炙。老去尚为严武客，谪来本自陈芳国。悔以前轻叩富儿门，头先白。　诗纵好，狂堪惜。才甚大，言皆逆。况无端倚醉，偶然呵叱。或许先生如稷契，谁知此事论胸臆。问海棠今日也无聊，空佳色。

摸鱼儿·归舟

喜沧江夜来烟雨，平堤绿涨如许。青山几叠无多远，家近板桥西路。堤畔树。总笑我、年年载酒时来去。被谁留住。算不怕金铃，独摇塔上，幽咽自传语。　凭听取、明日颠风断渡，水程忍负佳处？布帆收拾欣无恙，挂起乱霞千缕。君莫絮。看绉縠春波，迎棹堪停驻。尽销吟绪。料便到前村，半逢斜日，庭院未迟暮。

减字木兰花·觅句

初消宿酒，自向前阶闲负手。踏遍花阴，检得清秋昨夜心。　　星辰依旧，人似画楼西畔否？惆怅如今，只恨寒杯不肯深。

满江红·秋感

细雨吹寒，谁画就一天骚屑？凝望处、茫茫废垒，暮笳声咽。野火烧馀蝼蚁宅，荒郊据稳狐狸穴。付何人、搔首赋芜城，边风冽。　　情未了，残阳没。愁未断，飞灰劫。叹伤心万古，山河瓯脱。云物岂能穷病眼，霜华总易欺蓬发。待宵来、携酒向层楼，呼明月。

卢鼎公

（1904——1979），名鼎，又名燮坤，以字行。广东东官人。毕生从事教育，善书画，尤精金石。有《燕归馆词》《学诗偶得》《鼎公画论》《书画篆刻杂谈》《帖考》等。

念奴娇·读天任惜盆栽词，凄然欲绝，依韵继声

吟笺消息，似秋夜、客馆虫声凄咽。盆浅泥硗清露少，早料芳菲凋歇。门掩词心，寒侵蝶梦，欲恐梅魂怯。枯根长守，此情今古难说。　　曾记伴读西窗，琴樽无语，帘卷阴晴月。不恨春光容易过，只恨春将愁结。草木萦情，江河成泪，未抵相思切。岁华催腊，故家如许风雪。

迈陂塘

南海词人张纫诗女史，一日摩挲旧籍，爪痕宛然。感慨系之，属赋。

廿年来、贝编三绝，摩挲谁记千遍。纤纤牙月微痕在，刻画旧愁深浅。尘虑遣。爱酒后茶前，镇日相厮见。珠帘不卷。暂摒挡函囊，丹黄甲乙，瘦影一灯伴。　　浑无事、咫尺关河梦远。天涯客馆人倦。青鸾但照长眉绿，料正懒拈针线。呵笔砚。待拾叶题秋，又怯梧桐院。推窗掩卷。是万里情怀，孤帆风月，弹指海桑变。

徐 行

（1904——1984），字绿蘅，浙江温岭人。厦门大学中文系毕业。长期从事教育工作。有《双樱楼诗稿》《双樱楼词稿》。

桂枝香·登丹崖山

明华水木。趁小雨初晴，高处闲瞩。芒屩莎边湿透，翠岚如沐。人传仙去丹泉冷，但还留、白云祠屋。独凭栏杆，松涛送响，鸦鸢相逐。　　念十载风尘碌碌。对故国溪山，难忘荣辱。踏过烟霞深处，采薇盈掬。六朝人物风流远，笑书生、偏爱幽独。出山回首，斜阳谁写，葛洪高躅。

高阳台

雨霁遥空，风生野陌，弯腰弱柳吹绵。过了清明，几家门掩春寒。菰蒲溪上沙痕涨，溯溪流、渐入莎湾。最堪怜，一坞风篁，万叠烟峦。　　重来猿鹤多无恙，只画堂尘暗，石砌苔斑。双岫无言，梨花零落东栏。溪山茗碗闲风月，记深深、曾与盘桓。更凄然，楼外斜阳，竹外啼鹃。

百字令·重过天台用龚定庵韵

　　征车十月，正繁霜红染，天台千树。猿鹤相逢皆旧识，溪上留侬小住。华顶峰高，国清钟冷，一塔支云古。城南诗老，秋风吹送黄土。　　还过旧日长桥，闲花野草，夹岸纷无数。几处屐痕都觅遍，记否当年羁旅？鸥鹭浮沉，风帆婀娜，依旧来和去。斜阳催客，赤城霞起重曙。

翠楼吟

　　曲沼残荷，平林乱叶，偏多故国秋思。无边春色好，奈弹指、繁华消逝。层楼迢递。看大野云昏，长河波起。闲诗意。一齐分付，野鸥流水。　　底事。帆卸江潮，又万愁千恨，水云乡里。浊醪消不得，只深夜，疏桐空倚。斜阳身世。叹落寞生涯，飘零滋味。人憔悴。半庭衰草，晚风吹泪。

鹧鸪天

北郭孤村抱碧流，东风时送竹间鸠。弥天细雨浑如梦，满院轻寒却似秋。　　临古渡，断盟鸥，人间无计可消愁。禁烟又过清明也，零乱梨花卧小楼。

摸鱼儿·用陈兰甫韵

海东头、青山三面，平畴弥望千顷。沿流半是新栽桔，十里波平如镜。风色定。有料理归航，婀娜蒲帆影。蘅皋渐暝。看远岫烟生，菰蒲风起，落日短衣冷。　　长桥外、独自徘徊翠径，一筇心事谁省？年来多病诗情减，也懒亲朋投赠。丘壑性。念采菊东篱，啸傲居人境。当前画帧。正藕叶吹香，沙鸥入梦，眉月掩孤艇。

缪 钺

（1904——1995），字彦威，江苏溧阳人。北京大学文科肄业。历任河南大学、广州学海书院、浙江大学、华西大学中文系教授，四川大学历史系教授，博士研究生导师。著有《元遗山年谱汇纂》《诗词散论》《读史存稿》《杜牧年谱》《冰茧庵丛稿》《冰茧庵序跋辑存》《冰茧庵剩稿》《冰茧庵诗词稿》等，与叶嘉莹合著《灵溪词说》《词学古今谈》。

踏莎行·庚午九月感时事赋

双鲤初回，飞鸿又倩，当年旧约难寻省。天涯消息尚沉沉，夜阑立尽梧桐景。　　月色才移，虫吟乍定，小园深闭重门静。西风故意惹人愁，乱吹败叶飘金井。

（1930 年）

念奴娇·偕薛孝宽南海泛舟

琼华太液，正澄明百顷，更无风雨。水殿云房三十六，金碧觚棱如故。帝子无家，池波空渌，短梦移今古。斜阳虽老，愁痕犹挂烟树。　　常是梦落江湖，幽燕倦旅，无计成归去。摇荡扁舟轻一叶，且向中流容与。高柳吹凉，冷香催句，欲共荷花住。凭君记取，石盟休负鸥鹭。

鹧鸪天

壬申岁暮，日寇西侵，幽燕告警。胡生厚宣、王生鑫章自北京大学辍学南归，途经保定，凄然话别。

无语相看意更悲，初逢又是别离时。乱来难得常相见，别后沉吟各自知。　车待发，泪先垂，北风一夜转凄其。君看冰雪无边白，明岁花开未有期。

（1933 年）

念奴娇

癸酉初夏，余以事至北平，时值胡骑冯陵，都人惶恐。两月之后，重复北来，势异时移，不胜凄黯。适张孟劬先生出示《槐居唱和诗》，记事哀时，无愧诗史。感赋此阕，并呈孟劬先生。

江山如此，听几声啼鴂，乱愁难醒。匝地胡尘迷紫塞，膻雨腥风无定。劫后残棋，微时故剑（用孟劬先生句意），此意谁能省？灵均虽老，独馀词笔哀郢。　两月流水光阴，神京重到，举目悲风景。乔木也知人世换，都共斜阳凄暝。瓦黯觚棱，波沉太液，中有沧桑影。金瓯残碎，待看何日重整？

摸鱼儿

倚危栏、汉京西北，青山遮目如许。流潮夜打孤城冷，别有怨声难谱。空自觑。更不见垂杨（广州无柳），怎系残春住？断红流去。剩蝶翅沾香，蜂须惹粉，争向客前舞。　　金盘泪、空对烟江野鹜，愁人惟是风雨。共工不惜天维折，纵有女娲难补。今已误。问重过金城，柳似当年否？雍琴莫抚。怕弹到兴亡，台倾池坏，掩泣更无语。

齐天乐

余居保定，每值芳春佳日，辄约诸友清游。竭来岭表，阴雨愁人，闻隔户乐声，感念旧踪，悲吟成调。

湿云低压天如梦，春光可怜偷换。雨织繁丝，花凄冷泪，愁损雕梁双燕。俊怀已倦。任小阁尘凝，夜炉香断。久客平阳，更堪闻笛动羁怨。　　故人云树念我，屋梁斜月落，飞梦天半。倚石寻诗，停萝载酒，多少清游池馆。豪情未款。怕一霎惊风，嫩红先变。纵得归时，绿阴鸦噪晚。

念奴娇

寄友人沪上，时余自保定违难开封，而沪战方起也。

　　羯胡无赖，又群飞海水，欲倾天柱。十六燕云瓯脱地，赢得伤心无数。杜甫麻鞋，管宁皂帽，萧瑟兰成赋。凉飙惊起，晚花开落谁主？　　闻道佳丽东南，玄黄龙血，一掷成孤注。地变天荒心未折，薪胆终身相付。玉貌围城，哀时词客，健笔蛟龙怒。江干烽火，几回相望云树。

1937 年

齐天乐

乱离避地，又值重阳，阴雨经旬，倍增烦损。时客信阳。

　　昏昏阴气迷清昼，孤城雨声凄断。木落惊寒，蛩啼怨别，多少羁怀零乱。青山照眼。奈流潦妨车，湿云封巘。古寺幽花，只应唯向梦中见（信阳城西六里许，有贤首山，山中景物，略似北平香山）。　　胡尘犹未净洗，故园今日菊，凉露增泫。玉液持螯，霜风落帽，争觅当年游伴？凭栏念远。正骨肉他乡，山河殊甸。愁绝秋宵，暗空时过雁。

石州慢·丧乱弥载，流转蜀中，感事怀人，漫成此解

远翠横峦，薄雾掩林，弥望萧屑。娟娟秋蕙当门，莫便冷风先折。残阳敛照，忍看破碎江山，泻愁不尽涛声咽。呼唤怕登临，有花开如血。　　凄绝。芳情溥露，嘉会惊飙，顿嗟轻别。玉管新词，几度花阴吹彻。而今飘荡，夜夜听雨巴山，何时重向灯前说？只恐再相逢，异当年明月。

鹧鸪天·蜀黔道中

叠嶂层峦接远天，飙轮盘曲似惊湍。千金遑论垂堂戒，九折初尝行路难。　　乌水渡，大娄关，车行时在白云间。此生不为逢离乱，争得天涯饱看山？

鹧鸪天

弘度依原调见和小桃词，再赋一首奉答。

　　画阁珠帘舞锦茵，海风吹下溷流尘。相逢同是天涯客，休说玄都观里人。　　花已谢，叶犹新，不愁无地可逃秦。却怜碧海持鲸手，来写遐荒一树春。

清平乐

　　小园风絮，犹记临歧语。花落花开年一度，赢得伤心无数。　　梦云深锁楼台，东风无赖重来。若是依然凋谢，从今莫令花开。

玉楼春

　　萋萋已遍天涯路，直北长安遮远雾。瘴花无俚带愁开，凉月有情将梦去。　　山河举目皆非故，客里清明惊几度。春来何处听流莺，剩有柳条依旧舞。

一萼红·子植自重庆来宜山，离乱相逢，话旧增慨

瘴云深。叹相逢岭徼，村屋活秋霖。零泪移盘，藏舟去壑，愁对天际遥岑。更多少风吹梦断，独客久、辜负赏花心。照眼孤馨，堕泥飞絮，斟酌幽襟。　　琼岛碧荷千顷，恐从君去后，柳老烟沉。宝笈无凭，尊彝谁托，消息难问来禽（君旧任北京图书馆金石部主任）。记曾共、寻春载酒，想如今芳树已成荫。试听墙边乱蛩，只有凄音。

鹧鸪天·贵阳候车，七日不得

独出踽踽何所之，闭门枯坐益成痴。未知行路难如此，始信人生有许悲。　　重怅惘，转凄迷，而今事事负心期。算来只有寒灯烬，无语相看似旧时。

水调歌头

圆月向人好，天地为谁开？几看一笑相语，今夕两无猜。我欲乘风仙去，化作月华如练，流影入君怀。一点分明水，半点不尘埃。　　人间事，欢未毕，又生哀。不知天上花发，蝴蝶可常来？此夜庭前芳迹，若使明朝重到，恐已长青苔。翠袖倚栏处，修竹尚须栽。

浣溪沙

哀乐当前未易寻，转凭追念认初心。晕霞低黛一沉吟。　　荷气袭人香欲醉，竹风散雨晚犹阴。留将他日忆而今。

浣溪沙

烟雨秋心冷自知，自君去后更无诗。山间红叶渐辞枝。　　千里滇云迷远目，数行小字寄新词。昨宵风露立多时。

念奴娇

1935年冬，余居广州，赏梅萝冈。抗战军兴，转徙粤西黔北。偶睹一两株，楚楚可怜。1946年，揭来成都，广益学舍，梅花盛开，感念旧踪，因赋此解。

疏红艳白，倚危崖、曾赏环山千树。匝地胡尘迷海暗，蔓草沾衣多露。灵琐交疏，星槎路断，哀绝江南赋。仙云娇好，除非魂梦相遇。　　谁料十载栖栖，天涯重见，玉蕊还如故。未许寒风吹便落，轻逐江波流去。月影浮香，霜华侵袂，且共殷勤语。孖人凄怨，待教裁入诗句。

鹧鸪天

铅椠相亲枉费才，唯凭无益遣生涯。境如池草春还变，心似霜花冷不开。　增怅惘，转低徊，层波一逝不重来。人间多少穷途恸，岂独回车事可哀。

踏莎行

梦起犹迷，窗明欲曙，层阴黯淡还如许。篱边丛绿渐凋残，人间何地无霜露。　忧与生来，欢随水注，凄凄难觅安排处。寒鸦羡汝独翛然，飞鸣自向云中去。

常任侠

（1904——1996），安徽颍上人。1928 年入南京国立中央大学文学院，1931 年毕业后留校任教。1935 年赴日本东京帝国大学，研究东方艺术史。1936 年底返国，继续执教于中央大学。1937年至重庆，历任四川省立教育学院、国立艺专、昆明国立东方语专、国立北平艺专诸校教授。1945 年曾应印度泰戈尔大学之聘为教授。建国后，先后任北京大学、北京师范大学、佛教学院教授，中央美术学院教授兼图书馆馆长。有《中国古典艺术》、《中印艺术因缘》《汉画艺术研究》《印度的文明》《日本绘画史》等论著、译著及新诗集、南北曲集凡二十馀种，诗词有《红百合诗集》。

鹧鸪天·为关露作（二首）

（一）

银汉兴波未许填，可应决绝更情牵。疏帘雕玉魂摇押，密字真珠泪满笺。　　人寂寂，雨绵绵，有花枝处有秋千。罗衫不耐春阴薄，开尽荼蘼似去年。

（二）

踯躅花前泪满衣，晚霞啼处怅春归。妆成玉镜窥蛾瘦，弹罢银筝怨雁飞。　　风动烛，月侵帏，小红楼外绿荫肥。沉香火细天涯近，未必相思寸寸灰。

（1934 年）

虞美人

寻芳不过横塘路，细雨帘栊暮。欲凭燕子话春愁，何处片帆天际识归舟？　　醒来水阔潇湘远，梁燕飞双剪。红墙西去即银河，不道人间天上总风波。

卢　前

（1905——1951），字冀野，号须红，江苏江宁（今南京）人。1921年入东南大学，受业于吴梅。毕业后，历任金陵、金华、成都、河南、中央、中山、暨南等大学教授。抗战胜利后，任江苏通志馆馆长。有《红冰词集》《明清戏曲史》《曲话丛钞》等。

凤凰台上忆吹箫·过西城凤游寺怀李供奉

晋代衣冠，吴宫花草，算来多少春秋。认三山天外，二水分流。白鹭洲边吊古，人已远、凤也难留。重临处，雁归桃渡，星点瓜洲。　　凝眸。断霞错绮，天际望江陵，千里悠悠。念举杯明月，散发扁舟。且浪说、骑鲸往事，乘风去、好自遨游。猿啼岸，千帆过尽，负手江头。

水调歌头

紫老归来，自伤迟暮。念其少日声华，浮沉宦海，都如梦寐。余感其言，谱成此解，本东山台城游体，并依四声。

乔木绕荒井，夕照下长亭。前游重省，碧纱笼句最关情。犹记东方千乘，撇却陶家三径，孤负故园盟。争解罗襕冷，不似老书生。　　更何年，闲瀹茗，剔银灯。旧时优孟，如今应自换猩屏。吟过云林新咏，还唱归田小令，垂老莫聪明。才有莼鲈兴，双鬓已星星。

沁园春·晨偕东野携侃儿游玄武湖

几日商量，且自抛书，向湖上来。趁拂凉初晓，朝阳未起；飙轮疾走，如挟风雷。弟谓晴湖，晨游最好，百亩莲花一夜开。出城后，果碧荷满眼，锦绣千堆。　　当年我寓南斋，自日日来游不计回。对钦天废阁，鸡鸣古寺，沉思往事，但觉伤怀。招手扁舟，一时容与，小饮何妨借酒杯。儿无忘，倘东头日出，切莫徘徊。

鹧鸪天（三首录二）

（一）

十字街头立足难，出门未觉世途宽。去来不尽踌躇苦，左右都成罪恶观。　　荆棘里，岂能安，明知艰险一盘桓。男儿要有刚强气，肯便随人掉首还？

（二）

世局如棋自在观，怀中有铗不须弹。能为狂士终豪杰，岂必才人尽达官。　　倾浊酒，坐蒲团，布袍大袖本来宽。十年尝遍江湖味，纵使无鱼亦可餐。

金缕曲

录少作词成，赋呈瞿安夫子，依龚定庵怀人馆词韵。

憔悴卢郎矣。算如今江东人物，疏狂谁似？倚马文章徒绮丽，覆瓿糊窗而已。还说甚中年心事。如此江山留不得，竟低头袖手风尘里。已逝者，有如水。　　少年豪气重新理。看年来、鹃啼蜀道，筑鸣燕市。壮志雄于斑斓虎，孰是人间奇士？难怪得目无余子。剑胆销尽琴心淡，耐清寒肯为蛾眉死？空盼断，东山起。

蝶恋花（三首）

（一）

镇日凝眸帘怕卷。点点残红，飞入谁家院？莫道飘零君未见，昨宵风雨停针线。　　南国烟花千万变。无定阴晴，芳约朝朝换。经醉湖山天不管，流莺空有春云怨。

（二）

芳草天涯犹似昨。未老韦郎，依旧成飘泊。如此江山原不恶，归来恐化辽东鹤。　　陌上花开春有约。杨柳千条，还是依城郭。寒到湘楼杯酒薄，不须浪说还京乐。

（三）

一种蛾眉何处认。月到初弦，蝶去无芳信。今日西园重过问，东风吹起桃花阵。　　拼得相思红泪损。莺燕楼台，容易韶华尽。闲倚阑干多少恨，无端又是黄昏近。

淡黄柳·咏寒山，限"质、职"韵

西楼一角，犹弄伤心碧。不见图中驴背客。看到斜阳淡淡，遥想倪迂旧颜色。　　朔风急，残鸦半天黑。望村落晚烟，直恨钟声，阁住疏林隙。野寺归来，四桥回首，应有梅花信息。

八声甘州·题《讱庵填词图》

数南来断雁写遥天，不知几人归。到无多好景，斜阳催暝，冷换荷衣。清梦西风俱老，吹泪付乌啼。一发青山远，入眼还非。　　莫念蓬莱婀娜，叹平生踪迹，沤梦都疑。夜商弦独响，霜鬓苦成丝。幻蜃楼沉沉海市，算廿年弹指已堪悲。千秋事，托逋仙笔，寄我相思。

陈运彰

（1905——1955），字蒙庵，广东潮阳人。曾从况周颐学词。历任之江学院、上海圣约翰大学中文系教授。有《纫芳簃词》。

鬲溪梅令

倦看蜂蝶殢墙东，数番风。莫问群芳消息有无中。落花空复红。　　别情难遣总愁侬，怕归鸿。万一书来辛苦说初逢。梦魂禁不通。

踏莎行

百五光阴，万千心事。芳菲时节人憔悴。隔年赢得独思量，明朝还惜闲红紫。　　怨掷莺梭，恨题凤纸。江南春在饧箫里。东风传烛散轻烟，无言手把重门闭。

张采庵

（1905——1991），字建白，广东番禺人。曾长期任教，退休后任广东诗词学会理事、广州诗社副社长、荔苑诗社社长。有《春树人家诗词钞》。

鹊踏枝（四首录一）

二月江城寒未解。萧瑟嵯峨，楼阁苍烟外。破帽低檐风野赖，榆钱满地还春债。　　睡起山容多笑态。一抹青痕，省识真眉黛。欲向深春求浅爱，斜阳立尽终相待。

清平乐

早莺出谷，泥我吹寒竹。时样梳妆人烂熟，作个流亡苦曲。　　凄凄不似前声，江天一月狂明。寂寞鱼龙秋冷，低眉独对倾城。

绛都春·依西麓平韵调

倭犯香瀛，仓皇绝峤。兵中与沈七节庐一别忽忽三十年矣。存亡莫晓，鳞翼难托，每念旧游，恍如隔世。深秋遥夜，寂寞怀人，写之以声，向天愁唱。

孤灯弄照，念海隅瘦影，沈七平安（沈七消削，正不减休文）。唤酒宋台，危城诗梦岂胜寒。秦筝秋入商弦雁，飘离兵火南天。劫馀生死，花焉解语，月更无言。　　记得骊驹叠唱，道君归我住，满目山川（别时见赠有"君归我住都无谓，满目山川一泫然"句）。几度夕阳，消磨残霸流年。红桑春绿人间换，相逢万一莺边。此情堪待何时，只是惘然！

生查子·新月

晚风初暝时，新月残云缝。一掐豆芽黄，曲抱团栾梦。　　梦影故模糊，昔昔元霜冻。有恨自无情，此际难为弄。

月下笛·秋怀

昨夜星辰，朝来巷陌，渐催凉意。诗人善感，离合秋心结愁字。危楼倚处风凄紧，分付与菰蒲野水。便裁成宋艳，哀蝉落叶，素商盈耳。　　今又秋天矣，早身似丹枫，饱谙霜味。中怀廓漠，倒还容得秋起。萧萧白发三千丈，算只有旧狂要理。试问取赏秋人，明日黄花放未？

念奴娇·南园见梨花

斜阳庭院，酒醒时、寂寞梨花窥户。三十六春桃李外，一树凄然无语。大士慈云，三姨素面，那识愁来处？阴阴寒夜，夜长多少风雨。　　遮莫深闭重门，高情孤梦，娈娈侵诗句。冷落只怜非世艳，怕与梅花同误。笛里红腔，歌中白发，古意休回顾。凭栏清对，几声何处啼宇。

朝中措·白莲

银塘月堕野风轻，临镜晓妆成。水陌谁歌年少？此生魂梦都清。　　圆交翠盖，并头素面，著个红蛉。休问秋风早晚，渠侬未解飘零。

壶中天·忆故山灯夕用玉田渡河韵

酥凝紫水（吾乡紫坭亦名紫水），放灯时、狂了村南村北。梳裹童娃装艳段，十样宫眉清历。火社鱼龙，灯场蝶虎，月约银街直。春声小队，踏歌多少游客。　依夕漫省前欢，春婆一笑，和梦都无迹。风露辉寒今月丽，高处嫦娥俏立。海底桑枯，人间花发，玉斧开层碧。二窗何去（谓梦窗草窗），竹丝帘外天白。

甘州·凤凰木花开时作

渐梅炎试暑动珍丛，春迹有无中。看江城宫树，贞禽羽翠，宝马缨红。一队霞冠火帔，拥旆渡长空。赤水珠光射，仙仗雍容。　冉冉花时梦影，有画楼纨扇，年少相逢。叹凉柯易老，秋客亦龙钟。忏情怀、侵寻人事，又珉羊巷陌午阴浓。新蝉唱，愿花长好，更倚南风。

百字令

　　双桥外一派荷湖。夏日翠盖浮空，远香横溢，白石所谓水佩风裳无数者也。秋老矣，偶入其中，遂觉炎凉可掬，成此。

　　野烟空阔，引湖舠、轻刺半篙残水。漫数鸳鸯三十六，拍拍凫鹭惊睡。玉面窥怀，冰丝索笑，零落闲中记。昔游如梦，败蓬难觅馀子。　　商略大士慈云，小乔香骨，一一关情思。谁唱江南长短曲，萍末萧萧风起。翠羽明珰，湘环楚佩，抛掷秋声里。愁予极目，美人相隔千里。

鹊踏枝（二首录一）

　　泛泛尖舠鱼梦水。一串珠歌，尺八西风寄。俊得松陵归棹似，萧骚心境何胜此？　　偶影低回经旧地。折取芦花，欲与相思寄。黄木湾头秋尽矣，云罗疏阔霜鸿字。

王敬身

（1905——1992），号逊翁，浙江温州人。毕业于四川复性书院。业医。有《逊翁吟稿》。

水龙吟 · 为钵水兄（苏渊雷）
题《虚堂听雨词图》即次原韵

对床旧约谁寻，虚堂又听潇潇雨。打窗声乱，拥衾愁重，捻髭吟苦。漫忆中年，客舟断雁，江昏吴楚。更石门鸟道，剑门驴背，霖铃曲，还同谱。　　欲觅阴符何处？怅闻鸡、朱颜安驻？小楼梦远，孤灯寒照，关山长路。好遣丹青，为君写出，题诗心绪。问何时重见，云开雁荡，月明庭户。

满庭芳 · 九日登松台山

江老芙蓉，池空菡萏，松间犹作涛声。夕阳如梦，无语挂山亭。多少天涯旧迹，登临处、泪逐诗倾。谁重忆、题襟紫阁，烽燧望神京。　　抚膺。当此际、千山木落，万户烟生。漫伤高怀远，老未忘情。赢得年年惆怅，征雁过、恨与云平。西风晚，海天寥廓，灯火冷秋城。

汪岳尊

　　号癯叟（1905——2003），安徽全椒人。历任全椒县医院中医科主治医师、副主任中医师、安徽省中医协会理事、安徽省书协首届名誉理事等。有《石庐诗词存》正、续集，《石庐联文存》《石庐医稿存》等。

鹧鸪天·登釜山复亭

　　一角虚亭四面风，我来闲倚曲阑东。云笼树色山排翠，日落波光水漾红。　　对美景，触忧衷，不堪北望满尘烽。倩谁直捣黄龙饮，南宋山河未许同。

汉宫春·登青溪东山

　　吹落疏梅，听做晴风院，又送鸡声。东皋曳筇试望，羁思还惊。村村红翠，看依然画出升平。倩谁剪、柳丝千缕，替缝破碎春心。　　极目家山何处，怅人间尘暗，云外天明。数尽前峰断雁，漫怨飘零。故交几辈，正磨盾、耻洗书生。应笑我、草间偷活，斜阳日日荒城。

施蛰存

（1905——2003），一名舍，别署北山，曾用笔名安华、薛蕙、李万鹤。祖籍浙江吴兴，生长于上海松江。早年就读于上海大学。曾任《新文艺》月刊、《现代》月刊、《中国文学珍本丛书》编辑，云南大学、厦门大学、暨南大学、沪江大学、华东师范大学副教授、教授，上海文史馆馆员。青年时开始文学活动与创作，并翻译外国文学。中年后转向研究古典文学与碑版文物。著述颇丰，有《上元灯》《将军的头》《梅雨之夕》《善女人的行品》《小珍集》《灯下集》《待旦录》《唐诗百话》《北山楼诗》《金石百咏》《诸史征碑录》《北山集古录》《历代词籍序跋萃编》《近代六十名家词》《花间新集》等。主编《词学》《中国近代文学大系·翻译文学》，另有译著《妇女三部曲》《今日之艺术》《波兰短篇小说集》等多种。

踏莎行·奉题子苾夫人《涉江词》

恨别神伤，哀时泪泫，银筝独奏清商怨。十年家国感兴亡，一编珠玉存文献。　　碧海情深，黄花句粲，吟边惹我愁无限。梦魂犹在乱离中，惊心不记沧桑换。

鹧鸪天·赋赠叶嘉莹女史

　　风雨神州万籁哀，阳春雅奏落蒿莱。岂期浩劫惊心过，便有清商洗耳来。　　怀故国，感天涯，白头喜见易安才。黄花俊句窥余绪，玉尺评量具鉴裁。

踏莎行·奉怀周梦庄先生兼题《海红词》

　　淮海清词，珠溪雅望，海红三卷存高唱。白头几阅市朝新，按歌琢句心犹壮。　　菊径秋香，菱花古赏，优游林下供颐养。十年我恨识荆迟，论文坐欠陪藜杖。

虞　山

（1905——？），又名虞虞山，字受言，号劲草，江苏盐城人。早年从军，任秘书，少校军衔。抗战后任文史教员。建国后任刻字工人。1979年任盐城文史资料研究委员会副主任。有《海尘词》一卷，毁于"文革"。

木兰花慢·书愤，时倭祸方殷

正漫天风雨，浑不辨、晓鸡声。恁壮岁易徂，韶颜难驻，大陆将沉。悲横。高歌斫地，念兴亡犹是匹夫心。安得三千强弩，为君射取潮平。　　曾经。飞雪压冠缨，慷慨赴边庭。看束发挥戈，能轻性命，岂重勋名。图形。凌烟何在，隔千年唯见劫灰深。一晌晚晴劝我，柳边听啭新莺。

金缕曲·和梦庄题余《剑游图》

斗室吟声起。恁乾坤、苍苍莽莽，未销兵气。自笑昂藏身七尺，空有豪情如水。枕剑匣、宵光凝紫。踏遍龙沙千万里，却递来、虚负平生技。筋与力，渐衰矣。　　恩仇了了何须记。只胸中、温磨一寸，不曾灰死。劫后亲朋零落尽，尺素凭谁远递。更恻恻、情怀难已。风雨连宵欺屋漏，奈床头沾湿无干地。搔短发，向天醉。

陈泽锽

（1905——?），又名权，号琴趣，福建福州人。福建协和
大学毕业，长期执教。建国后任上海华丰搪瓷厂副经理。有《琴
趣楼诗》。

临江仙·题兼于阁主人《梦荷图》，次紫宜韵

水佩风裳依约在，梦魂还绕天涯。人间无暑
到君家。凉生摇笔处，题句满窗纱。　　画里烟
波迷远近，舞衣低拂云斜。绿多红少衬朝霞。意
中千婉娈，绝胜一春花。

金缕曲

人哲逝世两周年，往龙华寺视灰盒，荐花一束归作。

此恨终难已。两年间、形单影只，好怀都废。
今日拈花来一荐，禁得风兼雨至。却做尽、葬花
天气。添我凄凉当如许，又奚须、更问天何意？
思往事，俱休矣。　　我生只合长无谓。已萧萧、
满头白发，自拼憔悴。泪尽还将文字续，遑恤肝
肠易碎。生与死、果何差异。万种排愁无一可，
算眼前、少待为佳耳。泉路近，非千里。

吴白匋

（1906——1992），原名征铸，以字行，号陶甫，江苏仪征人。1931年毕业于南京金陵大学。历任金陵大学、国立女子师范学院、苏南文化教育学院中文系、历史系副教授、教授，江苏省文化局副局长。退休前为南京大学中文系教授。有《凤褐庵诗词集》《热云韵语》《白石道人词小笺》《吴白匋戏曲论文集》及戏曲剧本多种。

踏莎行·题郑大鹤词扇

吹泪吴箫，感音燕笛，承平公子情何极。珠尘拾得柳枝词，银笺犹是春衫色。　　离黍悲新，苔华怨切，思君今夜肠应直。梦随大壑朗吟归，北来风雨飞寒碧。

点绛唇·燕子矶看榴花

化石江头，行人莫问南朝事。夕阳空水，照影都成世。　　一半东风，桃李留无计。君知未，红巾十里，难揾伤高泪。

高阳台·访媚香楼遗址

明月悬珰，娇云绾鬟，翠涟曾瞰妆成。袖里藏香，画梨燕恶身轻。珠帘一夜胡尘满，渐鹦哥愁说坊名。换而今，颓柳欹门，败叶寒厅。　　支筇来问当时事，只残灯影水，冉冉空青。狼藉闻根，长桥飞过雷軿。庭花落尽桃花冷，好楼台又沸新声。叹寻常，淡粉轻烟，梦也无凭。

浣溪沙·别金陵

头白乌啼又一时，折鞭痛马载驱驰。秦淮灯火骤然稀。　　山影含愁深敛黛，衣尘惜别暗添缁。无穷烟草送人西。

霜叶飞·陪陈匪石丈、蔡无忌、何秋江游岳麓山爱晚亭，次梦窗韵

网蛛心绪。千丝乱、飘风还惹寒树。睇人山鬼在岩阿，篁翠飞灵雨。听脱叶移商换羽，披榛更拜残碑古。暂避得胡笳，鬓影濯回湍，照见一茎添素。　　无限建业山川，兰成梦里，健笔难写愁赋。岳云湘月好清宵，万点征鸿语。对瑟瑟垂杨剩缕，惊魂先转江南去。但细将、霜红恋，共酌流杯，小亭幽处。

浣溪沙·汉上遇秦淮旧人，董连枝歌《剑阁闻铃》

十载珠吭动石城，新来翠袖渐伶俜。世间箫鼓误双成。　　淡月清溪多少梦，晴川芳草不胜情，那堪重听雨淋铃。

青玉案·闻三弟道姑苏沦陷时事感赋

箫边小雁归来暮。说怕过、横塘路。兵气连天迷处所。血痕碧化，劫灰红起，星陨纷如雨。　　苏州自古词人住，顷刻繁华水流去。借问千秋肠断句。斜阳烟柳，天涯芳草，能写此情否？

百字令·闻南京沦陷前后事，挥泪奋笔书愤（二首）

（一）

山围故国，甚于今、还说龙蟠虎踞。十万横磨成一哄，谁信仓皇似此？塞道抛戈，争车折轴，盈掬舟中指。弥天炬火，连宵光幂江水。　　可怜十二年间，白门新柳，历尽荣枯事。楼阁庄严如涌出，霎眼红嫣翠圮。乌啄肠飞，燕投林宿，净土知无地。东来细雨，湿衣都是清泪。

（二）

腥膻扑地，恸五云城阙，竟沦骄虏。醉曳红襦侵病媪，马足模糊血土。刳孕占胎，斫头赌注，槊上婴儿舞。秦淮月上，沉沉万井如墓。　　不信天眼难开，天心难问，啖食终由汝。从古哀师能敌克，三户亡秦必楚。挥日长歌，射潮连弩，雪耻扬神武。虞渊咫尺，炎炎欲返无路。

倦寻芳

腻苔掩甃，残絮沾棂，重闭孤馆。铸就相思，难共暮春偷换。曲沼波添蛙渐响，空坛花尽蜂犹乱。理清欢、奈朱弦语涩，蜡簧谁暖？　　漫夜拥单衾凝想，年少抛人，嘶骑行远。蝙拂帘旌，惊认寄书归燕。空里浮云能厚薄，中天明月无深浅。柳荫成，莫轻悲、乳禽声变。

渡江云·题郦衡叔画《归去来图》

青峰帆外远，孤舟轻扬，陶令正忘机。南窗能寄傲，翩然归去，莲社亦攒眉。高风绵邈，览画图千载依依。应念我、新来万恨，那似义熙时。　　堪悲。盆波沉陆，炬火崩天，早山河破碎。何处有、岫云闲出，倦鸟还飞。芜园松菊多奇节，想此时、不要人归。东望里、晨光长恨熹微。

莺啼序·壬午七夕，巴东登舟再入巫峡，感怀有作

危亭乍喧戍鼓，已秋风振袂。凭阑数、灵鹊南飞，倦客仍放西桅。暮林表、烟褰雾歇，遥峦几朵芙蓉霁。奈高江无尽，盘涡正如心沸。　　一叶寒涛，四野炬火，记仓皇避地。叹猿狖、抛撇云窝，岸声长住凄异①。伫沙头、殷勤拜月；早深祝、霓旌东指。竟鹃乡、芳草斜曛，五年凝睇。　　流萤露井，絮蟀闲阶，有人应未睡。刻意想、玉楼前度，象簟微冷，笑接荧星，卷帘梳洗。于今怕看，牵衣痴女，拈花频卜爷归日，敛双蛾、秀夺岷峨翠。情丝万叠，清宵暗逐回飙，乱入短篷灯底。　　狂歌下峡，雅乐还京，愿境非梦寐。但只恐、垂杨堤上，细马来迎，俯鬈蒲塘，共惊霜起。红桑际海，黄尘迷路，人间辽远云汉近，待澄清、抛掷相思泪。巫山不改萧森，故国新秋，断肠画里。

【注】
① 巫峡今日无猿。

钱小山

（1906——1991），原名钱行远，江苏常州人。历任常州市文化局长、常州市政协副主席、常州市诗书画院院长。有《小山诗词》《埙篪集》等。

满江红·赠义勇军

热血喷空，莫抚事、忧心如捣。是男儿、黄沙紫塞，从军差好。壁上争看扬汉帜，囊中早撰平倭稿。指犬羊，数已尽今年，张天讨。　　秦与越，长相保。家国恨，同时扫。把三千强弩，潮头射倒。饮马还须临碧海，横戈直欲上蓬岛。待归来、笳鼓庆升平，开怀抱。

（三十年代）

金缕曲·《碧血花》观后

呜咽秦淮水。说当年、板桥遗事，烟花北里。却有红颜奇节在，多少须眉愧死。问女伴、谁为知己？眼底无双推独步，算怜才、早有湘君李。相见晚，诸名士。　　郎君浊世佳公子。误初心、英雄终老，温柔乡里。直与从军浮海去，碧血争辉青史。有几个、从容如是？嚼舌含糊还骂贼，共孙三一笑登仙矣。千载下，闻风起。

东风第一枝·咏梅

　　劲节松高，虚心竹瘦，三生本是佳侣。试寻月地云阶，相约好怀同处。重重冰雪，原禁得、千辛万苦。问岁寒、花外幽禽，何事背人偷觑？　　雾欲散、珠光乍吐；夜正静、冷香飞度。最怜枝北枝南，来日众芳无数。清溪照影，算天际、轻阴何阻。待那时春满山中，终信东风有主。

宛敏灏

（1906——1995），字书城，号晚晴，安徽庐江人。安徽大学文学院毕业。历任国立女子师范学院、安徽学院、国立音乐学院、安徽大学、安徽师范学院、合肥师范学院、安徽师范大学等校副教授、教授、硕士研究生导师，兼任中文系主任、图书馆馆长、名誉馆长、中国韵文学会顾问、《汉语大辞典》编委、《词学》编委等。主要著作有《二晏及其词》《张于湖评传》《吴潜年谱》《张孝祥年谱》《词学概论》《安徽两宋词人述评》《于湖词编年笺注》《晚晴轩诗词稿》等。

菩萨蛮

新秋游菱湖公园，登湖心亭，吊姜高琦、周肇基墓。两烈士系在 1921 年安徽"六·二"惨案中牺牲。

湖心亭北波光渺，田田莲叶蒹葭绕。红蓼绚前汀，菱歌互答清。　　郊原佳丽处，郁郁姜周墓。日夜大江流，英风浩荡秋。

（1929 年）

王季思

（1906——1996），原名王起，浙江永嘉人。1929 年毕业于南京东南大学文学系，师承吴梅。历任浙江、安徽、江苏等地中学教师。1941 年起在浙江大学龙泉分校、杭州之江大学、广东中山大学任教。建国后，任中山大学教授、古典文学教研室主任兼中国戏曲史研究室主任、国务院学位委员会文学组评议员、大百科全书戏曲卷副主编、古籍整理出版委员会顾问、中国韵文学会会长等。有《王季思诗词录》《西厢五剧注》《中国十大古典悲剧》《中国十大古典喜剧》《玉轮轩后集》等。

临江仙·记梦

斗草阶前春去，落梅笛里眉颦。梦中情事几分真？枕痕伤别泪，灯影隔花人。　　锁恨重楼寂寂，酿愁细雨纷纷。子规啼血到黄昏，如何三月尽，犹有未销魂。

金缕曲·吊阮玲玉

玉汝何时醒？可还能开帘约月，回腰照镜？罗袂生尘花失艳，眼角啼痕空莹。再不见双眸炯炯。撷取人间无限恨，向情天一现惊鸿影。身与世，两难问。　　十年踪迹嗟萍梗。况高堂桑榆境迫，须人定省。谁识银灯光照处，靥笑都存至性。漫只赏歌清妆靓。谣诼蛾眉何处诉，恨颠风一夜吹春冷。天不管，女儿命。

满江红·送友人从军

霏雪无端，放胡马横流南渡。空怀想、回潮倒海，钱王铁弩。劫罅年华容易换，眼中时事仓皇去。剩凄凉一曲满江红，何人顾！　　定江左，孙讨虏。平浙右，胡军府。算山川灵气，须人做主。卅载心期君莫负，一鞭相送岁云暮。待春明并辔看湖光，西陵路。

念奴娇·次韵宛春作

宛春自湖上一别，忽忽二年。顷自上海以《念奴娇·次东坡赤壁怀古韵》词见寄，次韵答之。《念奴娇》自东坡此阕后，词家每喜以《酹江月》名调。他日山河克复，华夏重光，朋辈月下小集，擘笺分韵，当易名"庆华月"，即以此词为抗战胜利之券可也。

问斯何世，要漫天杀气，陶钧春物。犹有越王馀烈在，撑拄东南半壁。匣剑宵鸣，旄头夜陨，奇耻行当雪。风云变换，汉家多少人杰！　追念羁旅江南，闲愁闲闷，岁岁随花发。诗笔纵横空自许，苦恨匈奴未灭。湖上新来，料应难见，堤柳鬖鬖发。甚时还与，举杯同庆华月。

金缕曲·送友人至三磐防次

词苑论交谊。最难忘、幼安奇节，龙洲豪气。酒后狂言惊四座，白眼看人一世。偏许我忘年知己。燕市悲歌谁击节，枉抛残湖海英雄泪。壶玉缺，壮心碎。　回首长安何处是？忍重看江山半壁，依稀天水。三月东风吹海蜃，想见中原万骑。问记否西城题字？快意铅刀期一割，倚南天长剑宁终弃？君行矣，我且至。

连理枝

　　风叶鸣阶砌，布被生秋意。梦短宵长，愁深醉浅，恁般滋味。更锦屏璧月不留人，忍江山双泪。　　几度挑灯起，花影犹沉睡。眠食关心，也应瘦损，谢娘眉翠。待寄书说与莫相思，早相思满纸。

杜兰亭

（1906——1997），字水因，江苏无锡人。毕业于无锡公益工商中学，留用于校董之无锡茂新第二面粉厂。后为上海工商访问局职员。抗战期间，入上海新华信托储蓄银行总行司笔札。建国后，在上海市房地产管理局从事史料编研工作。1971年退休。有《饮河轩诗词稿》。

摸鱼儿·落红

怪天公忍心如此，篱根红聚盈寸。春来霞烂曾多久，今日别枝何迅！君莫问。费几许、轻阴护得花期准。蜂儿梦稳。早绿满枝头，暗催春去，花落已成阵。　　青青柳、仍见风鬟雾鬓，飞飞莺燕轻俊。愁红莫怨飘零苦，莫道熟梅时近。君莫信。更说甚、荃孙只有泥途分。风蹂雨躏。看屋角墙边，野花如掌，不共落红尽。

（1927年）

鹧鸪天·寐词（六首录一）

昨夜星辰昨夜风，碧纱窗外月朦胧。肠能禁得千回断，心始赚来一点通。　　眉黛浅，鬓云松，向人娇面不胜红。分明室有遗香在，未必相逢是梦中。

念奴娇·夕阳

光生鸦背，渐遥天余绮，酒颜初中。惆怅穷途人独立，烟柳当年谁种？海角鱼龙，中原狐兔，篝火星星动。客愁何限，可怜霄汉难捧！　　信道马足关河，秋风陵阙，划地黄尘涌。棘里铜驼今见汝，回首宫门一梦。谢燕梁倾，孤城潮打，多少兴亡恸！角声还起，画楼高处寒重。

（1937 年）

念奴娇·重到金陵

几年重到，看山川形胜，而今依旧。果是六朝歌舞地，早又绿肥红瘦。朱雀斜阳，乌衣深巷，多少青青柳。玄黄销尽，劫灰休问龙斗。　　不断钟鼓楼前，清凉寺下，如水香车走。燕语莺啼人意懒，处处承平春昼。有客沉吟，与谁共话，遣此愁时候？秦淮千古，引人闲觅芳酒。

高阳台·听铁崖放歌

檀板消魂，金尊逗恨，几年怕近歌筵。倦客天涯，不堪急管繁弦。如何重听铜琶曲，又惊回、慷慨当年。总凄然，响遏行云，泪洒阑干。　　长歌却有兴亡痛，是西台晞发，不是阳关。又似西风，萧萧易水生寒。问谁击碎高生筑，看何时、壮士生还？白衣冠，如此情怀，如此江山！

鹧鸪天·封锁

觱篥声声天地秋，长绳迤逦望中收。倚门炊待三升米，划地牢成百尺楼。　　亡国恨，破家愁，一般滋味在心头。天边残日红如火，捷报犹传克鄂州！

洞仙歌·春泥

护花心事，与番番膏雨，栽遍江南锦无数。等盈盈落尽，花又成泥，人道是、开落东风为主。　　中年情味别，谁念春郊，小笠蛮靴旧游处。相约踏青来，罗袜无尘，冰苔滑、扶墙娇语。但认取疏疏两行斜，是曲巷飘灯，那时归路。

罗元贞

（1906——？），字季甫，广东兴宁人。上海社会学院肄业。1935年留学日本。归国后历主各大学文科讲席。建国后任山西大学历史系教授。诗词数千首，未结集。

东风第一枝·春雪中有怀，次史梅溪韵

鹤羽翔空，银沙载道，人寰无复尘土。满城琪树霜华，遍野琼楼玉户。微茫寥廓，共谁问、此身何处。漫记省、方寸无端，惹乱柔丝千缕。　　思翠袖、锦心绣句；楼上望、一天离绪。毫端绾住韶光，咏絮敲钗惊侣。灯前犹记，滴往事、深秋旧雨。奈此际、鸿爪难寻，水远林空人去。

桂枝香·中秋送别

山中送客。正把酒问天，今夕何夕。如此之秋，四海一天明月。云来月暗风兼雨，待思量、易伤今昔。鹊桥云断，银河雾涌，双星长别。　　看又到、花香酒冽。嗟贫贱交游，常惯蹉跌。千古人天，多少兴亡圆缺。琼楼玉宇何须怨，剩无多心血堪惜。殷勤祈愿，天涯常保，婵娟颜色。

阿 垅

（1907——1967），又名亦门，原名陈守梅，浙江杭州人。长期从事文艺活动。有诗集《无弦琴》，诗歌评论集《人与诗》《诗是什么》，诗词集《投荒集》等。

生查子

如葵常向阳，如水常归海。忽在梦之中，忽在山之外。　　梦中谁可知，山外人宁在？白首为相思，朱颜当不改。

（1946 年）

戚　氏

　　怅西泠，依然长笛隔桥听。十载沙尘，一身花影，梦难醒。娉婷。柳丝轻，牵衣照水总关情。当时自赏年少，春歌秋梦两三更。碧露如珠，黄梅如玉，倦来堤上闲行。有年年好景，莺花三月，牛女双星。　　南渡是处朝廷，和战未定，但一片箫笙。中原事、贼来弃国，将耻长城。剑光青，夜夜战马悲鸣。一击敢惜残生？岳飞已死，杜牧何才，不合重睹南屏！　　破碎言归梦，楼台未改，鼓角犹惊。一带斜阳影里，又歌酣舞困剥红菱。宛转夜雨哀铃，晓云映剑，凭说男儿恨！已踏花寻月愁难尽，十万贼、窃据金陵。自不堪山水归耕，奈双峰日日似叮咛。鹭飞烟重，蝉鸣日晚，犬吠虹晴。

　　　　　　　　　　　　　　　（1948 年）

石声汉

（1907——1971），湖南湘潭人。1924 年考入武昌高师生物系。1927 年秋季入广州中山大学任助理员。1933 年冬考入英国伦敦大学帝国理工学院植物生理研究班，1936 年获博士学位。归国后历任陕西武功西北农林专科学校、同济大学、武汉大学诸校教授。建国后任西北农学院农化系教授、中科院西北农业生物研究所兼职研究员。科学著述甚丰，业余喜诗词，有《荔尾词存》。

昭君怨

一夜东风未了，吹碎荼蘼多少。苔砌总残英，乱缤纷。　　欲扫花翻起舞，玉质可怜黄土。花落叶还香，莫思量。

（1921 年）

卜算子

已自著柔肠，更著愁千缕。若个人耶忒可怜，惯是相思苦。　　不向晚风啼，不对朝晖诉。留得鲛人一斛珠，自伴孤灯数。

鹧鸪天·甲子受生之日

梦里浮生泪作珠，茂陵秋雨病相如。三更自有窥帘月，四壁犹馀蠹剩书。　　尊酒冷，破巾除，西风闲拂旧衣裾。悔教红豆生南国，忍把流年换醉余。

（1924 年）

虞美人

春衫湿透痕生晕，无那恹恹病。半帘红雨润莓苔，正是落花时节燕归来。　　秋千架外红成阵，容易芳菲尽。怜伊香骨也尘埃，扫得并愁和泪一齐埋。

（1925 年）

玉楼春

小池碧漪纹清浅，桃李秾华春草剪。窥他燕子掠花轻，知是今朝风力软。　　阑干立遍乡关远，怯把相思重检点。垂杨未解客愁新，叶叶枝枝萦望眼。

（1927 年）

莺啼序

斜阳尚凝旧陇，待长林共暝。晚烟起、飞胃空枝，逐风飘漾难定。正相念、天云深处，征鸿又报秋归讯。乱山前、雾色苍茫，火霞初褪。　　蔓草萧疏，暮景淡晦，绕孤坟寂静。月初上、乍绽银辉，寒光流泻荒径。漠空原、风鸣古柳，藓泥蟋、哀蛩凄紧。漱青苔、溪水涓涓，伴伊清冷。　　当时少小，却解相怜，也万端绮境。记并坐、溪头闲话，共濯沦漪，素手扶肩，垂鬟拂颈。寒泉浸缭，雪跌霜踝，芳心绰約腮生晕。道天边、月也和侬病。相携涉水，还将憨笑央人，苔泥滑处扶稳。　　秋还依旧，月更如昨，正那寻倩影。最苦是、晓窗孤坐，旧梦都荒，客馆凄清，泪眸长醒。飘零湖海，难蠲幽怨，温存谁寄相忆语？画腮痕、羞向人前揾。泉台千遍呼君，但愿相忘，漫牵旧恨。

（1929 年秋）

踏莎美人

水剪双眸，云堆两鬓，分明记得青鸾近。微
赪晕向颊边来，别后许多心事费疑猜。　　更漏
将残，兰釭半烬，相思有梦无凭准。觉来情思待
安排，空向晓风残月步闲阶。

（1930 年）

柳梢青

密雨繁阴，梨花欲褪，小巷春深。燕子归迟，
芳踪未整，蝉鬓先临。　　休教负手低吟，尽此处、
销残素心。蓦地相逢，又成辜负，泪点衣襟。

蝶恋花

宿酒初醒无气力。欲减春衣，却被轻寒勒。
满院春芜依旧碧，落花狼藉春莺寂。　　旧恨已
教愁万叠。积得新愁，又向眉峰结。中酒伤春休
再说，凭阑坐待初生月。

（1931 年）

莺啼序·辛未受生日在杭州

西风又催鬓改，怅年华渐暮。漫回首、光景都非，旧欢今在何许？露华渍、连天衰草，遥闻唳雁归遐渚。夜寒生、村犬声阑，砌蛩低诉。　　山枕频歌，漏永梦短，听城头画鼓。正肠断、凄绝无眠，空阶还响疏雨。小窗幽、孤釭影淡，短床湿、薄衾寒沍。甚心情、如此流年，总教辜负。　　销魂去岁，一样今宵，傍大堤絮语。薄醉解、市灯初上，烂影如水，风急潮生，逐波徐步。金蕉腻密，丹橙凝露，相携共说深深誓，愿年年、此夜长圆聚。花阴翠滴，归来冷落萧斋，月华半面相觑。　　多情怨别，海阔云深，奈两伤寄旅。算几度、离怀和病，中酒翻添，孱慵闲愁，理来无绪。馀香浥臂，红丝无恙，伊人千里空记省，任形骸、憔悴谁将护？春江流水长东，寄向君边，旧愁万缕。

（1931 年）

金缕曲·壬申元日

节序惊偷换。甚无端、春光才逗，春愁先长。残雪半消青甃冷，风动庭柯争响。似代诉、人间凄悯。浊酒待浇离别恨，病欺人不放金尊仰。浑无语，但凝想。　　欢情已逐飞云漾。尽天涯、青袍自吊，深盟频爽。冻彻远鸡催客梦，残漏晓星相向。孤影动、一灯微晃。迢递水云深阻隔，极相思两地成惆怅。清泪泻，鬓霜酿。

（1932 年）

金缕曲·记伦敦夜分所见

灯映层楼炯。下重帘、风凄雾湿，市喧初静。小巷忽传歌断续，酸楚四弦相应。幽咽语、浮沉不定。华发一双鹣鲽侣，正行歌乞食街头冷。风雾里，肩厮并。　　天涯我亦飘零剩。廿余年、闲闲误却，青袍青鬓。异域乍经飘流日，无限旧愁新恨。翻羡汝、鸳鸯同命。料得一灯愁对处，隔云天正有人如病。恰回首，泪偷迸。

（1933 年）

临江仙

锦样年华随逝水，征尘惯染衣缁。天涯底事又稽迟。年年芳草绿，草色动相思。　　远水遥岑无限处，此情应有谁知？休将旧恨谱新词。小楼深院里，更尽月斜时。

（1935 年）

莺啼序

杨花渐飞渐远，度秋千院落。散还整、凭借东风，一时飘寄高阁。甚春暝、琐窗犹掩，篆烟不透低垂幕。画梁寒、昨岁芸泥，燕巢萧索。　　零乱残红，尚点绣幌，任游丝系络。屐痕泯、阶浣青苔，轻尘沉聚珠箔。漫追寻、芳踪已杳，怅人远、水云深阔。独沉吟、经岁芳菲，尽成耽搁。　　回思往事，苦忆当年，共古城暂泊。风乍软、梨花微褪，燕趁莺语，蝶翅才舒，柳疏烟弱。阑干曲处，新裁芳草，胶轮轻辗银沙路，嫩晴天、共把单车学。赪霞缭耳，一时掠乱云鬓，相扶骑过篱角。　　彩云易散，绮梦难圆，总轻轻负却。怯记省、床头栀子，夜永香浓；箧底春衫，袖长痕漠。潜销青鬓，濯残红唾，相思嚼尽莲薏味，到情深、还叹深情恶。宵来清泪抛干，坐待迟明，梦随漏促。

（1936 年）

踏莎行·戊寅重九在八步

　　败叶惊风，枯枝泣露，荻花白遍秋江浦。零风重霭送残阳，湿云粘在连天树。　　漫说登临，空伤岁序，河山破碎情如许。故园秋思任关情，天涯望断无寻处。

（1938 年）

沁园春·驮行病骥

　　蹄铁敲穿，踏遍崎岖，日渐昏黄。叹木鞍坚重，背成生鞿；麻缰粗硬，吻有陈伤。项下刍笼，虚无寸草，枉羡青畦菜麦香。沉吟处，听鞭梢爆响，倦步催忙。　　归来縶向空廊，早弦月盈盈上短墙。奈毛似垂旄，泥和汗结；头如赘瓮，颈共肩僵。半束枯刍，一拳秕壳，便是辛劬竟日偿。宵寒恶，任螗蹲蛙坐，直恁更长。

（1938 年）

鹧鸪天·己卯人日

怯暖愁寒日渐殊，艳阳新上小楼居。檐牙已噪争巢雀，阁底犹藏破网蛛。　　从病后，酒杯疏，浮生浮世两模糊。凭窗偶有寻春兴，但见梨花点碧芜。

（1939 年）

临江仙（二首录一）

不寐已甘聊蜷伏，短衾历试温凉。静听风绪绕回廊。小窗鸣败纸，饥鼠啮空箱。　　漏尽旋闻鸡唱起，轮声喧过高墙。起来寒意涩如霜。晓星看泯灭，残月惜微茫。

鹧鸪天·寿细君

自嫁黔娄百事乖，春风纨绮尽蒿莱。岁朝羁旅伤憔悴，九月寒衣未剪裁。　　儿女累，米盐灾，七年犹着嫁时鞋。鸳盟若许前生约，后世为君作妇来。

（1939 年）

鹧鸪天

　　冻馁驱人剧可哀，鹧鸪牵上凤凰台。恭签誓约（《国民公约》）真无耻，不发牢骚假学乖。　　浑是戏，更休猜，任人提线不关怀。自从羞恶都忘后，俯仰人丛当活埋。

（1939 年）

清平乐

　　读《人间词》，两以蛾眉谣诼为怨，而欲自媚于镜里朱颜。窃有所疑：自媚能得几时？宫砂果有，何谊？不画蛾眉，安伤谣诼？因为另进一解。

　　漫挑青镜，自照如花影。镜里朱颜元一瞬，渐看吴霜点鬓。　　宫砂何事低回，几人留得芳菲。休问人间谣诼，妆成莫画蛾眉。

浣溪沙·嘉州自作日起居注甲申夏末（六首录二）

（一）

白足提篮上菜场，残瓜晚豆费周章。信知菰笋最清肠。　　幼女迎门饥索饼，病妻扬米倦凭筐。邻厨风送肉羹香。

（1944 年）

（二）

骤雨惊传屋下泉，短檠持向伞边燃。明朝讲稿待重编。　　室静自闻肠辘辘，风摇时见影悬悬。半枝烧剩什邡烟。

南歌子·过青衣坝

雪压长楸噤，风飘坠叶哗。荒村破屋两三家，撑在夕阳山外啮朱霞。　　乱草凭冈怒，澄江任渚赊。失行孤雁认天涯，肯向寒林杂沓羡归鸦。

（1944 年）

柳梢青·解嘲

　　缱绻馀春，簪花掠鬓，坐遣晨昏。臂上砂红，眉间黛绿，都锁长门。　　垂帘对镜谁亲？算镜影相怜最真。人散楼空，花萎镜黯，尚有温存。

（1943 年）

哨遍·春鸿

　　腊雪初融，层冰未销，春讯浑如许？昙影里、重觅旧菰蒲，只残茄败梗堪数。岁渐徂，馀寒尚欺病翮，高骞欲振伤无侣。嗟八表同昏，停云霭霭，遥岑平陆伊沮。梦龙沙瀚海早模糊，便浊淮清洛也荒芜。独立苍茫，四顾寒江，徘徊冻渚。　　吁！食纵无鱼，餐苔拾藻甘清露。胜筇笼奉养，终供鼎镬刀俎。看素氅朱冠，乘轩睥睨，阶前宛转依人舞。算我武维扬，凌霄怒睒，登辖须献狐兔。借风流文采占高梧，报欢欣消息噪庭除。又何如、效人言语。赚他玉碗金梁，学画帘鹦鹉。鸥原有乐，朝潜暝出，林薄搜求腐鼠，能将一吓侮鹓雏。且临流、自刷慵羽。

（1945 年）

庄观澄

（1907——1982），字伯薇，号南村，江苏武进人。生前曾在浙赣铁路与杭州开元中学工作。有《南村稿存》《南村诗榷》。

浣溪沙

几点苔斑不当钱，一篙新绿涨湖干。人生难买共花闲。　　不怨梨云能浸月，长愁鹃血欲沉山。淡眉描在远峰间。

南乡子·和清真

鸡促短更飘，解唤清霜伴寂寥。瘦墨横斜窗影淡，今宵，腊破黄梅冷月高。　　一握水仙腰，昵我亭亭试黛毫。我似冬山寒已睡，来朝，红染丹颜借酒潮。

浣溪沙

早岁词锋敌八叉，暮年村究谢三家。牛刀试罢解冬瓜。　　犊鼻称裈良有意，鼠须造笔欲何夸。凌霄爬出隔墙花。

吕贞白

（1907——1984），名传元，以字行，别字伯子，号茹庵、萧翁、戴庵，江西九江人，寄籍上海。早年随父宦居南通，从陈星南、张季直游，后定居沪上。中年受聘于中央大学文学院。1949年后任职于华东文化部文物处、上海图书馆。1957年后调上海古籍出版社，后又以编审兼华东师大、复旦大学教授。著有《吕伯子诗集》《吕伯子词集》《茹庵识小录》《淮南子斠补》等。

解连环·山居望月

冷云千结，叹东风底事，荡成浮碧？带几点、浓晕眉峰，又流照怨蛾，乍窥天隙。缥缈琼楼，有人倚、断歌瑶笛。正芳襟酒醒，料理闲情，总成愁忆。　　青鸾漫传信息。怅吴天绮梦，拚忍轻掷。占一宵、镜里清辉，忍负了尊边，袜罗尘涩。拍损危阑，只恼恨、玉箫人隔。倚残更、乱山送影，雾鬟尽湿。

八声甘州

傍孤峦一角拥危楼，涓涓听泉声。信高寒难遣，安排杯酒，闲理尘襟。倦对琅玕幻影，荡漾倚窗明。还惜萧疏意，禁得沉吟。　　休恨天风吹渺，指画螺缺处，万叠云生。更炊烟催暝，愁思满青屏。剩远峰、低鬟横翠，送半弯眉妩忒多情。阑干畔，别怀千绕，蟾影轻盈。

鹧鸪天

独坐云窗到五更，缠绵芳思梦难成。疏花幻影春难定，玉笛飘声恨未平。　　消薄酒，动孤吟，等闲惆怅过清明。愁深沧海宁能测，万一姮娥证旧盟。

虞美人

霜风籁籁迎秋早，往事萦怀抱。高柯乱叶又辞枝，忍听笛中哀怨又频吹。　　天涯漫道蓬山近，别恨何从讯？飞来雁侣过横塘，只是鸳鸯头白不成双。

黄松鹤

（1907——1988），别署漱园，原籍福建厦门。早年旅居印度尼西亚，后往香港。有《鹤唳集》《黄花草堂诗钞》《煮梦庐词草》《漱园诗稿》。

扬州慢·二度北归前夕，用白石韵兼寄香江纫诗、思敏

芳草池塘，古槐庭院，梦馀暗数归程。怎江干别后，任柳眼遥青。视天际、风云渐敛，笑谈尊俎，无预销兵。是谁来、三弄梅花，吹落孤城？　寄心北国，甚衰年、白发还惊。况月下怀人，灯前忆女，依旧悬情。此日又传消息，低徊处、断续箫声。纵东南重问，栖栖何奈苍生？

赖高翔

（1907——1993），名鸿翾，一署皋翔，以字行，四川简阳人。国立四川大学中文系毕业。曾执教于成都县立中学、锦江公学、省立成都中学、川大附中、私立蜀华中学。五十年代初，执教于东方文教院，旋迁居东郊董家山及沙河桥东，躬耕自养，累召不出。八十年代始就聘于四川省文史馆为馆员。博通经史诸子与古文学，著述甚丰而大多毁佚于"文革"。晚年由其弟子张学渊搜集残稿，编为《赖高翔文史杂论》二册付梓，内收《寄枥轩诗存》，有词一卷。

念奴娇·用清寂翁和佩蘅韵

吴宫花草，抵江东、多少名家龙虎？一舸惊涛飞滟滪，不送凌波微步。拍按梁州，歌传子夜，省识飘零苦。瑶姬泪染，阳台无限烟雨。　　为问俊赏词人，幽情千叠，换得灵犀否？除是桃花能遣恨，锦瑟年华空度。梦拨萍根，风回柳絮，都是愁心处。明朝归去，杜鹃枝上凄语。

念奴娇·和吴君毅先生竹园听郭敬之弹"五丈原"之作

锦城丝管，尽苍凉、细写衰朝人物。星落中营凄渭水，唱彻炎天晴月。戚国危心，琴歌引恨，泪尽三分业。劳生易逝，河山谁与珍惜？　　应念白发词人，中年哀乐，促坐张弦急。十万横磨销一战，往事新亭共泣。北阙衣冠，南都士女，蹶角归蛮貊。梁州拍遍，啼鹃日暮成血。

潘景郑

（1907——?），原名承弼，江苏吴县人。早年从吴梅治词曲，后从章炳麟习训诂。曾执教于太炎文学院，供职合众图书馆。建国后任上海图书馆研究员兼华东师范大学图书馆系教授。治词初习《乐章》后清真，有《寄沤词》二三千首。词学著作有《词选笺释》《词律校异》等。晚年兼任《词学》编委。

双头莲·题词话影本，依清真韵

百卷奇书，几多幽意，留与画图，如亲粉面，月下尊前，写尽凤帏深碧。抚春色。长漏恣媚，巫峰迷渡，带宽衣解，魂飞月断，雪夜孤灯，展寸怀谁识。　　梦遥隔。伤旧尘飞絮，衾寒难适。万翠千红，雨凄云散，换去梦华朝夕。生前心口，被底温存，味回点滴。但惊觉，已苍茫，莫问前消息。

南　浦

客有谈昆剧传习所旧班，今已寥落无几。追忆旧尘，过眼凄迷，愀然有作，依清真韵。

华梦已飞尘，整卅年、清歌点点南浦。凋零数梨园，乡痕杳、缤纷阵遗江渚。孙徐影远，断肠已觉宫商暮。春风笛里，伊谁话开天，哀音时度。　　凄迷往事烟云，记引吭氍毹，魂绕羁旅。霜鬓俊游残，沧桑泪、愁丝更惹千绪。相逢似故，跌宕挥麈多君处。芳约寻旧盟，怎许忘机，随闲鸥去。

霜叶飞·喜雪，依清真韵

望中迷漫，轻盈处、银花飘下云表。暂过芳辰庆佳瑞，欢跃襟怀悄。快剪烛、围炉待晓。江干一白壶天小。拟买醉当筵，卜远景、飞尘似箭，笑语留照。　　惆怅过隙流光，穷愁催我，寸心遥系难到。旅情寒梦转凄其，只断肠孤抱。看短鬓、星霜满了。幽吟都作离弦调。但伫立、魂销尽，眼底繁华，絮飞多少。

王沂暖

字春沐，1907 年生，吉林九台人。北京大学毕业，通藏文。曾任西北民族学院教授。有《王沂暖诗词选》《格萨尔王传》等。

蝶恋花

水外寒烟烟外树。一抹斜阳，红到无人处。嘶马摇鞭何去住，乱山横断津亭路。　　小径迟回谁与诉？不识人生，却识人生苦。到处东风吹弱絮，茫茫宇宙谁为主？

（1932 年）

蝶恋花

寂寞高丘闲信步。夜色苍茫，何日人间曙？万井沉沉寻梦处，江山并作濛濛雾。　　盼得春来春更苦。料峭东风，吹到边城树。南望旌旗花几度，将军总被和戎误。

（1933 年）

浪淘沙

斜日近黄昏，树影鸦痕。一川烟草碧连云。划地东风寒未减，冷却花魂。　　直恁委芳尘，红雨缤纷。人间无地可藏春。风卷杨花来又去，都傍朱门。

（1934 年）

摸鱼儿

暗长堤、阴阴树色，春魂已自凄楚。碧阑干外东风骤，吹破一江新绿。君休数。见说道、征帆日日随风去。日轮难驻。待鸥梦初惊，斜阳已换，飞起向何处？　　伤迟暮。况更笼烟和雨，狂歌几处商女。澄波也似沅湘怨，遗恨何人能赋。望极浦。几误把渔灯，认作光明路。搴芙凝伫。叹水国流长，人天界远，难忏此生苦。

（1934 年）

金缕曲·登北京西山

多少登临暇？空怅望、山川风物，向秋潇洒。
虎踞龙蟠形胜地，一任胡尘飞谢。谁会我、凭阑
悲咤！鹑首赐秦寻常梦，尽如痴似醉闲游冶。泪
休搵，责难卸。　　东山遗事真风雅。问当年、
六韬长剑，几曾习也！唯有精诚能贯石，管甚头
颅无价。把文字、休夸屈贾。过此应无年少日，
看燕南代北谁材者？长楸下，同驰马。

（1935 年）

金缕曲·谒武侯祠

管乐何能匹？看当年、隆中高卧，目无馀子。
千载君臣鱼得水，不比寻常活计。论勋业、联吴
讨魏。失策岂真关谨慎，算由来兴废非一事。凭
忠烈，报先帝。　　只今老柏斜阳里。郁森森、
凌霜傲雪，依然苍翠。我亦逃秦离故国，蹭蹬西
来锦水。拜遗像、清高谁似？讨贼精神光日月，
伈鞠躬尽瘁原无死。为两间，留正气。

（1938 年）

浣溪沙

长日元龙百尺楼，镜中未老少年头。此情不作女儿柔。　　万里乾坤抬望眼，八声词调谱甘州。断鸿声里看吴钩。

（1943 年）

鹧鸪天·送人

犹记相携入蜀行，矮楼局促武昌城。一身许国心同赤，万死逃秦鬓最青。　　思往事，话平生，依前难得是飘零。垂天鹏运还千里，不唱阳关第四声。

（1943 年）

李学鑫

1907 年生，号绛秋，广东潮安人。仕履不详。工诗词及书法，与同乡词人易孺、陈运彰等交游。有《采塘诗集》《采塘诗余》。

金缕曲·癸酉寄怀念葊

倦矣吾归矣。怅频年、栖迟逆旅，疗饥无计。十载狂名终悔却，两字穷愁而已。问海客、天涯何似？纵使学成雕龙笔，老填词岂尽平生意。谁会得，此中味？　　中年我亦伤孤寄。共些时、燕邯击筑，吹箫吴市。腰下光芒三尺剑，回首苍茫无际。且莫说、长安佳丽。比似文章憎命达，甚儒冠未必真名士。算犀角，只吾子。

刘克生

（1907—2008），四川乐至县人。肄业于成都国学院，先后任乐至中学、私立钦仁中学教师，乐至县政协委员兼文史委员会副主任，《乐至县志》副总编。有《石缘阁诗文词联丛稿》。

浣溪沙·秋日书怀纪事

叶落风萧变态凉，几分秋意共谁商。年年梦恋水云乡。　　杨柳月疏蝉蜕早，芦花雪冷雁归忙。高楼笛语怨斜阳。

（1945 年）

沙文汉

（1908——1964），浙江鄞县人。生前曾任浙江省省长。

念奴娇·过扬州

粘天衰草，荒村外、处处颓墙残壁。塞上笳声征雁断，野阔烟销人绝。故国河山，乡情算有，鸦鹊还相识。斜阳无语，又将馀照迎客。　　杜郎重到须惊，青山流水，廿四桥头月。不是佳人吹玉管，唯听胡兵呵斥。午夜寒风，卷来隐隐，犬吠儿啼泣。万端心事，倚灯愁到天白。

（1942 年）

吴世昌

（1908——1986），字子臧，浙江海宁人。1928 年考入燕京大学英文系。1935 年毕业于燕京研究院。抗战期间，先后任西北联合大学、湖南国立师范学院等校讲师、教授。1948 年受聘于英国牛津大学，任牛津与剑桥两大学博士学位考试委员。1962 年回国，任中国科学院哲学社会科学部文学研究所研究员、博士生导师。曾任政协全国委员、全国人大常委及教科文卫委员会副主任。著有《红楼梦探源》《词林新话》《罗音室诗词存稿增订本》等。

鹧鸪天

客馆春归人未还，一春脉脉看春残。年时好梦依稀尽，醉里明灯即渐阑。　　云黯淡，夜茫漫，休将前事寄危栏。我侬少小无家惯，只解悲凉不解欢。

浣溪沙

楼上朱帘镇日垂，帘中燕去几时归。楼头风絮苦低徊。　　往事不随残照尽，新愁常伴一春回。人生消得几颦眉？

蝶恋花

凋尽林花春又暮。淡梦清愁，一晌为谁误。日日东风吹碧树，声声杜宇啼红雨。　　宿酒醒来无意绪。凉月疏星，照彻天涯路。路隔天涯归甚处，今番错向春城住。

沁园春

开卷长吟，掩卷浩歌，甚计避愁？奈前贤著作，多谈名利；骚人讴咏，也羡封侯。天下兴亡，匹夫有责，几辈英豪抱此忧？千秋下，叹元龙独卧，百尺高楼。　　平生湖海淹留，听一片哀嗷动九州。况孤云缥缈，烽烟塞外；疏星明灭，刁斗城头。滚滚黄河，滔滔白浪，可有狂夫挽倒流？关情处，正燕巢危幕，鼎沸神州。

浣溪沙·有感

朱梦初残夜未残，橘黄灯静散微寒。卧听枯树舞姗姗。　　休恨布衾凉似铁，且看窗外月如环。龙沙万里几人还？

减字木兰花

为燕京大学学生抗日会至长城各口劳军，归途作此。

文章误我，赤手书生无一可。我负文章，只向高城赋国殇。　江山如画，到处雄关堪驻马。水剩山残，任是英雄泪不干。

鹧鸪天·奉和张孟劬前辈似遗山宫体六首之二

（一）

陌上修杨委地垂，长莎辇路落红稀。珠帘燕去常慵卷，锦字春来未有期。　香篆细，缕文痴，相思无益况相疑。东风着意吹罗带，晓月何心照独栖。

（二）

宛转残灯映玉枰，当时鸀鵳惜芳情。虚传花底春无价，枉向人间恨费声。　从旧约，理初盟，玉珰重叠记微诚。裁绫欲画愁妆影，百遍千回总未成。

临江仙

卷絮轻风漫漫，飘花流水迟迟。每从零落见春姿。去年人别后，今日独来时。　　料得两弯浅黛，能藏几许深思。况添颦蹙数归期。为他温旧梦，泥我写新词。

瑞龙吟 · 扬州记游用清真韵

芜城路。长忆蒲满雷塘，莺啼高树。绵绵芳草相思，山长水阔，魂消甚处？恨延伫。惆怅探春来晚，绿遍庭户。不堪检点馀香，难寻蝶梦，愁听燕语。　　游子天涯初到，瞢腾倦眼，慵看歌舞。无奈近来，风怀疏懒如故。抛残密约，多少伤春句。谁念我、高楼醉卧，长堤孤步，心逐流波去。争教料理，年时旧绪。幽恨千千缕。都输与缤纷，飘零红雨。人间万事，但看飞絮。

满庭芳 · 二十五年春经南京作

玉树声消，台城烟散，绿杨还映朱楼。旧时王谢，归燕觅新传。楼外哀鸿惨切，未吹到、歌舞楼头。偏安久，辽阳信断，情味似杭州。　　悠悠。休更说、南朝旷达，东晋风流。但秦淮吞恨，钟阜凝愁。妆点升平景色，有娇客、陌上春游。凭谁问、河山万里，几处缺金瓯？

鹧鸪天·和大纲

　　绰约腰肢束绮罗，系人最忆两横波。临分不作伤怀语，一任斜晖迢递过。　　春晼晚，事蹉跎，旧家院落断笙歌。东风吹到蔷薇老，转觉春情脉脉多。

满江红

丁亥冬飞欧途中作。时出国护照南京统制极严。

　　一举凌空，暂收起、十年尘迹。扶摇上、云罗缺处，莫之夭阏。渡海不关求佛法，培风岂假垂天翼？算今朝也到白云乡，非仙客。　　神州事，判今昔。乾坤转，动心魄。瞰奔腾雾底，乱山千叠。过眼方惊乡国远，回头便是重洋隔。待他时拭目展舆图，新颜色。

苏渊雷

（1908——1995），字仲翔，号钵翁，浙江平阳人。早年投身学生运动，旋参加革命。抗战期间，先后在前中央政治学校、私立中国地政研究所、国立体育专科学校、私立立信会计专科学校任教。战后赴上海，任中国红十字会秘书兼第一处长，中华工商专科学校教授兼总务长。建国后，任上海市军管会高等教育处兼文管会秘书，华东财委会计划部专员，华东师范大学历史系教授，民盟上海市委宣传委员会副主任。1957年调至哈尔滨师范学院。"文革"后任华东师大历史系教授、全国佛教协会理事、上海佛教协会副会长。精研古典诗歌，兼及诸子佛学。有《钵水斋集》《论诗绝句》《白居易传论》《李杜诗选》《读史举要》《玄奘新传》等著作多种。

金缕曲

春暮蜷伏铁窗下，风来自东，萧然有秋意。忆至友蔡雄烈士殉难，忽忽一年矣。中心哽咽，和泪书此。

往事何堪数。想当年江湖满地，阻吾归路。不信回车须痛哭，凄绝天涯囚旅。且莫问闲愁几许。南国伤谗怜楚客，读洞庭袅袅秋风句。山鬼泣，夜难曙。　　年华似水流难住。忒匆匆春风两度，乱飘花絮。一霎池塘红雨过，更是数声杜宇。低唤道不如归去！旧恨新愁浑不管，只故人侠骨长埋土。拈泪笔，填金缕。

（1928年）

金缕曲·用高仲华韵送徐澄宇兼似同人

　　梦绕长亭路。甚年年、莺飞草长，杂花生树。剩水残山天共老，一种闲情谁与？算往事都无觅处。收拾清愁期浩渺，戒霜寒鹤舞回翔步。云水阔，漫凝伫。　　兰成萧瑟江关暮。共些时高歌青眼，抗怀今古。回首楼台弹指现，解道婆娑乐土。看皓月长空徐吐。腐鼠功名同一吓，只纵横才气难为主。天莫问，自来去。

（1942 年）

金缕曲（二首）

　　腊不尽五日，老友林佛慈辗转寄《金缕曲》二阕见怀，读之增感。适大儿守白、次儿守玄自都门、钱塘归省，灯下雪涕，怅然和此，不自知激动乃尔。盖自蔡君死难，旧时伙伴今日幸存者仅矣。

（一）

　　把盏难将息。甚无情宾鸿社燕，流光频易。文字飘零形影隔，万里冰河雪碛。浑不似江南江北。卅载风尘知己少，况英年击剑吹箫客。诗柬至，劳相忆。　　东风追梦难追昔。想当年回车一恸，泪盈清臆。劫换春明同轶荡，把臂旧游谁识？空

怅望径开三益。莫道文章憎命达，许霜箾玉笛添
诗历。摩醉眼，看晴日。

(二)

盼到春消息。渺江关梅花数点，枝头寒勒。
骨肉天涯灯下影，一刻千金都值。曾不减古欢遥
集。书枕诗瓢行处有，料胜他魂返枫林赤。吟未罢，
竹先裂。　　　浮生堪恋还堪惜。数襟期荆高逝后，
豪情谁拾？雁宕龙沙天共远，渡海出关一律。只
雪窖霜棱稍迫。未必生材皆有用，剩丹心朗照风
檐色。掷笔起，东方白。

浣溪沙（八首录四）

友人文燕堂为诵沈祖棻词句："风扇凉翻鬓浪绿，电灯光闪
酒波红，当时真悔太匆匆。"相与叹赏，人言悲，我始欲愁。因
取其落句，试填八阕，意尽而止，聊写我忧云尔。

(一)

肠断蓬山隔万重，吟边禅榻鬓边风。此身端
合老诗丛。　　　清句难摹饶句活，浮生易漏待情
钟。当时真悔太匆匆。

（二）

三载绸缪许再逢，灯红茗碧偶留踪，不应惆怅怨东风。　　见面情如秋后叶，盟心梦堕劫前钟。当时真悔太匆匆。

（三）

一剪淞波漾碧空，南来白雁叫西风，斜阳携影立疏桐。　　水榭闲凭词可托，江帆远引恨难东。当时真悔太匆匆。

（四）

莫道伤心句易工，无声有恨诉由衷，千回百转看眉峰。　　春水一池风乍起，秋星万点泪初融。当时真悔太匆匆。

胡国瑞

（1908——1998），字芝湘，湖北当阳人。1936年毕业于武汉大学中文系。历任中学教员，武汉大学中文系讲师、副教授、教授。兼任中华诗词学会顾问，中国唐代文学学会顾问，九三学社湖北省委委员，湖北省作家协会顾问，湖北，武汉诗词学会名誉会长。有《诗词赋骈文散论》《魏晋南北朝文学史》《湘珍室诗词稿》等。

西子妆

　　光艳霞绡，喜盈晕靥，帘卷小庭深处。记曾秀句印心心，怅缘悭、彩云何许！尊前片语。似翻隔、蓬山无数。漫归来、把徽容留取，攒眉千度。　　独凝伫。碧淡遥峰，省识羞眉妩。桥阴一带舣兰桡，叹芳辰、更谁为主？书成漫与。奈秋雁、不堪分付。但闲愁，化作苍烟万缕。

（1935年4月）

念奴娇·题余孝文《芜城残照图》
用张于湖过洞庭体

莽然余照，是谁家、尚留一片残堞。疑道秦皇防虏地，野老更无堪说。折骨犹惊，精灵化燐，战苦风悲烈。金戈光冷，响沉平野林叶。　　甚教绝微尘生，黄沙蔓草，多少苌弘血！罗帐灯昏频梦见，梦里依稀初别。败垒冰寒，危亭戍久，兵甲何时歇！伤心前事，断霞无语明灭。

鹧鸪天·恩施过旧居寄佩珍

依约遥山带雾横，小楼微月夜初更。关心无限沉吟事，怕听阑阴浅唤声。　　炉火爇，茗香清，语余温意暖银屏。而今却似秋天燕，憔悴风前各自惊。

（1941 年 8 月）

虞美人

乙酉万县江村见碧桃花，因追怀珞珈之盛，怅然赋此。

东君着意碧桃树，浓淡胭脂注。天涯相对思悠悠，寂寞乱山深处古梁州。　　断肠当日胜游地，玉宇明霞绮。欲凭青鸟为探看，尚有几枝憔悴泣残烟。

（1945 年 3 月）

鹧鸪天·闻日寇乞降（三首录二）

（一）

一夕欢声彻九霄，竞传瀛海服天骄。喜看金镜残仍合，欲挽银河势尚遥。　　鬐马首，白乌毛，百年好景恰今朝。可怜多少苌弘血，滴遍神州碧未消。

（二）

肠断千家尚哭声，愁听歌舞动严城。都怜捷信来天外，谁念冤魂郁九京？　　思宛转，泪纵横，劫灰飞尽岁峥嵘。灵根玉树无消息，回首沧江一梦惊。

木兰花慢

乙酉仲冬，佩珍携儿辈东归汉上，予牵迫生计，独留涪陵。八年来虽相偕流徙，然无岁不有离别，今寇难既消，犹不得同舟归去，爰怆然赋此。

汉江归棹稳，甚犹自，赋消魂？叹满地兵戈，频年别泪，断却青春。漫云放歌纵酒，乍分携回首隔巫云。黯黯霜风鬓影，半规淡月黄昏。　凝神。千里荆门。猿喉苦，可堪闻！更历历晴川，萋萋芳草，认也难真。酸辛。市朝尽改，伫翩翻、争觅旧巢痕！还对灯前儿女，暗怜天外羁人。

玉楼春·早春感事①（二首录一）

梦回屏枕辽阳远，依旧孤衾留宿怨。十年血泪苦相思，雪岭冰河寻觅遍。　谁知海约云期幻，珍重臂痕犹在眼。可堪追悔寸回肠，错为赚人书自断。

【注】

① 1946年初，国民党报载，苏联违约，不撤出进入我东北红军，感慨赋此。

高 文

字石斋，1908 年生，江苏南京人。毕业于南京金陵大学。曾任河南大学中文系教授。主编《唐文选》《全唐诗简编》。

念奴娇·哀重庆

青燐如炬，散仍聚、风定山城飞越。夜气苍茫浮大壑，一片乾声嘶铁。后土无情，皇天不吊，泪尽肝肠热。沉沉幽隧，万人谁料同穴？　　不数秦政儒坑，武安杀谷，未是昆池劫。依旧酒旗歌板地，冷照中天明月。故鬼烦冤，新魂哀怨，啼鸟长啼血。千秋万代，江流还共呜咽。

金缕曲·送吴白匋

奔走空皮骨。记年时、归军星散，惊艘风掣。信美江山非吾土，虎踞龙蟠虚设。望中隐、蓬莱宫阙。小驻汉皋逢旧侣，指蚕丛、同上西征辙。四载事，堪重说。　　客中送客魂先咽。酒边人、相看非故，惊呼肠热。珍重今宵须尽醉，共此天涯明月。那堪问、金瓯圆缺。万国兵戈神州泪，洒沧江、更作无家别。江上竹，一时裂。

疏影·咏荷叶

　　轻舟小楫，向回塘曲渚，寻香兰泽。翠盖迎风，绿鬟娇娆，玉立亭亭初识。芳心欲展千丝结，爱照水、明妆红湿。对倩影、无语含情，不省炎凉消息。　　犹记长汀日暮，叹鸥去鹭散，湖烟凝碧。月午潮平，盘露寒倾，梦断新愁如织。汉皋佩解凌波去，自怅望、遗钿空惜。更那堪、落木萧萧，怕见一天秋色。

齐天乐·鸡鸣寺登高步吴瞿庵师韵

　　坏霞低映蒲根水，阑边照人孤坐。垂柳惊秋，黄花媚晚，一派萧条江左。寒窗雾锁。叹客散楼空，绿苔新破。掩上禅关，一庭明月正中可。　　茫茫夜长梦短，满城干叶响，山鬼来过。野哭连云，夷歌动地，行见狐鸣篝火。霜鸿笑我。想儿女灯前，尚修宵课。屈指西风，几时归信妥？

雨霖铃

无边秋色。正西风紧，别馆岑寂。因循过了重九，阶砌下、黄花堆积。一晌红楼旧梦，怅何意轻掷？记往昔、深柳藏鸦，邂逅青溪驻油壁。　　长亭独倚消魂极。想佳人、镜里天涯隔。轻帆过尽南浦，云水外、几家归客。舞倦红枫，天际残阳，又下烟碛。凝望久、平楚苍然，立到千山黑。

烛影摇红

烽火惊心，锦官城里三年住。离人何许最伤情？万里桥边路。莽莽乾坤回互。动悲笳、巴山近戍。荒江牢落，子美堂空，武侯祠古。　　电隙流光，繁霜凋尽啼鹃树。神京回首渺天涯，暝色风兼雨。庾信江南漫赋。泣秋灯、寒蛩絮语。莫愁双桨，桃叶孤舟，梦魂能去。

霜花腴

共怜九日，送醉余、登临且胜闲眠。蘋末风来，曲池波乱，愁听碎玉潺湲。雨莎露兰。系旧情、故国霜前。想台城、净压明湖，柳衰荷尽白鸥闲。　予自旅怀多感，况黄花对酒，酒照花钿。零雨关秋，清砧催晚，轻阴还作轻寒。有人倚栏。鬓影疏、凄梦如烟。但红迷、泪眼千烽，暮笳山外山。

（壬午九日）

曲玉管·寒蝉

病羽凝烟，零妆怯雨，凭高难饱铜仙露。一霎薰风无迹，金井飘梧，吊啼蛄。过了中秋，迎来重九，黯然四望心终苦。蒋庙黄昏，争巢鸦鹊喧呼，恨盈裾。　忍忆前年，值霜月，龙贞辛未，那堪塞外山河，沦为兔窟狼墟。鬓云疏。尽西风寒劲，不尽酸吟哀唱，夜阑声断，几点青燐，流照平芜。

高阳台

壬午岁暮枕江楼小楼，楼在万里桥边。

　　百感情怀，多年羁旅，怕听急管繁弦。旷望江城，故乡故国魂牵。归军星散何堪说，带边声、晓角吹寒。伴残阳，萧瑟风枝，破碎河山。　　长歌当哭高楼上，对南来旧侣，难醉尊前。吊古伤今，草堂万里桥边。少陵野老今如在，揽苍旻、总是忧端。渺神京，烽燧连云，望断吴船。

钱仲联

（1908——2003），初名萼孙，以字行，号梦苕。祖籍浙江吴兴（今湖州），江苏常熟人。1926年毕业于无锡国学专修学校，历任上海大夏大学、无锡国专及南京中央大学教授。建国后先后执教于南京师范学院、江苏师范学院，为苏州大学文学院终身教授、博士生与博士后导师、国内访问学者导师，兼任国务院古籍整理出版规划小组顾问、续修四库全书编委会学术顾问、《中华大典·文学典》编委会顾问、中国韵文学会学刊主编、苏州大学中国近代文哲研究所所长等。治学以文学为主，旁及经学、史学、地理、子学、玄学、佛学、哲学、经济、民俗、艺术等学术领域，淹贯博通，成就卓越。著述多达六十馀种，主要著作有《鲍参军集注》《韩昌黎诗系年集释》《剑南诗稿校注》《后村词笺注》《人境庐诗草笺注》《海日楼诗注》等，并主编《清诗纪事》《中国文学家大辞典　清代卷》《中国文学大辞典》《广清碑传集》等。另有《梦苕庵诗词》《梦苕庵诗话》《梦苕庵文存》《梦苕庵论集》行世。

念奴娇·寄张孟劬先生燕京，即次其题《梦苕庵图》韵

黑风吹海，正危楼、人与孤灯成世。吟望埏埛专一老，汐社声华飙起。桑梓龙荒，山河桂影，量恨蓬莱水。铢衣劫外，我闻应道如是。　　谁识两地神交，金台落月，分照吴趋市。画里苕溪东向绿，伤尽春心千里。江左衣冠，汉家城阙，何日中兴遂？片帆归去，为公还自标致。

烛影摇红

廖忏庵先生于守玄客座上题赠新词，并媵以夏映庵先生仿石田画便面，次韵报谢。

南国人豪，目空灵海玄虚赋。二难今见白眉人[①]，肝肺容倾诉。百尺江楼夜语，拨铜弦鱼龙起舞。石田图好，何限深心，长依毫素。　　小友相呼，莫嫌三十功名误。顽仙挥斥此人间，回向惟陶杜。落手诗篇漫与，惜娉婷危吟倚柱。控虬何日，直上罗浮，搴云同贮。

（1943 年）

【注】

① 忏老名恩焘，即仲恺先生之兄。

鹊踏枝

行尽昏昏烟里树。秋梦回时，妄想庄严土。蓦见楼台沉远雾，人间暮色还如许。　　黄鹄哀鸣何处去？天半朱霞，遮断东西路。多少随阳鸿雁侣，稻粱作计怜伊误。

念奴娇·题段无染摹其师黄宾虹桂林阳朔山水画册

　　急滩鼍走。记一船而外，乾坤皆绿。眉月漓江曾照我，冷抱仙云同宿。大海莲开，危空笋立，飞翠迎人扑。婵娟绝代，凌波疑障轻縠。　　此境不是人间，青冥风露，收入痴翁幅。万擦千皴无一笔，画苑传灯谁录？与石温存，随烟上下，鹤梦犹堪续。还君图卷，朗吟吹彻霜竹。

忆旧游·自题《梦苕庵图》

　　忆蘋洲㧜笛，家世湘灵，身世潜夫。自乞西州墅，便道场鹤怨，碧浪鸥孤。乌目纵如天目，垂乳敢忘初？叹迟暮王孙，曰归无计，且梦菰芦。　　叶落来时口，问五湖三亩，无恙先庐。试向溪深处，让苕花吹雪，飞上头颅。江上数峰青否，费泪草堂图。待证与红桑，今吾未必非故吾。

高阳台 · 读榆生后湖纪游之作，效顰倚声

钟阜分妍，蓬壶供黛，晴湖不放烟沉。秋色谁家，秋波临去难禁。桑枝苦盼回残照，只镜荷已敛城阴。且消他，花赠将离，带绾同心。　　四年前此伤心地，有夜乌窥屋，春燕巢林。一霎东风，楼台弹指于今。明珰翠羽重收拾，奈落红如梦难寻。剩招回，呵壁骚魂，泽畔行吟。

卖花声

榆生园中观杏已零落矣，榆生填此阕邀同作。

窥宋讶东邻，人与花亲。万年一念入孤颦。色界天身无漏果，不昧前因。　　小劫转风轮，休唤真真。闹红萼已蜕仙尘。等愿化泥心未死，还贮芳春。

八声甘州·丁亥春，偕妇登虞山望海楼

蓦桃花都傍战尘开，春风冷于秋。倚乱山高处，万松撼碧，如此危楼。望里浮云起灭，东海有回流。鬓底颓阳影，红下昆丘。　　携手江湖倦侣，记南征岁月，歌哭同舟。更梦肠百折，曾绕此峰头。算馀生、阅残千劫，甚重来不是旧金瓯。人双老，睇栏杆外，来日神州。

湘月·题萧飞声《灵箫馆填词图》

万千劫过，写来时、玉笛鬟痕犹媚。罨碧旧家池馆在，吟罢清商换世。皱水词魂，微云画境，荡入箫声里。红儿低按，有涯生事慵理。　　我亦手把芙蓉，默然圣解，微笑人无几。欲俯星辰鸾背上，一抚瑶笙和尔。传恨空中，赚名身后，绝代才终费。不如杯酒，古怀消与云水。

扬州慢·江楼晚眺，百感春怀，漫倚此解

眉月窥襟，血霞中酒，倚栏如梦山川。问楼台金碧，可似十年前？正东海蛟腥洗尽，麻姑鬓底，偷换桑田。甚风轮急转，回潮又撼江天。　　迢迢恨水，倩并刀剪断还连。对珠箔飘灯，银筝沸市，春在谁边？北斗朱旗见否，鹃声外万里烽烟。叹挐云心事，不应只诉吴笺。

长亭怨慢

萧君飞声赠我《杨柳岸晓风残月图》，劳人心事，遂被拈出，雨窗展对，犹疑孤篷倦倚时也。

记烟外千丝吹暝，晓岸孤篷，月随钟定。飐枕秋声，古城荒翠荡愁醒。笛中风水，曾惯向江湖听。岁月鬓边尘，不见得颓波能认。　　独省。讶吴船昔梦，化絮堕春无影。消魂画稿，更阑入碧云词境。万一到此树黄时，动天末霜鸿归兴。待检点回肠，偏又灵箫催紧。

烛影摇红·除夕

　　暮景飞腾，脱然四十今朝过。流光消尽尾声中，争拗风轮左？千变红桑觑破，向灯花挑愁共堕。何心回首，如梦前尘，吴樯楚舵。　　后饮屠苏，推排百劫成今我。那伽老住几禅天，在定忘行卧。静里炉香贴妥，挽春来梅枝印可。颂椒故意，分付鸾笺，瘦吟谁和？

花景福

（1909——1979），字病鹤，又字并萼、睫巢，晚年号瀼翁、东平老人，江苏常熟人。长期供职工商界，业余致力于校勘、考据。建国后为常熟市政协委员。有《焦尾琴趣》《续三桥春游曲》《瀼翁本事词》《十期诗话》《话诗话》《三国演义考证》《睫巢文稿》等。

满江红·京口甘露寺

数仞高冈，为慷慨、后谁来者？更指点、江流一线，布帆如马。举酒欲呼张子布，从军旋想甘兴霸。剩前朝古寺画斜阳，寒潮打。　茫茫水，重城下。苍苍树，悬崖罅。数南徐天堑，当年身价。我向此间横铁笛，潸焉铅泪临风泻。共山僧寂寞话兴亡，堪盈把。

醉蓬莱·维扬旅舍感赋

自渡江胡马，换了霜笳，闲愁如织。秋画芜城，尽断肠颜色。江左衣冠，竹西歌吹，想旧时游历。岁去年来，剩波败柳，断筝零笛。　窈窕青山，临流欲济，有恨无言，此情堪惜。隐几回灯，恁照人岑寂。烟暗雷塘，雨荒萤苑，又伤心今夕。一角楼台，水天换梦，是谁禁得？

水龙吟·修武道中

出门西笑长安，担簦强道长安迩。青山万叶，黄河一线，惊沙千里。北地回飙，数声画角，薄游滋味。便短衣匹马，题诗览古，犹未是，平生意。　　修武城头小倚。费沉吟、一番寻思。悲歌燕赵，卖浆屠狗，当年标致。绝代风流，浪淘沙尽，教人憔悴。剩天低故国，云垂大野，向苍茫里。

永遇乐·秋日重登北固山，次稼轩韵

落日颓波，乱云无际，愁思生处。一片江山，几番涕泪，浪涌流将去。前朝遗恨，洛阳青盖，总被谗言瞒住。剩岩根、鱼龙隐窟，夜来吟啸如虎。　　旧时形势，北师能济，天堑教人回顾。淮甸秋阴，莽苍欲渡，罨画南徐路。白头僧老，定中换梦，写入法筵钟鼓。都休说、慷歌不尽，仲谋见否？

金缕曲·书《庚子秋词》后

四野霜笳起。剩高城、零星鼓角,和他凄异。长忆两宫蒙尘去,望断数行车骑。又值得、伤心如此。未计麻鞋奔行在,念家山呜咽情何已。多少恨,有兹纸。　　墨华中迸沧桑泪。恰分曹、修将箫谱,写成词史。坐对一灯浑如梦,老尚酸辛阅世。便往事、从头须记。切谏苦遭天颜怒,怒微臣犹是书呆子。知我者,鹜翁耳。

李荣仙

（1909——1985），广西怀集人。上海中国公学毕业。曾任岑溪中学校长及国内外院校教师。有《缺庐诗草》。

摸鱼儿

问六朝、千株杨柳，如今憔悴何许。涌金门外夜乌啼，依旧江湖来去。山无数。还记否、当年款款谈心处。停杯不语。叹只有梦中，魂从飞雁，再访西溪路。　　凭栏眺、庾岭重遮云树，白头吟望最苦。萍踪香海空垂泪，日日登楼北顾。情谁诉。怕乱叶、随风席卷中原土。凄凄烟雨。念故国秋深，钱塘霜冷，又谱断肠句。

张涤华

（1909——1992），安徽凤台人。1937 年毕业于武汉大学中
文系。历任安徽大学、合肥师范学院、安徽师范大学教授、中文
系主任、语言研究所所长。著有《类书流别》《汉语语法》《张
涤华语文论稿》等，主编《现代汉语》。有《沐晖堂诗词稿》，
身后由学生选其部分作品，与宛敏灏、祖保泉诗词合编为《赭山
三松集》，由北岳文艺出版社印行。

谒金门·西湖暮归

　　归又晚，不记绕堤几转。微雨催教游客散，
湖山闲一半。　　行到渡头桥断，越女如花争唤。
笑赌东风飞桨急，看谁先到岸？

（1929 年）

水调歌头·病中记梦

　　朱鸟破空下，负我上青天。长风飒飒狂啸，
吹海浪成山。放眼乾坤辽阔，多少珠宫贝阙，都
在水云间。帝子正游戏，龙象色斑斓。　　启金
扃，搴珠箔，供华筵。双鬟绰约，倚栏催进藕如
船。乐起林鸾对舞，歌彻天花纷落，坐久怯高寒。
仿佛不胜酒，梦醒尚醺然。

浣溪沙（十首录五）

（一）

　　偶曳长裾过小桥，惹教风柳妒纤腰。名园露饮记相招。　　粉气衣香薰座透，脂光钗泽腻人娇。目成真觉欲魂销。

（1940 年）

（二）

　　翠竹檀栾欲过墙，开帘风动怯新凉。碧天如水月侵廊。　　坐久渐知花气重，语轻微觉口脂香。会心处处耐思量。

（三）

　　明月撩人入梦迟，兰情蕙盼系相思。清辉也减似腰肢。　　浅笑任从留秀靥，轻鬟还许上修眉。天教嗔喜总相宜。

(四)

青鸟能传云外音，红鳞喜未阻秋霖。相思那怕海般深。　　锦字排成看宛转，砑绫叠就付沉吟。几行书费一生心。

(五)

小别还惊沈带宽，见稀多为出来难。春风娇面画中看。　　剪翠衫长金缕细，唾花绣窄玉徽圆。从今恣意教君怜。

许宝骙

1909 年生，浙江杭州人。曾任《团结报》总编辑。有《春水词》。

祝英台近

白沙堤，黄叶路，衰柳隔烟渚。怕说重过，还到旧游处。待寻借草余芳，痕消香散，但凄咽蛩吟如诉。　　细听取。疑似环佩归来，重温鬓边语。凉露难禁，欲去又回步。也知魂梦相期，为欢无据，却未忍放他轻去。

黄竹坪

字安定，1909 年生，浙江平湖人。南京江南诗画社副社长。有《竹坪诗词集》。

水调歌头·抗战初，避地富阳

秋色正无限，笳吹过城隈。仓皇一舸西去，何日再东回？凄绝霜风江上，林暗归鸦磔磔，冉冉夕阳颓。欹枕蓬窗梦，帆影坠衣来。　　富春渚，子陵濑，且徘徊。文山浩气千古，怒卷浪喧豗。自愧平戎无策，空逞纵横词笔，应是斗筲才。欲唤鱼龙起，烟散白云开。

（1937 年）

忆旧游

1937 年，避地钱塘江，夜泊笮溪。时杭垣已陷。

叹孤萍浩渺，远翮云霄，魂黯征程。一枕霜天梦，尽胡笳咽水，渔火依暝。江山信美谁主，怅触黍离情。诉林表凉蟾，烽余故国，多少蛮腥。　　飘零。苦憔悴，忆秦帝当年，云水诗盟。重指行吟处，认薜萝旧径，鸿爪凄清。沙边系艇凝伫，风峭酒初醒。对绕树啼乌，羁愁千叠随浪生。

周韶九

（1909——？），名基成，以字行，上海南汇人。曾任上海中学、务本女中等校国文教员。建国后任宝山造纸厂总务科职员。少从上海大同大学朱香晚受经史音韵之学，五十岁后又从王沧叟、龙榆生、唐圭璋、王季思问词。有《云西书屋词剩》《陈维崧选集》。

鹧鸪天·《陈维崧选集》注后题

词派高从阳羡开，心藏心写久低徊。句飞起凤蟠龙势，歌尽吞湖挹海才。　　添憔悴，费删裁，未须文字眼前堆。何当罨画溪阴坐，万壑千岩夺目来。

念奴娇·登伏波山

桂林山水，喜登临纵目，乍收疏雨。我自飞来如野鹤，山麓逶迤寻去。洞绕还珠，石看试剑，苍壁谁能赋？波光如练，扁舟江上容与。　　扶筇直上山巅，老当益壮，常记将军语。一任东风吹雪鬓，独立苍茫高处。云影岩头，弦歌峰下，胜地难长住。归途凝望，依稀仙柱承露。

虞　愚

（1909——？），字北山，福建厦门人。厦门大学毕业。任中国社会科学院哲学研究所研究员，兼厦门大学哲学系客座教授。有《北山楼词剩》及佛学著作多种。

天香·西藏香

尘麝飘雾，丝烟曳雨，奇香乍爇山馆。翠幕分温，袅空无尽，独有一生欢欠。人间别久，空冷落、骚魂一线。只恐游丝不定，还愁夜风吹断。　　几回梵香寄远。拨残灰、寸心先乱。更恨郁金消尽，密严池苑。芳思年来顿减，便海迥宵寒有谁管。寂寞南楼，青衫泪满。

高阳台·君坦词长读《香江宋城巡礼记》感赋属和，因拈此解

画鼓铜街，灵钟贝阙，芳春燕语联翩。笠屐登高，海天旷览无边。上河旧迹随流水，幻层城、金碧依然。似曾传，元老东都，录梦华年。　　千秋漫忆清明节，便樊楼置酒，汴岸牵船。翠幄成围，桥头月色婵娟。曲阑小苑经行处，感苍茫、过眼云烟。寄缠绵，有客沉吟，沧海桑田。

齐天乐·王又真将适新加坡，赋此志别

苍茫家国无穷泪，新霜鬓毛如许。乍定吟魂，方亲笑语，又说飞蓬南渡。江湖倦旅。记朋饮山楼，坠欢如露。奄忽风波，水滨凝伫舣舟处。　　无情江树一碧，只新词几阕，消得残暑。月色苍凉，山云黯淡，相对浑忘迟暮。骚心最苦。似为我羁留，细商音吕。后会何时，更烦君试数。

杜　琨

（1910——1943），字悦鸣，自号九鲤散人，福建福鼎人。北平中国大学国学系毕业。曾任察哈尔省立张家口师范学校国文教员、北平中国大学国学系讲师、福建省立师范专科学校文史地科国文副教授。有《北游吟草》《词录》《霍童倡和诗》《三馀山馆诗话》《闽东诗钞》。

思远人

流水行云天共远，一抹遥山碧。日斜风定，双双归雁，穿过垂杨陌。　断魂万里无家客。独向花间立。正极目晚春，骇红纷绿，啼鹃数声急。

水龙吟·游稷园

客中花事匆匆，廿番芳信清明节。名园携手，朱阑双凭，去年初别。旧地重临，那人何在，杜鹃泣血。更一春春恨，几回往事，长怀古，心肠结。　坛坫雍容休说。只依稀、劫灰成堨。荒烟蔓草，夕阳黄土，风蝉呜咽。五胜残痕，何须回首，燎燔宵彻。且凭高远眺，连云宫观，又繁华歇。

摸鱼儿·用稼轩韵

　　淡春山、一行烟树，断桥流水人去。碧云天远收残雨，雨后落花无数。鞍少驻。双柳下、依稀认得来时路。流莺软语。问为甚匆忙，春来春去，万里逐飞絮。　　当年事、如虎如龙都误。蛾眉羞道人妒。樗材只合沟中断，巧舌从今轻诉。休起舞。青草地、绮罗回首埋黄土。斜阳正苦。望村落黄昏，楼台灯火，今夜又何处？

李宝森

（1910——1982），江苏镇江人。东吴大学法学院毕业。曾任东吴大学、光华大学教授。建国后在上海工商联任职。诗词师事名宿陈含光及程善之。有《海天楼吟草》。

好事近·题柳溪归棹图

江上晚烟笼，山外斜阳明灭。一叶扁舟归去，待应潮新月。　　依依杨柳又东风，芳草隐沙碛。昨夜欹篷，春雨报杏花消息。

万云骏

（1910——1994），字西笑，笔名网珠，上海南汇人。1936年毕业于上海光华大学国文系。历任上海光华大学、诚明文学院、华东师范大学副教授、教授，《词学》编委。著有《词学论文集》《诗词曲比较研究》《略论杜甫诗论》《诗词曲选析》《诗词曲欣赏论集》《西笑诗词存稿》等。

莺啼序

　　花开易成瘦损，倚筝弦梦语。绛纱掩、屏曲悄悄，近日芳信无据。峭寒在、吴笺倦擘，河梁尽是伤心句。叹飘零萍梗，三生旧盟轻误。　　别后西堂，事影半往，念芳菲前度。黛眉敛、凄结相思，绮情曾共啼诉。浅尊空、青衫暗湿；短歌阕、残红犹舞。甚楼台回首斜阳，总悲风絮。　　新亭泪点，故国沧桑，冶游换倦旅。笛里恨、十年吹破，逝水难挽，鬓发飘萧，几多离苦。天高漫问，愁多难寄，蘅皋望断情何极，最无端一霎春光暮。关山满目，空吟艳骨，黄沙怨别，忍问终古。　　临花岸帻，九陌嘶骢，散凤城俊侣。奈惨黯、铜驼巷陌，自起烟尘，紫燕空归，画栏谁主？流莺缥缈，中宵孤啭，江山金粉无复剩，对灯花频卜君知否？天涯芳草年年，浪迹江郎，翠腔自谱。

长亭怨慢

　　早凋尽兰荃词句，有泪难消，客中羁绪。缥缈鹃声，为谁啼到旧庭宇？陌头芳草，还绿遍长亭路。故国好春光，自话别飘零如许。　　日暮。望芳堤不是，只是斜阳千树。楼台梦里，甚佳约十年轻误。试说与劫后春莺，又赢得新愁成缕。但独倚河桥，撩眼飞花狂舞。

谢稚柳

（1910——？），江苏常州人。早年从钱名山治经史诗文，兼习国画。曾任中央大学艺术系教授。建国后，从事书画品鉴工作，任上海市博物馆顾问。有《壮暮堂诗词集》《敦煌艺术叙录》《鉴馀杂稿》等。

玉楼春·壬寅中秋游千山，夜返沈阳，车中得此阕

关河夜气沉清水，玉兔团光同万里。何须把酒问青天，今是何年从古异。　　车轮西转如飞矢，回望千山馀别意。金风桂露碧空寒，无数峰峦明月里。

水调歌头

映日旌旗掩，沧海变狂澜。酸风射眼凄紧，秋色暗长安。谁念清明寒食，万萼千花无迹，化作血痕干。凝夜乌云重，城上乱鸦喧。　　英雄泪，且休揾，试凭栏。神州八亿儿女，未改寸心丹。创业艰难未半，容得狗偷鼠窃，一片好江山。揽月九天手，捉鳖五洋翻。

（丙辰十月十四日作）

佟绍弼

（1911——1969），字立勋，号腊庵，广州人。少有诗名，与熊润桐、余心一、曾希颖、李履庵合称"南园今五子"。历任勷勤大学、广东大学、国民大学、广州大学教授。有《腊斋诗词》。

南柯子·感梦（二首录一）

相忆情难极，相逢恨更添。梦中曾否感衰髯？知我别来殢酒醉恹恹。　　玉指朱弦绝，芳心锦字纤。醒来重觅旧零缣，正是一钩残月半窗衔。

林　岩

（1911——1977），字松峰，福建闽县人。大夏大学毕业，历任银行、海关秘书等。有《松峰词稿》。

风入松

寒砧断续晚风轻，灯火小楼明。沉沉院落人初静，银河淡、几点疏星。寂寞良宵如水，夜阑独对孤檠。　　绿窗修竹影凄清，幽梦到银屏。相思千里江南路，有谁知、此际心情？露重月明风细，一庭梧叶秋声。

菩萨蛮·春日过严滩

桐溪水渌凝春碧，岚光翠映千帆白。江上晚烟寒，夕阳无数山。　　杜鹃留不住，还向天涯去。又是送春归，杨花飞满衣。

（1949 年）

临江仙

　　楼内炉光楼外雪，雪花飞入梅花。水边疏影自横斜。暗香浮一缕，清思到谁家？　　诗意渐浓寒意重，琼枝低映窗纱。黄昏灯火看归鸦。深情思寄与，魂梦绕天涯。

吴鹭山

（1911——1986），字天五，浙江乐清人。曾任教于浙江师范学院。有《光风楼诗词》《杜诗论丛》《杜甫诗选》（与浦江清合编）。

浣溪沙·草堂即事

雨浥儿拳犊角微①，风褰薜荔女萝衣。梦回山枕绿成围。　　蛮触盘蜗犹伐国，江天归鹭定知机。麦螺声里又斜晖②。

（1941 年）

【注】

① 谓初生薇蕨有如儿拳，初生竹笋有如犊角，见黄庭坚诗。
② 麦熟时，村童以麦杆作法螺吹之。

清平乐·雁荡龙壑轩与谢邻同赋①

湫飞龙斗，谁是开山手？欲唤那罗同抖擞②，云灭云生谷口。　　楼台篸影冥冥，词仙却在高层。猛忆人间甲子，雁归犹带秋声。

【注】
① 龙壑轩，在雁荡山大龙湫。谢邻，夏承焘别号。
② 诺讵那罗，西域僧人，相传在大龙湫下宴坐观化。

玉楼春·避寇过北阁李子瑾家

八风吹梦何时了，尘劫难销人易老。一筇倚处俯苍烟，似画溪山看倍好。　　秋蓬书客神交早，欲醉醇醪还草草。灯前相对两吟身，忍伴惊乌啼到晓。

（1945 年）

何　嘉

（1911——1990），字之硕，号颙斋，江苏嘉定（今属上海市）人。曾任中央大学教授、南方大学教务长、青海省西宁市政协常委。有《颙斋乐府甲乙稿》《词调溯源笺》《和阳春集》等。兼擅书画章草，为西北三大名家之一。遗稿有《千章草堂丛话》等数种。

浣溪沙·与冒效鲁教授冒雨登扫叶楼

冲雨迎寒上小楼，压山烟黛一龛收。接天波影识归舟。　　题壁有诗如落叶，绕城无柳斗残秋。谁怜王粲动离愁？

（1948年）

刘家传

（1911——1993），字廉秋，湖南湘乡人。曾执教湖南师大中文系。有《廉秋诗词选》。

浣溪沙·和寂园师

闲觅青虫饲异禽，偶栽秋菊借庭阴。个中犹有少时心。　　怀远只因芳草碧，留春未觉落花深。往年豪气不如今。

蝶恋花·怀旧

云外秋阳红欲暮。邂逅城南，又向衡阳去。梦也依依寻雁路，相随不管风和雨。　　无奈人间多间阻。莺老花飞，空有馀春句。说到他生心更苦，百年容易成今古。

萧印唐

（1911——1996），名熙群，以字行，四川垫江人。1932 年毕业于四川大学，1936 年毕业于南京金陵大学国学研究班。先后任四川大学、重庆国立女子师范学院、南林文法学院教授。建国后任教于重庆高级工业学校、重庆电力学校。谢世后，其女效农搜辑残稿，编为《印唐存稿》出版。

霜花腴·和庞石帚

步高落帽，趁雁风、披襟胜似弹冠。书卷宜人，林泉留命，生涯欲遣何难。梦遥枕宽。念昨宵、清泻檐前。正羁人、酒薄衣单，剑南如许晚秋寒。　探菊望江楼畔，度回廊坐听，病树残蝉。门巷无存，美人安在，空传故井名笺。逝波过船。记往游、携手婵娟。只今朝、有酒无花，江山争忍看。

高阳台·和沈祖棻

晓雾朝寒，晴岚暮寂，炉边埋梦尤难。愿老骄贫，已无心事题笺。倚楼歌哭当筵舞，正思量、短景凋年。算平生，血泪如流，忧患如山。　佳人锦瑟随尘土，只空梁想燕，高柳思鹃。争奈芳菲，碧枝绿草堪怜。酒情狂恨凄凉意，起彷徨、夜久人眠。更伤心，低诉无腔，高唱无弦。

周采泉

原名堤，笔名堤水、稀翁，1911 年生，已逝世。卒年未详。浙江鄞县人。浙江省文史馆馆员。长期任职杭州大学图书馆。有《文史博议》《老学斋文论丛》《老学斋诗存》《金缕百咏》等。

金缕曲·咏雪

俯瞰临无地。看南邻、琼楼玉宇，昨非今是。毕竟诗人多幻想，说比长安大被。恨难填、井深无底。偶效欧公赋禁体，厌尖叉、窠臼翻新意。声悄悄，竖双耳。　　由来富贵判尤喜。似袁安、经旬高卧，门无客至。是否糟床新漉酒，溜到天明未止。却平添一篙春水。来自飞扬去默默，转眼间已逐东流逝。冰山样，终难恃。

金缕曲·春雨连宵，海棠开矣，为赋此解

暮霭凝天宇。向黄昏、不须商略，行云施雨。淅沥声声帘外黑，洒向园林深处。雷隐隐、龙胎攒土。绿遍池塘蛙两部，点轻篙春水深如许。红湿了，锦城树。　　彩虹雾色迎曦曙。放新晴、轻寒薄暖，蜂喧蝶舞。不意严冬冰雪后，又见阳和如故。一转眼、韶华芳序。淡泊襟怀浑漫兴，步苏堤柳色笼烟雾。风乍起，扬千缕。

许莘农

1911 年生，江苏扬州人。早年毕业于无锡国学专修学校。五十年代调南京博物院从事书画鉴定工作。晚年受聘于南京艺术学院。有《辛庐词》。

阮郎归

雪天僵卧掩柴关，修篁腰易弯。寻梅莫漫骋雕鞍，门前山接山。　　横偃盖，落钗鬟，苍松终耐看。后凋长是老岩间，冰霜经岁艰。

蝶恋花

地久天长馀此恨。枕冷衾单，梦也难亲近。深闭院门俱瘦损，花时寂寞无人问。　　莫讶铜街过殷辚。送入邻家，锦上添佳讯。坠树翻红深一寸，芳菲那有愁人分。

虞美人

家居莫近横塘路，苦被婵娟误。宫砂甘待所欢销，怎奈权门强载夺藏娇。　　押衙已去今何在，揖盗空贻悔。花枝晞露昔年恩，怅望蓬山深锁素心人。

蝶恋花

欲把春光分一半。谁占芳华，心事猜云汉。燕子衔来花蕊看，层楼沉寂停弦管。　　庭院深深难再面。多少恩情，化作人间怨。入梦阳台云片片，何曾飞向昭阳殿。

潘 受

又名国渠，字虚之，号虚舟，1911 年生，原籍福建南安，移居新加坡。有《海外庐诗》四卷，附词一卷。

鹊踏枝·避寇归国，小住黔中，花溪听雨赋此

锦瑟年华弹指去。无计留春，鶗鴂声声误。身世因风全似絮，他乡况又闻秋雨。　几日花溪聊小住。行遍花溪，认遍花溪树。谁解秋心人独苦，江关检点兰成赋。

（1942 年）

湘月·花溪野行采花示尔彬次龚定庵韵

甚哉吾拙，念狂犹叹凤，愚争呼马。落拓青衫湖海影，甘受风尘陶冶。鼓瑟齐门，吹箫吴市，一例愁难写。轮困肝胆，平生几辈知者？　与君剩爱看花，采兰盈抱，采菊还盈把。觅取花溪花作伴，相对花光之下。花外笛声，花间剑气，肃杀凄中夏。江山雄郁，劝君忍泪休洒。

水龙吟·听黄生奏小提琴

花溪十里溪声，无端卷入霜弦咽。水生指下，倾怀滩诉，乱愁波叠。夫岂非耶？巫猿进泪，蜀鹃泣血。使畸人乍听，纵肠未断，亦百转，而千结。　难遇子期相赏，只空中，行云都遏。调高和寡，不应还唱，阳春白雪。瓦釜黄钟，灵均才命，古今一辙。且将杯举起，将琴藏起，醉溪山月。

如梦令·纪梦（四首录二）

（一）

人立碧纱窗畔，风动鬓云舒卷。低首出帷来，哽咽欲言声断。相见，相见，态度比前疏远。

（二）

缥缈玉笙凄弄，去翼黯然孤凤。弹泪洒遥天，愁叠绿罗裙重。如梦，如梦，又是一番相送。

满江红

新加坡东海岸勿洛为 1942 年日占领军大屠杀华人之一处，今成歌台舞榭。呼卢喝雉之场所，月夜过此，茗坐感赋。

东虏南窥，闻曾此、狂屠吾族。千义士、血添波浪，海翻红哭。何处鹃来凭吊骨，当时鱼避横飞肉。渐夜深、渔鬼火交明，悲风作。　尘劫换，笙歌续。沿废垒，驰香毂。满月台花榭，酒春人玉。拂镜翩翩狐步舞，绕梁隐隐乌栖曲。尽坐间、呼喝助寒潮，喧么六。

朱生豪

（1912——1944），浙江人。1933 年夏毕业于之江大学。以翻译莎士比亚戏剧著名。英年早逝，有未刊稿《芳草词撷》。施蛰存先生主编之《词学》第六辑，刊出生豪遗词二十首，朱宏达笺释。

浣溪沙·偶成

珍重年时罨画溪，水云淡漾石桥低。燕归芳草碧萋萋。　　莫道无情相望久，一汪儿泪没人知。落花深处暗褰衣。

唐多令·西溪和彭郎（二首录一）

寥落古词魂，孤庵我拜君。月明溪水影无痕。飞絮飘蓬千万恨，自呜咽，冷云根。　　芳草不堪论，休歌纨扇春。繁华事散逐香尘。漫忆徐郎诗句好[①]，流水梦，落花心。

【注】
① 徐志摩有《秋雪庵芦色歌》。

高阳台·秋感次韵彭郎

露冷蒹葭，渚寒鸥鹭，丹枫摇落秋江。萧瑟情怀，长怜月渡星塘。当年春梦迷离地，有蛛丝蔓草萦窗。漏渐长，尽处风更，尽处哀螀。　　漫追旧迹成凄咽，总濯春修鬓，换得秋霜。菊影依帏，怜伊长耐宵凉。旧巢燕子天涯侣，应念我清泪千行。莫持觞，吟断寒魂，拚取情伤。

庆春泽·次韵诸君作

万里秋云，千山落日，丈夫无事萦心。莽莽长河，风高试与凭临。壮怀谁爱投荒雁，谁更听、琐琐蛩音？潮深深，濯足沧流，逸兴难禁。　　拿云意气擎天志，笑蚁封兔窟，尘梦酣沉。我有豪情，岂愁绿鬓霜侵？欲挥长剑乘风去，等他年、化鹤重寻。倘而今，放眼高歌，唱彻平林。

绮罗香·和赠天然次韵

我倦欲眠，君归且去，总有相思休语。不见秋云，袅袅又萦红树。待稔春、桃李开时，更载酒、芳江唤渡。今且看、芦雪如花，雁归远过潇湘去。　　风月倘思裴度。赠尔诗情万斛，一清如许。烛泪抛残，梦里犹吟秀句。且莫愁、芳草难留；总到处、黄花堪住。倚高楼、一笛秋风，蛩吟枫乱舞。

虞美人

盈盈双泪河阳笛，无那娇魂湿。低徊又记画眉时，卷起一帘春梦雨如丝。　　而今零落筝琶怨，羞说当年愿。萍踪到处便为家，自伴满江明月唱芦花。

鹧鸪天·赠宋清如① (三首录二)

(一)

昨忆秦山初见时，十分娇瘦十分痴。席边款款吴侬语，笔底纤纤稚子诗。　　交尚浅，意先移，平生心绪诉君知。飞花逝水初无意，可奈衷情不自持。

(二)

浙水东流无尽苍，人间暂别易参商。阑珊春去羁魂怨，挥手征车送夕阳。　　梦易散，手空扬，尚言离别是寻常。谁知咏罢河梁句，刻骨相思只自伤。

【注】

① 宋清如，作者恋人。

高阳台 • 和清如用玉田原韵

　　苦雨朝朝，离魂夜夜，人生飘泊如船。忽遇飙风，狂涛卷尽华年。罗情绮恨须忘却，是女儿莫受人怜。试凭高，故国江山，满眼风烟。　　蜀山应比吴山好，望白云迢递，休叹斯川。花月轻愁，从今不上吟边。戈鋋血染黄河碧，更何心浅醉闲眠？听不得，竹外哀猿，山里啼鹃。

水调歌头 • 酬清如四川仍用原韵

　　西北有高楼，飞桷接危穹。有人楼上伫立，日暮杜鹃风。回首神京旧路，怅望故园何处，举世几英雄？骋意须长剑，梦想建奇功。　　花事谢，莺歌歇，酒尊空。旧日雕阑玉砌，狐兔窜枯松。为问昔盟鸥侣，湖上小腰杨柳，可与去年同？一片锦江水，明月为谁容？

黄寿祺

（1912——1990），字之六，号六庵，福建霞浦人。毕业于中国大学。曾执教于北平中国大学、华北国医学院。后为福建师范大学教授。有《易学群书平议》《六庵论易杂著》《六庵易话》《六庵诗选》《蕉窗词》等。

蝶恋花

四面荷塘溶碧水。疏淡秋容，红蓼还如醉。记得香车曾此会，绿罗裙染春山翠。　　千种温柔成梦寐。塞雁来时，一掬飘零泪。日暮城头闻角吹，栏杆徙倚人憔悴。

（1940 年）

许白凤

（1912——1994），字奇光，浙江平湖人，退休干部，曾任鸳鸯湖诗社副社长，杭州之江诗社顾问。著有《亭桥词》《亭桥词续》《亭桥词话》《乍浦纪事诗》《乍浦黄山志》《丁卯庐诗》等多种。

采桑子

愁边一角春来路，记得前番，赠我湘兰。绿意红情问小鬟。　　分明是梦还非梦，莺老花残，芳思都删。行过双桥怕转弯。

（1934 年）

清平乐·立秋后三日作

秋凉如许，薄薄添衾絮。梦醒残灯虫乱语，昨夜黄昏一雨。　　晓窗把笔迟迟，芭蕉叶上新诗。诗到无人爱处，几分天籁来时。

（1946 年）

刘君惠

（1912——1999），原名刘道和，别署佩蘅，四川成都人。曾任四川师范学院教授。有《佩蘅诗稿》等。

霜花腴·壬午九日同石斋、千帆、子苾登高

暗风细滴，正倚楼、凄凄翠霭馀凉。帘外湘云，尊前吴语，乡愁压满吟觞。客怀易苍。指遥天、惊雁行行。望中原、发影依稀，剑南秋色断人肠。　谁忆尹娘高调，总颦眉缓颊，负了清吭。劫后湖山，梦中啼笑，人间处处沧桑。楚兰易伤。洞庭波、木叶迷茫。更何年、无恙秦淮，相将一苇杭。

（1942 年）

高阳台·岁暮枕江楼酒集

　　醉便为乡，愁还似海，肺肝欲诉都难。无益相思，泪痕空渍吟笺。夕阳红到销魂处，甚欺人、锦瑟华年。更相逢，如此楼台，如此江山。　　春愁南陌休回首，剩冰心托月，绮梦闻鹃。镜里须眉，朝来照影谁怜？茶烟禅榻安排好，要花时、准备闲眠。漫思量，侠骨欢场，横竹么弦。

（1942 年）

踏莎行·大千写峨眉感旧图嘱题

　　黯黯是烟，蒙蒙是雾，双肩人在高寒处。一痕淡淡应难描，蛾眉消瘦今如许。　　几度秋风，几番秋雨，旧游如梦凭谁语？纵烦摩诘画成图，云中那辨相思路？

（1944 年）

丘良任

（1912—2002），安徽全椒人。曾任长沙水利电力师范学院副教授。早年从唐圭璋、卢前学词。有《炎玉词剩》。

菩萨蛮（五首）

（一）

十年未到江南路，解鞍欲向江南驻。荠麦正青青，春风满故城。　　六朝金粉处，依旧喧箫鼓。杨柳又如烟，秦淮听雨眠。

（二）

一枰楼上谁先负，当年胡马窥江去。春水尽东流，湖名尚莫愁。　　金陵形胜地，多少兴亡事。寒食草萋萋，烟笼十里堤。

（三）

愚园旧事堪重数，沾泥残絮城西路。乔木废池边，栖鸦浑不言。　　板桥何处在，门巷乌衣改。桃叶渡头春，谁人打桨迎。

（四）

生来玄武湖边住，一篙载客来还去。含笑赌樱桃，唇边红未消。 当年游乐处，携手垂杨路。莺老绿荫浓，旧欢如梦中。

（五）

月明欲下濛濛雾，人间夜色清如许。似听海涛声，思潮总不平。 江南春欲暮，零落花无数。古寺正鸡鸣，绿窗残梦沉。

蝶恋花

记否庭前红杏树。忍说当年，总被当年误。手把花枝拼折去，重来空抚创痕处。 十载离情兼别绪。盼得归来，又觉归来错（入作去）。泪眼相看无一语，卷帘正值潇潇雨。

临江仙

独立江头人未识，苍山碧汉轻云。不知何处拨珑玲。弦声繁欲碎，凄咽入人心。 哀乐中年情事尽，可堪书剑飘零。狂歌欲放更沉吟。尘寰无觅处，天外目秋星。

启 功

（1912——2005），字元白，满族，姓爱新觉罗，生于北京。曾执教于辅仁中学、辅仁大学。建国后任北京师范大学教授、博士生导师，兼任国家古籍整理出版规划小组成员、顾问，文物鉴定委员会主任委员、中央文史研究馆副馆长等职。有《古代字体论稿》《诗文声律论稿》《启功丛稿》《汉语现象论丛》《论书绝句一百首》《启功韵语》《启功絮语》《启功书画留影集》等。

八声甘州·社课题画墨竹

渺同云、飘堕自潇湘，墨雨入银钩。想北窗凉思，东华尘土，都是阳秋。挥尽澄心一卷，暮霭万竿稠。唯有梅花叟，堪配湖州。　　笑我频年习懒，弄柔毫但写，翠凤青虬。对零缣断素，无语共天游。任相疑、非麻非竹，羡云林胸次总悠悠。神来处，笔歌墨舞，时绕丹丘。

虞美人·自题《新绿堂图》，次杨君武先生韵

缥缃乍拂馀尘暗，始讶流年换。锦园明月旧南楼，识否当年青鬓不知愁？　　墨痕翠滴浓于雨，点点增离绪。乱红无语过芳时，又是浓荫密叶满平池。

沁园春·自叙

检点平生，往日全非，百事无聊。计幼时孤露，中年坎坷，如今渐老，幻想俱抛。半世生涯，教书卖画，不过闲吹乞食箫。谁似我，真有名无实，饭桶脓包。　　偶然弄些蹊跷，像博学多闻见解超。笑左翻右找，东拼西凑，繁繁琐琐，絮絮叨叨。这样文章，人人会作，惭愧篇篇稿费高。从此后，定收摊歇业，再不胡抄。

贺新郎·咏史

古史从头看。几千年、兴亡成败，眼花缭乱。多少王侯多少贼，早已全都完蛋。尽成了、灰尘一片。大本糊涂流水账，电子机难得从头算。竟自有，若干卷。　　书中人物千千万。细分来、寿终天命，少于一半。试问其馀哪里去？脖子被人切断。还使劲、断断争辩。檐下飞蚊生自灭，不曾知、何故团团转。谁参透，这公案？

黄 畲

字经笙，又号纫兰簃主，1912年生，台湾淡水人。任中央文史研究馆馆员。出版有《欧阳修词》《石湖词》《阳春集》《山中白云词》等注释或校注。另有《三海全咏》《中山公园全咏》《纫兰簃集》等。

琐窗寒·秋明

薄雾笼山，痴云弄暝，黛愁眉妩。桐荫似水，罨画玉楼朱户。倚雕栏、别恨万端，古城冷落悲笳语。看乍明还暗，无多残照，倍添凄楚。　烟暮。凝眸处、更翠晕岚痕，熨波织缕。飞帆片片，自趁寒潮来去。渐苍茫、归雁数行，影和断霭迷远渚。到黄昏、怕上高楼，怨笛牵愁住。

任铭善

（1913——1967），字心叔，江苏如皋人。曾任教之江大学、浙江大学、浙江师院、杭州大学。有《古汉语通论》《汉语音史要略》《礼记目录后案》等。

踏莎行·喜荪簃重会同瞿师作

客梦短长，离怀深浅，桑枯海竭归何晚。一秋烟景与人期，十年江路和天远。　　鹃语凄音，龙荒幽怨，某山某水思量遍。休耽旧月上层楼，回风乱角今宵满。

（1940 年）

浣溪沙·梦回闻远市歌管声

露月无言销暗尘，西风池苑暖于春。六街箫鼓夜归人。　　秋梦乍添今日恨，客程长著苦吟身。忍抛啼雨向歌云？

金缕曲·晚归见满路落叶赋之

坠恨万千寸。甚年年、飘零尘土，更无人问？冉冉斜阳愁中短，怕听钱歌怨引。渐一片、凉蝉声紧。玉砌雕栏何处是，算长安自远天涯近。摇落意，耐思忖。　　西园俊侣分飞恨。忍关心、和砧蛩语，惊寒雁阵。芳径浓荫前梦好，草草绿休红褪。禁几度、雨凄风迅。料想故山山畔路，也霜花霜蕊看吹尽。行客泪，伴残损。

八声甘州·沙城客馆独饮辄醉有作

渺空江片月霁寒沙，帆落夜潮平。乍小屏围梦，长天过雁，画角连城。心事明朝晴雨，湖海十年灯。到枕忘蛩语，解诉飘零。　　听雨听风都惯，恨无多秋泪，料理秋情。甚翻阶乱叶，犹作故园声？几回看、随身孤剑，奈中宵、残酒不曾醒。苍山外，五更霜气，带两三星。

（1944 年）

冼明昌

（1913——1980），号茗窗，广东三水人。生前客居香港，以中医为业。有《拜花词馆诗词遗稿》。

念奴娇·春望依西麓平韵体

暖分鹏屿，惯题灯妆榭，催展花场。绿雨衣尘知几浣，暗消年少他乡。梦蚁游宫，栽桃换世，楼外未斜阳。钿箫玉管，舞鬟歌鬓吹香。　　休说南渡鸿哀，北来龙尽，人事古今忙。春到家山仍锦绣，何曾天废文章。藻润朱澜，棉标烽炬，风景眼中量。栏杆高处，片红惊坠吟觞。

惜秋华·秋日寄怀

汉影分天，换人间、梦隔银屏罗扇。仙桂未霜，年时镜中花恋。青蛾漫敛西风，淡霭色、重妆山远。先寒，有新鸿破夕，缄书长短。　　江海任情满。怅歌尘卷浪，九州龙战。菊社剩香，曾拂泪深离盏。秦箫纵不悲秋，奈比翼、骖鸾终晚。幽院。翠帘阴、流光飘箭。

吴则虞

（1913——1981），字藕廔，别号曼楡，安徽泾县人。生前曾任北京大学教授、中国科学院哲学研究所研究员。有《慊静斋丛稿》《曼楡馆诗》《曼楡馆词》。

菩萨蛮（三首录一）

黄昏鱼钥重门静，芳灯谁省人孤夐？寂寞结连环，连环解更难。　　回肠成百叠，都向君前热。石黛画眉长，眉长鬓已霜。

壶中天

南明有隐君子者，自秣陵移居吾乡，筑室曰寒庐寒栖，今犹存。赋此张之。

担头收拾，把台城鬖柳，携来阛角。玉斧已无天可补，漫向寒林丁桩。千泪沉山，一竿照水，世外浮云薄。柴门休闭，有谁更来寻约？　　眼底落落神州，茫茫刹海，凡梦皆成罶。敢信桃源终晋有，难改胸中丘壑。鹤记前朝，春伤故国，半树梅犹萼。十三陵上，明楼都让狐貉。

人月圆

鳌峰峰下春无价，凉绿画银塘。落花时节，草薰蝴蝶，雨老鸳鸯。　　可堪霫臆，不堪回首，最是难忘。掀帘一笑，销魂半霎，人影灯藏。

百字令·过琴高台

累人皮骨，窥桥边波镜，儿衣还长。人说家居贫亦好，偏我少年孤往。一笠斜阳，半肩行李，路入青霄上。先生休笑，世间如此流宕。　　当日涿水云烟，泠然万里，来占秋坪广。鲤背蓬蓬君去处，只有琴鱼能讲。树杪寒泉，崖前暮雨，又听溪声响。忽然双鹤，刺天飞出千丈。

高阳台·题《彊村授砚图》为龙七作

玄鹤不归，词仙暗老，蟾光怨碧无情。谏草拏音，九歌九辩谁听？浮天拍地都成海，剩彊山片石回青。惜伶俜，可证沤盟，除是韩陵。　　隃糜曾记先朝赐，对千茎白发，一线孤灯。采玉韶年，瓣香低首亲承。祓衣毕竟非长物，只贞珉两字丁宁。感精灵，鹳眼窗前，似答鹃声。

虞美人

春情似共春云约，无奈东风薄。一枝红艳欲专城，才是朱阑日午已三更。　　青梧飘落归何处，夜永长门阻。御沟铅水莫轻流，流到银河正好隔牵牛。

木兰花慢

卷冰绡断语，影宛宛，麝尘中。甚密计通词，香淹残帕，字泥初鸿。疏椶。急更倦雨，羃灯唇一夜坠衰红。未抵瑶缄直北，蓦惊画鼓城东。　　倥偬。欢事谢芳丛，底处是仙逢？算十载消除，无端锦瑟，万感琼钟。秋慵。卷帘忍对，荐鲛珠进入露盘浓。任是金奁玉柱，都他萍水馀踪。

小庭花

毕竟天公不市恩，盈盈长怨绛河浑。三生能有几黄昏？　　钗畔玉馨非药杵，座中红唾似灯唇。此情争甚不销魂？

壶中天·赋落叶

乱鸦非黑，恁霞翻蝶举，萧骚林隙。一棹江南归计在，只有梦中游历。颓堞金明，荒坡玉冷，万笏山争出。题情休去，人间仍此孤寂。　　莫管梗怨萍啼，西风小院，蛩咽苍云湿。十诉岂容回冥宰，凄绝哀蝉赋笔。断雁偎烟，愁鱼吹浪，身世无消息。斜阳终古，他生还许能识。

木兰花慢·夜泛太湖

素秋秋在水，木叶下，洞庭初。看渺渺琼田，茫茫玉界，黯黯平芜。晴湖。沼吴去后，莹柔澜犹似女儿肤。万顷海惊化石，一泓月浸成珠。　　篷篍。呵壁狂呼。谁主客，甚黄苏。叹无用年华，无功文字，无准乘除。踟蹰。鬖鬖我发，过仙山宜濯不宜梳。夜半宫城近也，回桡怕有啼乌。

台城路·宣城北楼

六朝幻住层霄影，楼头我来重倚。败绿啼阶，愁红印堞，果熟城鸦先喜。髫时尚记。指阑角朱扉，那回仍闭。漫说齐梁，十年前事浑如此。　　登临本无人识，旅怀今更苦，孤思难寄。黯黯惊烽，沉沉暮柝，秋到江南无地。浮游万里。叹肘臂家山，反挠归计。落照双溪，断魂都是水。

木兰花慢·黄鹤楼用金元人调

倚楼头四瞩，浑不识，旧山川。看地缺东南，云浮西北，日薄虞渊。神仙几声玉笛，吹桑田变海复成田。闻道长江如带，搴裳安用投鞭？　　登舟洒泣是何年，犀在未须燃。更种柳门非，攀条人远，鹤入寥天。抽弦感音一曲，叹琴台欲上尚无缘。世事岂容吾了，移情且近尊前。

水龙吟·避兵入鄂，舟中对月

　　江南万户婵娟，可怜也共人颠踬。悠悠脉脉，斜阳过了，暗随船尾。下濑关河，上流形胜，西风又起。试推篷远望（下缺四字），全不见，天和水。　　纵是银潢兵洗。问卿卿、可成归计？卿还我笑，归来依样，梗飘萍寄。转忆儿年，此时此夜，翠夼桂子。把承平换得，一囊双屐，并思亲泪。

疏影·西行道上见梅花

　　寒风蹀躞。向孤山顶上，赊来晴雪。点点圈圈，画不成家，世乱少环多玦。园林半亩成灰土，更漠漠长云愁隔，最堪怜聚景亭前，谁在赋情情切。　　花也会人言语，伶俜自顾影，薏苡盈睫。却问行人，月苦霜凄，底事年年天末？玉儿已教东昏误，但只许回眸一瞥。到明朝纸帐朦胧，可有离魂飞越？

迈陂塘

拂潇湘曲波凉影，高风吹换寒树。金河自早生秋思，不为远笛轻度。看似误。诧万里云罗，星物都非故。低徊欲住。还将子翻飞，一沙半水，寂寂送昏曙。　　漫凝仁。北息南游总负，乾坤浑是愁侣。梁园旧事长消歇，那问鹤汀鸾渚。空泪注。谁识我、琼姿信好心偏苦。双眸盼妒。但厄照边烽，沉江戍鼓，遮断寄书处。

声声慢

立秋前夕沅江畔有歌"淡淡江南月"调者，闻之泫然。

银屏驻梦，绣幌围香，弯弯新月当头。脆管横吹，三更烟袅灯柔。家山骤惊入破，又添声小海吴讴。情最苦、叹棠桡门泊，不是归舟。　　身世开天再值，除麻衣蒯履，孰预前游？乱逐年深，焉知来日沉浮？橘中欲寻弈叟，怕神仙更比人愁。休哽咽，到明朝、还拟悲秋。

鹊踏枝

插岸高帆带落日。节节滩头，寸寸波如缬。犹是那回烟水驿，南天八月新寒及。　　残樾饥鸟飞又没。乱后江村，犬吠浑无力。我欲褰裳行不得，高荷都已成荒棘。

南浦·桂林漓江秋泛

烟霞溥秀，薄平冈、喷起万龙虬。矗似驼峰眠碛，亘似鼻浮牛。一笑船回无地，遍瑶簪、玉笋乱中洲。听雁声悲苦，水声崩急，唯有橹声柔。　　两岸野芳似绣，上云帆、吹暝晚香浮。镜面波光如溜，渌画鬓边秋。几度背人思折，怕寒花、不识少年愁。只那回青鸟，款飞招我上高丘。

水龙吟·临桂况蕙风故宅

芭蕉早已无书，少年心事归何树？苔綦薜迹，吟魂殢魄，都资新主。带草牵萦，当初悔不，将君牵阻。叹驹光促促，东邻西里，何人识，词仙住？　　银燕辞飞甚处，换香巢又成残土。岷峨万叠，杜鹃声里，阑干迟暮。料理江南，江南更是，愁风愁雨。剩零纨断阕，玉梅花下，把红儿付。

摸鱼儿·蜀中闻杜鹃分韵得悟字

问年年、乱山冤碧，遗音非钟非缶。人间反舌都成鸟，抵死劳劳还诉。商去住。怪尔自无归，教我归何处？崎岖世路。正三月三巴，三更三点，叫彻千门户。　　偏安局、半霎舟移毂负，空枝岂是胥宇？国亡信有前知在，谁向桥南先悟？延秋树。但头白宫乌，啼拌金茎露。开天工部。过夜月云安，春风渺渺，听汝更凄苦。

一萼红·衡州雨夜舟中

又扬舲。任千摇万兀，送我泊严城。台上鹦蹲，火边尸臭，笳咽惨不成声。叹焦土圆蟾羞度，化半空垒雾洒馀腥。雁到峰回，崖阴秋老，叶落潮生。　　遮莫年年旅宿，对湘花湘草，已觉伤情。北客衣单，西风鬓冷，病怀今更凄清。问江天何人泼墨，飐渔灯匀照一分青。指点两三戍垒，错当旗亭。

苏武慢·南岳大错和尚墓下

天本无知，君岂忘世，错到六州难铸。荒踪自邈，大节先完，周粟黯然红腐。夕殿飞燐，西风吹泪，来拜墓门寒树。叹南都烟月，江花江草，卷回潮去。　因甚却触绪添愁，添愁奚益，枉教过今思苦。云山梵呗，雨幔昏灯，旷代尚容巢父。四十年来，海桑桑海，劫末法穷三武。算长房僧宝，篇篇仍是，写兴亡苦。

采桑子·杜鹃

先春误作催春鸟，啼到窗西，梦到辽西。二月轻阴上柳枝。　当年肠断低头甫，尔亦何知，天亦难知。故国青山付画眉。

鹧鸪天

妇挈两儿女就食曲江，隔岁往视，居贫食约，难乎为余怀也。

一室他乡磬似悬，居然笑语到灯前。荒年儿女偏加饭，乱世文章不值钱。　门外路，比登天，橐穿准拟典衣旋。南州幸是无霜雪，十月征途勿用棉。

三姝媚·木芙蓉用梦窗韵和庞石帚

云阶曾见惯。对重逢琼娘，古欢何限。索绪追凉，怕万妆争妒，背人梳浣。倒影楼台，红半压阑阴虬蔓。恁是伶俜，还避珠丛，去莺来燕。　　消息仙城初断。记手种鸦锄，稚株人短。换土霜根，甚梦瘦虫天，蚁槐荒宴。老色西风，秋易倦、芳心难变。化作龙香，洒入鱼笺恨满。

高阳台·灯下自写词稿

劫罅舒眸，吟边倚笑，篝灯自写秋词。冷月疏风，连宵偏在楼西。有涯能遣终何益，为笺愁每听晨鸡。最凄其，瘦了梅花，不是南枝。　　前身打就霜花稿，到箫慵笛倦，唯有悲啼。碧影炉烟，回肠疑似怜伊。红丝砚上三生泪，怕来生诗又无题。甚襟期，百念都非，一绝馀痴。

金缕曲·赵香宋画古树

留此前朝树。养风烟玉苗翠蕤，又惊秋暮。几度翩翩还卷卷，换了石亭炎暑。忍再读庾郎愁赋。怜取婆娑生意在，护清阴夜月梨花午。罴虎盼，鱼龙舞。　　珠禽老去春无主。恨依依江潭摇落，容颜非故。九畹移栽玄圃近，谁说仙槎路阻。问宋社商丘何处？且向建章基上望，但离离草没销魂土。终不为，匠斤顾。

一萼红·割宅

胃蟏蛸。缀游尘坠絮，犹挂户檐高。绕屋蛩声，通帘草色，曾此年年魂销。甚判教今邻昨主，怕夜吟误了把门敲。三宿桑悲，半珪桂缺，两戒迢迢。　　我是华堂昔燕，蹴春泥残垒，权当新巢。重理琴尊，量移图史，芳灯初记元宵。回天地一壶同缩，更何如人尽化鹡鸰。吩咐玲珑旧月，莫过墙腰。

陈襄陵

（1913—1989），名诵樵，广东南海人。寓居香港。有《旧香楼词》。

莺啼序

题《西窗度曲图》寄高八香江，时寓澳岸。

红楼下帏共赏，更移宫换羽。为曾染、麟带尘香，锦机重织金缕。记前度、盈盈一水，微波段段传幽愫。侭疏狂、消得婵娟，伴人清苦。　月浅云深，梦境近远，访题襟旧处。抚顽石、凭证三生，断魂犹识归路。谱新声、馀情寸寸，似知我、征衫寒贮。最无端、翻唱相逢，惹君凄楚。　今番野店，拥被联床，听故山夜雨。再与话、昔年空想，此日遗恨，变调伊凉，感时词赋。灯摇鬓影，疑真疑幻，羁留烽火关河外，两迷离、各倩哀弦诉。琴心易碎，难酬俊侣殷勤，岁华自伤迟暮。　良辰太短，别绪偏多，漫后期细数。念燕子、巢痕安在，已分飘零，暂寄修椽，也防莺妒。殊乡倦客，行吟寥落，从来惟怕音信滞，望炉峰、昏晓长凝伫。诛茅招隐林泉，预订鸥盟，待寻净土。

金菊对芙蓉 · 春日郊游

　　远岫屏开，微波镜映，晴烟暖熨单衣。向同携旧处，自诉新词。小桃花下春深浅，念流光、可要人知？斜阳芳草，双双燕影，惯是来迟。　　难禁飘渺相思。共香绵去住，几度差池。怕离魂易碎，不敌风丝。他生订有重逢约，侭今生、虚过些时。一声莺啭，飘红袖底，错认零脂。

国香慢

　　梦里温馨，是明珠旧恨，慧剑馀情。悠悠软红身世，锦瑟无声。耐到春蚕丝尽，羡秋燕、犹解飘零。人间更何处，水远山长，月浅风清。　　客中还送客，念能消几段，岁计离程。药炉经卷，催速双鬓星星。莫强心魂相守，费残泪、难忏生平。新愁又缭绕，铁笛吹寒，宿蝶都醒。

高阳台

风雨今朝，星辰昨夜，新愁又落吟边。宝篆薰炉，心香捣麝同燃。晶窗牢掩檐花碎，望层楼、缥缈云烟。费思量，几度妆前，几度灯前。 年年断续芳菲梦，趁华鬘劫罅，小住情天。换取悲凉，误人一再温存。无题词赋无痕事，秘枕函、淡墨尘笺。怕分明，谁是卿怜，谁是侬怜？

月华清

风露高寒，星辰零乱，月转楼阴还倚。绉碧罗襟，熨暖阑干十(作平)二。耐愁傍、暗绿丛边；怕梦落、软红堆里。憔悴。更炉香灯晕，教人迟睡。 有分同醒同醉。念两处心魂，也应同碎。换劫山河，重叠别离情味。认鸳牒、鸟篆钤脂；寄雁札、凤笺酬泪。无寐。又钟声几杵，残妆须理。

一萼红

卷帘旌。又娟娟新绿，迎日映中庭。逐水难回，笼烟易散，催春才歇鹃声。倚东风、施香假艳，叹花事，迟早也飘零。忍泪重寻，销魂独立，遍地凄清。　　一例韶光流转，念鸳盟早负，蝶梦迟醒。爱亦迷离，命原轻薄，庇护曾信金铃。愿留此、闲门芳草，似幽兰、空谷自青青。照眼榴红数点，认取馀情。

木兰花慢

听风铃细语，递霜讯，到楼阴。正门掩蛛丝，檐欹燕垒，残照园林。愁侵。素秋鬓影，负团圆、镜约十年心。昨夜妆台月（作去）满，从头一度思寻。　　何堪情泪铸黄金，夙愿寄青禽。念梦老难醒，缘深易损，才致如今。兰襟。旧香渐冷，有长歌无谓诉焦琴。除是移宫换羽，人间谁复知音？

高阳台

绉碧衫痕，堆红被浪，鬓丝明镜添霜。迟起朝眠，凝尘燕子空梁。踟蹰未忍轻离去，守残荷、池畔鸳鸯。早安排，聚也寻常，散也寻常。　　殊乡岁月应寥落，但新题写梦，断阕留香。自理冰弦，琴心不辨伊凉。黄金肯卖珍珠字，赋长门、难协宫商。旧因缘，且莫思量，再莫思量。

临江仙

豆蔻梢头春梦断，落花留伴鸳鸯。一湾流水送斜阳。银灯先替月，玉盏渐凝霜。　　过分相怜多怨怼，何堪过分思量？茫茫来日恨方长。也应从此绝，襟袖有馀香。

临江仙

佩紫簪黄都罢了，旧香桄触初心。年来哀乐两沉沉。酒痕何浅，还是泪痕深。　　记得无端成小别，钿车久驻江浔。罗巾重为拭离襟。沈郎从此，带眼不胜寻。

思佳客（四首）

（一）

　　一染春愁两鬓霜，韶光九十九回肠。缄书渐少珍珠字，纫佩先寒豆蔻香。　　缘恁短，恨何长，游丝飞絮度幽窗。垂帘遮断烟波路，风笛声中又夕阳。

（二）

　　续梦重来杜若洲，茶香亲款最高楼。琴心玉碎教谁补，烛泪珠圆信自休。　　山北向，海东流，一帘风雨送残秋。炉烟小篆相思字，拣遍新愁减旧愁。

（三）

　　流水行云不可寻，水情云意早同谙。罗衾绮梦寒金玦，素袖缁尘玷玉琴。　　花灼灼，柳深深，愁红惨绿旧园林。凭君十斛珍珠泪，未抵秋莲一点心。

（四）

絮果重修别有因，闻声对影拌销魂。蛮笺爽约恩成怨，翠被馀温梦当真。　　辞碧落，恋红尘，错将明月认前身。蓝桥路半还珠后，一念铭心第几人？

秋波媚（二首）

（一）

淡红灯罩绿窗纱，身世诉琵琶。飘零自误，征鸿有路，归燕无家。　　别饶一段堪怜处，回溯问年华。未圆心愿，春泥和泪，再种情花。

（二）

轻雷门外走钿车，垂柳碧纱橱。诗魂缥缈，缫愁作茧，炼泪成珠。　　游仙梦觉情天老，重读枕函书。一声弹指，相思无谓，相见多余。

许伯建

（1913——1997），名廷植，别署蝉堪、阿植、补茅主人，四川巴县人。曾就读于川东师范和实用高等财商专校。先后任职于四川省银行特等分行及中学、重庆文史研究馆。抗战中，与章士钊、潘伯鹰等发起并成立《饮河诗社》。有《补茅馀韵》。

高阳台·哀柳州桂林沦陷和袁北遥

老桂摧枝，衰杨罢舞，夜来消尽离魂。瘁羽嗷嗷，奋飞难再摩云。一丛寒断衡阳浦，倒飞霜、枫叶纷纷。耐艰辛，万里危身，寄草轻尘。　　书空有恨知谁省，渐荒江岁晚，阵影相亲。烈烈惊烽，可怜归梦无痕。稻粱今少为谋处，况关山、笛里声吞。不堪闻，犹望温存，天外孤村。

木兰花慢·十一月廿日用梅迟韵

又京尘暗惹，便催送，九街遥。记绣壁霞妆，凤台金缕，一例迢迢。无聊。带围自减，有芜城凄感赋难描。雕毂何须照眼，旧时却似新朝。　　仙桥。短梦更谁招，费泪报琼瑶。算前度相寻，后期未准，空识花翘。萧萧。野风乱响，傍山程仍伴溯江桡。肠与锋车共转，夜长忍问明朝。

摸鱼儿·题船家女剧照

荡烟波、几声柔棹，娇杨徐映眉妩。山光鬟影人如画，相伴花风梅雨。来又去。恰便似、沾泥逐水盈盈絮。相思怕数。奈坠叶飘英，芳时负尽，冷暖仗谁护？　　三生约、招得红欹翠妒，兰桡归梦偏阻。云萍也到相逢日，湖上弱条非故。愁莫赋。愁别有、无双越艳当筵舞。蕉心自苦。算惹泪天涯，危栏遍倚，一样断魂处。

望海潮·十月初纪事

阵云初朗，连峰微翠，小春如到南州。草际嫩晴，松间薄照，惜阴谁倚高楼。对此苦凝眸。却风光瞬息，天惨尘浮。大野号枭，怒雷千壑涌黄流。　　山容水态都愁。怅蛾眉谣诼，今古悠悠。世变未央，人才易老，年年煮豆春秋。叱咤并兜牟。且横涛冷眼，把酒狂讴。莫问霾阴卷地，一醉下帘钩。

金缕曲·周树人先生挽词

　　岁值龙蛇矣。甚河山、千钧一发，波云谲诡。冷对千夫横眉久，惊说长星忽坠。竟迸洒、哀时双泪。铸鼎燃犀凭四照，述微言、要醒钧天醉。心太苦，血空沸。　　凭高莽莽来危睇。岂蟠胸、云霓万丈，盖棺而已。枫冷吴江知何处，拈得心香远寄。怕满目、铜驼难避。早播宏篇珍海宇，剪迷阳、不负平生志。如此愿，有人继。

蝶恋花

　　听雨凉衾心似醉。一夕潇潇，添了愁人泪。覆去翻来浑不睡，煎心漫共兰膏褪。　　怕省朱颜临镜悴。才过重阳，谙尽悲秋味。休说海桑生百喟，余怀渺渺将谁寄。

满江红·寇重侵淞沪

　　十万鲸鲵，又惊破、吴淞春色。愁回首、萧萧易水，草莱宫阙。大将前锋来济死，男儿葬骨要离侧。纵暂倾西北陷东南，浮华歇。　　同仇义，终难灭。唐衢涕，羞虚说。要河山再造，铸之燐血。定有羿蒙争挟矢，更挥桂斧修明月。仗登陴壮士固金瓯，当无缺。

百字令·伏中喜雨，夜了印债，刲指自嘲

提刀生事，向昏灯檐雨，坐销岑寂。几见蛟虬奔腕下，遹问帝仓宵泣。壮悔雕虫，狂思饮羽，十载抛心力。漫劳挥汗，寸肤今为轻掷。　　休怨血洒昆吾，目中何况，草拥芜城碧。两戒惊烽仍滇洞，涂野残膏狼藉。压线因人，枯桑换世，同此鸿飞迹。填胸堪语，韩陵一片贞石。

程千帆

（1913—2000），曾用名会昌，号闲堂。湖南宁乡人。早年毕业于金陵大学。历任金陵大学、四川大学、武汉大学副教授、教授、中文系主任。"文革"后任南京大学一级教授，兼任国家古籍整理出版规划小组顾问、中华大典编纂工作委员会副主任委员、江苏省文史研究馆馆长、南京市文联名誉主席。有《文论十笺》《古诗考索》《史通笺记》《闲堂诗存》《闲堂诗文合钞》《古诗今选》等，与人合著《校雠广义》《两宋文学史》《被开拓的诗世界》。

鹊踏枝（二首录一）

一水盈盈秋梦浅。几度凌波，几度红香变。昨夜南塘风色乱，藕丝已逐离魂断。　　不道弄舟人去远。自苦芳心，独伴斜阳晚。欲语后期惟泪眼，临流谁会年时怨。

霜花腴·壬午九日

夜来细雨，听乱蛩、还愁消尽秋光。佳约无凭，故园何处，羁怀可奈重阳。旧情暗伤。正断烽、摇落江湘。更休提、年少承平，锦鞲骄马冶游郎。　　长惜镜中青鬓，怕星星数点，换了吴霜。仙侣争携，蛮笺乍叠，犹馀结习难忘。漫悲异乡。引深卮、自伴寒香。待明年、笑卷诗书，秣陵寻雀航。

念奴娇·癸未送春

殊乡春老，正客怀凄婉，零乱无据。遥忆江南前度日，唯有远山如雾。湖上空舻，淮东旧月，忍把归期数。梦魂难到，更惊昨夜风雨。　　休念枕障熏炉，少年心曲，不共朱颜驻。斫地埋忧谁会得，肠断高丘无女。燕蹴残英，鱼吹落絮，省识东君苦。韶华逝也，锦城斟尽芳醑。

王明孝

（1913——　　　）安徽南陵人。无锡国学专修学校、上海光华大学国文系肄业。原为中学教师。后调入高校授古典文学。曾从庐江陈诗学诗、南京唐圭璋学词。晚年任职于金陵职业大学。有《茗窗吟稿》三卷。

浣溪沙

枝上流莺破晓鸣，小楼梦断不堪听。隔墙又送卖花声。　　帘外芳茵空自绿，窗前杨柳为谁青。可怜风雨短长亭。

贺新郎·归思

踏遍湖边路。记来时、长堤柳暗，画船烟暮。徐步冶春同雅集，欣有江南旧雨。频把盏、堪倾心腑。乐往哀来原难料，讶狂飙恶浪腾妖雾。沉怨永，对谁诉？　　扬州一梦年何许。乍清醒、前尘影事，几多余惧。无限凄凉红楼夜，依约灯昏呓语。奈不解、争停羁旅？最是情深西窗月，送孤鸿嘹唳钟山去。似为我，吐幽愫。

高鸣珂

1913 年生，字鹤影，别署忍默。退休前任徐州鼓楼医院副主任医师。有《剪水词》《海天孤啸集》《微哦寸稿》《田园小草》《露初星晚词》《唐宋集句》等。

点绛唇

柳外楼高，年时载酒寻春路。燕帘莺户，不见销魂侣。　　十万狂花，红到伤心处。遥天易暮，青了山无数。

徵　招

虚堂酒醒黄昏后，销魂画帘微雨。玉烛照愁新，奈匆匆人去。凌波思故步。又轻换、镜中眉妩。绿树伤春，红兰泫夕，瘦腰慵舞。　　往事付琼箫，楼空在、难寻来鸾仙侣。归燕不成双，况营巢无处？孤琴还自抚。怕冷落、一弦一柱。怨漂泊、谁管杨花，化断萍零絮。

水龙吟

　　韶华不为人留，芳时一霎匆匆去。旧曾游地，而今只有，斜晖如故。乳燕辞梁，晚鸦争柳，寸心愁聚。把平生萧瑟，江潭摇落，尽写入，愁人赋。　　目极荒郊古墓。听沉沉、戍楼笳鼓。关河犹昔，风烟都改，行吟觅句。鹤冷猿孤，蛩昏雁暝，秋怀谁诉？且归来老屋，长哦隐几，向深灯语。

谢　堂

原名王天方，1913 年生，浙江四明人，原任上海文艺出版社编辑。有《沧海集》《放歌集》等。

鹧鸪天·晚春夜坐

花自芳华月自溶，楼前谁念水流东？云山隐约苍千叠，亭树依稀碧万丛。　　春未尽，夜还风，玉箫声和小楼钟。纱窗又上芭蕉影，坐看灯花掩映红。

黄苗子

1913 年生，广东中山人。曾任中国书法家协会常务理事，中国美术家协会理事。有《牛油集》。

念奴娇

1941 年在抗日战争中重庆，看吴祖光名剧《风雪夜归人》后写此。

绕梁哀曲。叹灵珠宛转，才人词笔。落影飘飘谁捡去，累汝凄迷寻觅。笑泣声残，悲欢梦涉，觅也无踪迹。红毹尘世，几人暗自凄咽。　　从伊密誓惺惺，参商黯黯，聚好何如别？溷絮泥莲相望苦，檀板黛眉愁绝。漫说明朝，可怜今夕，雪虐冬风急。云胡归去，江湖一片空阔。

周祖谟

北京人，1914 年生，已去世，卒年未详。曾任北京大学中文系教授。有《尔雅校笺》《方言校笺》《广韵校本》等。

虞美人

1936 年冬居南京，常至孝陵南赏梅花。北归之后，犹念念不忘，有国土沦陷之痛。

> 梦中犹记城闉路，雪后花千树。暗香疏影近黄昏，独自徘徊徙倚坐青墩。　　钟山一别音尘杳，为问春来早。月华应照满山明，簇锦繁英何日见清平？

浣溪沙

伤年华之流逝，有无可奈何花落去之感。

> 花发春城入眼明，柳丝摇曳燕飞轻。几番尊酒话平生。　　往事云烟空有恨，百年身世足堪惊。素笺何以寄深情。

傅子馀

（1914—1998），号静庵，广东番禺人。移居香港，曾任香港广侨学院中文系讲师，先后创办鸿社及《岭雅》季刊。晚年回广州居住。诗文稿多残毁，仅存选本《抱一堂集》。

法曲献仙音·落叶用清真韵

金井飞霜，玉栏敲月，一曲清音摇度。泪洗枝空，指随弦绝，声销旧家帘户。甚影冷门荒后，时翻夜来雨。　　黯无语。又谁弹水云凄调，寻往迹、无奈路迷梦阻。窈窕故宫花，伴仙禽曾绽红妩。露断香残，仗乌丝传写幽素。看摇空片片，已向碧沟流去。

扬州慢

盛献三兄以擅古琴知名，因赋此调为赠。

歌叶离鸾，曲传双凤，倩君起弄朱弦。看空桑独抚，对霁月娟娟。念终古无勾手制，雏飞夔舞，曾奏钧天。甚音回清角，湘娥虚致缠绵。　　素怀未减，是何时春上华颠？爱故谱常翻，新词自写，重付灯传。谢了几番尘梦，高楼迥、冷响如禅。更玎琤鸣玉，天风吹到松边。

玉漏迟·新荷

晓妆闲自理。轻红嫩碧，悄然临水。怯雨依霞，不是暮春情味。四面湖天渺渺，可曾仗、熏风吹醉？芳信里，鸥汀鹭港，旧游宜记。　　漫笑唱晚菱娃，爱隔浦生凉，断桥凝翠。一片空明，那怕采香无地。寂历兰舟去处，几人共、银蟾千里？花梦美，依稀老鱼惊起。

孔凡章

（1914—1999），字礼南，四川成都人。1934 年入上海震旦大学，抗战期间返川，在交通、金融部门工作。1959 年调入成都市体委，在市棋艺俱乐部、青少年业余棋校任围棋教练。后调到四川省体委，历任省围棋队教练、主教练。培养弟子多人，其女孔祥明为围棋国手。1982 年迁居北京，1987 年受聘为中央文史研究馆馆员，任馆中诗词组组长、《诗书画》丛刊编辑。兼工诗词，生前已出版《回舟集》《回舟续集》《回舟三集》《回舟四集》。逝世后，未刊之诗、词、文稿由弟子刘梦芙编辑为《回舟后集 • 孔凡章先生纪念集》，香港天马图书有限公司出版。

鹧鸪天

秦岭蜿蜒势欲回，丈夫株守复何为？五原风色方酣战，三峡江流正突围。　　南渡泪，至今垂。神京钟簴已全非！情人家国三重恨，窗外嘉陵沸怒雷。

莺啼序·登兰州北塔山

西风劲催画角，渡兰山旧垒。女墙影、收尽斜阳，暮霭随雁遥起。暗流尽人间岁月，无情最是黄河水。听涛声、枕畔今宵，故乡千里。　　绿柳楼台，玉笛舞扇，正中原鼎沸。尽连夜胡马窥江，未妨景阳歌吹。叹西凉英雄史册，只留得残篇剩纸。霸图空、定远旌旄，化为罗绮。　　残英老树，落叶平峦，晚秋萧瑟意。凝望久、漫披吟草，一缕幽恨，是旅人魂，是诗人泪。猛然惊醒，京华尘梦，香骢骄踏南山翠。掷黄金暗惹朱颜悴。消愁无计。而今莫问元龙，旧日湖海豪气。　　东流日夜，莽莽关河，寂寞栏独倚。恍昨日、钟陵听雨，歇浦临波，燕市清游，羊城酣醉。茫茫宇宙，悠悠身世，叩舷肯负平生志？倩秋波为我休凝睇。他年碧汉清澄，一叶扁舟，啸歌天地。

六州歌头·冯肇虞自新疆归

　　山河举目，风景似当年。相逢处，翻疑梦，未成欢，转凄然。别意何从诉，万千绪，惟一语，君莫笑，清歌断，旧盟寒。琴剑飘零，不换人间世，只换朱颜。抚青衫泪湿，谁与住鸣弦？且向芳筵，醉君前。　　正匈奴入，家山破，烽火急，满中原。泰岳倒，长淮沸，帝京残，遍腥膻。一发兴亡际，坛欲圮，鼎重迁。东南事，凭谁仗，挽狂澜？我亦请缨无路，今古恨，报国艰难。又酒酣无语，低首看龙泉。长夜漫漫！

满江红·无题

　　独夜空楼，凭栏久、满衣风露。思往事、云山万里，一骑飞渡。荣辱死生轻敝屣，还珠甘殉蛾眉怒。正严城钟鼓散芳筵，人终去。　　春波皱，鸥盟误。明月下，琴声住。记别时双泪，羽绡飘素。二十九年如梦醒，乾坤放眼无归路。愿名花莫现美人身，苍冥妒。

金缕曲·酉阳监中探友（二首）

（一）

风雨西窗话。正扬州、十年一觉，舞休歌罢。频举金樽倾绿酿，楼外江声如泻。喜相识元龙俦亚。纵论沧桑词坛事，怅稼轩一去今谁霸？肠断句，几回写。　　吴钩此日无人借。访柴门、满庭乌鹊，旧时车马。将伯呼谁援季子，我亦依人作嫁。有清泪樽前双下。河岳日星知吾意，愧文章旧侣东林社。天梦梦，此长夜。

（二）

轻薄何须数！任蚍蜉、乾坤一粟，覆云翻雨。昨日满城花似锦，今日凄凉禾黍。叹浊世新愁如许。安得玉瓶清净水，洗双眸冷看群魔舞。天下事，误狐鼠。　　怜君一着全盘误。尽寒灯无言相对，前头鹦鹉。乱世文人生死贱，缓颊谁堪季布？算此诺十年须赴。俦侣高阳深结纳，为秦廷剑泪留孤注。吾待子，锦城路。

金缕曲

逝者如斯矣。想人生、悠悠壮老，茫茫生死。无复临流清瘫感，但羡鱼龙眼底。空独立苍茫烟水。铜柱壮怀期终遂，猛回头去国三千里。挥手别，一弹指。　　中原会战成披靡。济艰危、环观宇内，二三馀子。长白山头旌旗色，何日凌风飞起？漫抚剑、东南一睨。瓯缺鼎移多少恨，正重温南渡君臣史。空七尺，恨难已！

张秀材

字振方，号梦非，1914 年生，吉林市人。高级讲师，沈阳市文史研究馆馆员。

台城路·怀松江挚友陶昌世

伤情往事凭谁诉，凄凉寂怀难赋。塞上飘零，江南落魄，一样魂悲心楚。幽窗暗雨。怅故友伶俜，前尘空数。拍遍栏杆，问天知己在何处？　　年华去如过羽。叹丝丝鬓影，摇漾愁绪。词梦如烟，诗情似水，唯有狂歌自谱。鱼沉雁阻。记当日音容，想应如故。惹尽相思，望穿云汉路。

台城路

斜阳一抹荒墟里，西风更吹愁起。旧院残英，长桥败柳，都是泣红啼翠。柔情已矣。望万叠青山，云天无际。曲曲阑干，闷来独倚独憔悴。　　青衫酒痕浸渍，奈销魂赋罢，又添清泪。冷月无言，寒灯有恨，一样凄凉身世。哀弦谁理？听红叶敲窗，砌蛩声碎。枕上思量，相思劳梦寄。

邵天任

（1914——　），辽宁凤城人。早年毕业于长春法政大学，后赴晋绥参加抗战。曾任哈尔滨法院院长、外交部条约法律司司长、外交部法律顾问、海牙国际常设仲裁法院仲裁员、北京大学与外交学院兼职教授。自1983年起，先后参加中英关于香港问题和中葡关于澳门问题谈判，以及香港、澳门基本法起草工作。有《邵天任诗词选》。

唐多令·反扫荡

星夜逾沟墙，平明转吕梁。到山中忽记端阳。涧水一壶清胜酒，寻野菜，煮黄粱。　　山下几声枪，远村犬吠狂。看今宵小试锋芒。直插城关摧敌堡，鸡未唱，月昏黄。

（1941年）

苏幕遮·夜发

月笼明，树落静。夜气森森，真似无人境。敌堡遥灯妖目炯，摇曳逡巡，照射疏林影。　　草虫鸣，栖乌定。露湿征衣，急步羊肠径。越过群山翻峻岭。睡意难驱，始觉秋宵永。

天仙子·吕梁山

　　树影森森初月小，人马逶迤山路绕。轩然一笑吕梁巅，风料峭，天将晓。眼底群峰多窈窕。　　浓露一天乡梦觉，睡起征衣沾野草。人生何必惜春归，烟尘扫，莺花好。故国青山原不老。

临江仙·夜宿荒村

　　暝色空衔人迹少，断垣劫后余灰。数株残柳尚依依。山窗斜月影，窑壁一灯微。　　梦里曾瞻慈母面，别时犹倚柴扉。牵衣低语忍伤悲：儿行多自励，国事正艰危。

忆秦娥·东北义勇军

　　窑窗月，梦回往事肝肠裂。肝肠裂，白山黑水，披猖倭贼。　　辽东大地多豪杰，孤军苦战无休歇。无休歇，莽原落叶，北风吹雪。

临江仙·记梦

　　寥落澄江芳草岸，白杨轻染斜晖。伊人素腕紧相偎。罗巾揩泪眼，低问几时归？　　黑水白山离去后，别情魂梦萦回。营门军号五更催。四围山影淡，冷月吐清辉。

（1943 年）

南歌子·西满行军

　　大漠浑无际，微茫夜幕空。一钩冷月挂苍穹，白草黄沙人马影重重。　　朔霰寒更久，征鞍睡意浓。几番浅梦入朦胧，回首遥天微透一丝红。

（1945 年）

清平乐·送郎参军

　　霜天初曙，一路鸣金鼓。郎佩红花衣楚楚，马上偏他英武。　　送行遮道人稠，呼郎走近还羞。昨夜井边言语，你应记在心头。

（1947 年）

陈述元

（1914——　　　　），湖南人，毕业于西南联大。历任昆明工学院、云南民族学院等校教授。有《两间庐诗注》。

金缕曲·云南归，寄忆四兄云章沅陵

夜雨伤神久。旧齐名、先生别驾，一时无偶。双剑延平难合并，已是人归雁后。感此日垂杨生肘。牛从鸡尸俱不羡，任余生、付与千樽酒。拼弃置，一骈拇。　　生涯岂料归来又。尚依稀、关山夜渡，断魂时候。鸟道萦回天尺五，月落鬼巡猿狩。喜原上鹡鸰依旧。尘土功名吾倦矣，待从今、学种先生柳。无限恨，兄知否？

（1942 年）

满江红

秋日饮宗雅斋中，被酒去白杨山观剧，失足落水，赋此解嘲。

太白风流，千载后、如今犹昨。人正坠、桥西绝涧，蛰龙惊却。自分浮生长潦倒，已拼醉死填沟壑。怪诸君、底事苦扶持，明朝莫。　　吾何取，惟杯杓。吾何有，馀糟粕。便呼牛呼马，不妨唯诺。瘦损腰肢多为酒，忧焚心曲还须酌。趁良宵、盗瓮尽馀欢，从君缚。

摸鱼儿·寄酬刘维照昆明

望昆明、万重云水，低空绵邈如缕。危楼一角三千里，似见劫灰燃处。愁几许。寄飞絮粘天，片片迷归路。相思最苦。问金马栖霞，碧鸡偃日，可记旧游侣？　　新词到、正是淋铃夜雨，离愁敲碎难诉。多情剩有刘郎好，肯与稼轩为伍。君记取。君不见、滇边干戚刑天舞。休挥玉斧！听海咽冤潮，江嘶怒水，岂让革囊渡？

台城路

西厢掠过惊鸿影，飘来落花飞絮。蝶梦初酣，燕泥乍稳，杜宇声声催去。相看泪雨。有解语能言，无情鹦鹉。商略东风，为侬吹道别离苦。　　春心未灰一寸，惯殷勤记省，临去眉语。梦里温存，吟边旖旎，毕竟伊人何处？休休且住。便鹧鸪先鸣，美人迟暮。未了来生，好凭顽石许。

（1943 年）

潘小磬

号馠庵，1914年生，广东顺德人。历任香港恒生银行襄理，学海书楼、树仁学院、香港大学校外部、香港中文大学校外部讲席。有《馠庵诗草》《馠庵诗续》《馠庵词》《馠庵文存》等。

百字令·读吕碧城词

宕词豪境，但一回吟罢，一回肠断。已恨仙才斯世少，何况柳眉蕙腕。看剑抛杯，吹花弄粉，壮艳能兼擅。名流如鲫，让君高踞词苑。　闻说海澨栖尘，山深礼佛，蕃译归瑶管。空忆薇垣彤史事，鱼服今来谁辨？劫火巢倾，覆舟书散，漱玉情何遣？折梅将寄，却愁难挂吟眼。

扬州慢·登飞凤冈晚望同陈宝铺

柳岸慒烟，莎根涩雨，相携凤岭登临。矗危云叠嶂，挂倦客归心。漫凝睇、参差市屋，流人如鲫，尺地犹金。乍东风、吹动浮岚，卷入城阴。　破亭徙倚，向残碑蜗篆扪寻。问今古茫茫，风尘冉冉，甚处开襟？转眼燕来鸿去，饶他日、俯仰难任。又天边清角，凄然遥和悲吟。

玉漏迟·秋云

海天桤影尽,微茫极目,暮阴沉水。却道神鹏,垂翼九秋南徙。飒飒西风又送,更幻见奇峰危垒。森欲闭。回晖无力,断鳌噫气。　蓦地回首江城,和万灶凉烟,卷罗成带。山雨又来,酝酿菊天愁味。放出星灯点点,要照彻萧条尘世。谁剑倚,斥喝蛰龙宵起。

浣溪沙

羽扇银灯百斛愁,早拼尘蜕盍归休?教人无那误温柔。　香骨幸令珠不碎,心瘢犹恐药难瘳。万红飞处一回头。

念奴娇·富丽华旋转餐厅午坐

煮茶清昼,讶铜龙旋轴,晶屏开乍。鲤峡狮峦呈一眄,真个江山如画。万屋浮烟,千橹映日,浩浩风斯下。天池杯视,此时鹏背疑跨。　谁料曜影星潜,阴阳频换,都入壶中话。金碧鳌峰俄涌眼,飞阁回栏相亚。面面殊观,乾乾靡息,谁喻东珠价。银花琼树,惘然凝想遥夜。

水龙吟·凡尔赛宫

是何气象豪雄，璇宫贝阙横霄汉。金门启钥，铜标立马，晴光日满。画壁刀旗，镜堂灯幔，当年高宴。算名王傲盼，羽林严警，玉步改，槐柯换。　　原是长杨猎苑，向城西、鸣鞭传箭。移丘辟道，疏河引水，别开生面。万木留云，双池蓄翠，风烟犹眷。奈游轮倏逝，繁花似绮，付闲禽管。

扫花游·地中海迎日

人生靡定，又那信今宵，海西迎月。一湾似玦。展鲸天万顷，玉鳞千叠。暗里风回，燕语鲛啼难别。背瑶阙。甚鱼贯火珠，还与争烈。　　垂老腰脚拙。况味拒牛脂，语迷鴃舌。路花自折。忍沙中踽踽，黯怀谁说？也拌眠迟，隐隐笙箫凄切。霎颜热。漫偷窥、洛神肤雪。

马祖熙

字辑庵（1915——2008），江苏建湖人。任教多年，退休后居上海。有《缉庵诗词稿》《陈子龙诗集校编》《迦陵词选笺》《中国历代哲理诗选》等。

金缕曲

不忍登高望。正萧萧腊鼓催人，灯花初放。暂写银笺平安字，涂抹猩红十丈。是谁教神州沦丧？北燕南飞猿夜语，裂哀弦百斛新潮漾。情与恨，两难量。　　朱颜绿鬓年相向。哭东风他乡万里，平掀云浪。笔泪墨花齐卷起，泼尽春醪似酿。羞再唤鸳鸯低唱。歌舞台荒金狄冷，怕斜阳白草俱惆怅。人总得，长无恙。

（1940 年）

满江红·武夷宫中秋共雷平漱石话旧

谁碾冰轮，高飞涌、银河香雪。曾记得大江东去，浪花吹碧。燕子矶头秋戍冷，暨阳城下云涛激。倚群山目断秣陵秋，心悲恻。　　凭负手，津亭侧。听万里，哀鸿泣。湿青衫依旧，那时明月。玉宇琼楼今在否，金戈铁马愁无极。度荒鸡入曲夜云疏，西风烈。

（1941 年）

清平乐

斜阳极浦，烟水长天路。故国春风今又度，回首月明星语。　　花花树树无情，山山水水归程。万万千千离恨，朝朝暮暮还生。

鹊踏枝（二首）

（一）

帘外西风凉月冻。一霎催归，恼被灯花送。除是还家无好梦，还家又怕霜华重。　　记得阳关刚一弄。月落乌啼，波浪兼天涌。此际思君君不共，星光撩乱鸡声动。

（二）

　　衣上啼痕襟上血。万种欢情，一刹凄凉别。回首谢桥何处觅，云中雁去秋无迹。　　风浪过头愁太急。孤馆寒灯，梦醒还相忆。照眼冰花三尺雪，一帘依旧西楼月。

（1941 年）

齐天乐·汀州西岭吊南明墓①

　　怆然忽雪临风涕，奔江荡胸怒涌。四野无人，苍茫何世，对立青山如梦。颓云万冢。恁碑血翻残，兴亡谁痛？禾黍高低，斜阳三尺孤光耸。　　燕台渐吹残冷，荒江惊散雀，春断寒重。路失仙霞，苔侵西岭，刀影铮声悲送。摧花信猛。剩粉惨珠愁，龟灵哀恸。牧马胡天，枯桑今夜动。

【注】
　　① 据《汀州旧志》，南明隆武帝彭太妃及其所部殉难于汀州西岭。

念奴娇·1942年端阳节厦大诗社有悼屈之会，为赋此词

　　长歌哀郢，自三闾去后，都无人会。故国苍茫愁万叠，风雨鸡鸣如晦。血撼扶桑，平倭何日，客里添凄悴。江楼极梦，银涛飞下松尾。　　我醉自抚危栏，杯空酒短，望美人千里。不信江山长沉睡，只有悲凉滋味。赤帜谁擎，黄天未死，洒尽英雄泪。销凝难问，人间今是何世？

木兰花慢

　　醉东风急景，唤桃叶，酒边歌。正铁树开花，琼楼拜月，泪洗青蛾。云罗。雁声凄紧，讶相逢满眼忽兵戈。一笑娇红愕愕，回头绛雪娑娑。　　蹉跎，岁月无那。心乍媚，镜初磨。恁冻蝶惊枝，寒鸦噪晚，还忆湘娥。湘波。渐看渐远，问天涯如此奈愁何？辛苦犹怜双燕，定巢当日情多。

渡江云·鼓角声中，天涯岁暮，因忆旧游，感而歌此

江楼前度醉，琼枝劝酒，花压冻云低。高谈明日事，历落芳华，奇气忽沾衣。长杨一梦，却堪惊红豆离离。总听得哀弦曲破，万马夕阳西。　　怆啼。衡阳雁旧，巫峡猿荒，索天涯涕泪。谁令东南憔悴，西北延依。沧桑一角山河远，断肠声腊鼓争催。云乍咽、茶花颜色凄迷。

（1942 年）

金缕曲·读蛰庵先生"老子平生负肝胆"之句感赋此解

肝胆平生富。问老子当年，可是儒冠曾误？邺下披猖谁敌手，儿女人间词赋。甚历历曹刘堪数。奔走蛟螭腾光怪，有纵横彩笔神于汝。何至让，说燕许。　　十年一梦陵今古。枉依稀、南飞乌鹊，北来狐兔。慷慨悲歌成底事，海峤蛮云自度。要大鹤悲风共舞。一角楼头星惊陨，拍蓝衫碎泻真珠雨。天只醉，公当否！

（1942 年）

摸鱼儿·秋窗风雨寒心，不支欹枕，用稼轩韵

撼秋声、旋吹凉雨，惊秋人向谁去。背窗万点秋如忏，灯影森森曾数。秋且住。战铁马风櫓，不到来时路。鸳帏对语。约如梦他生，无言对泣，尽搅愁千绪。　　空廊外、总为佳盟轻误，薄衫真惹秋妒。凄云枉占阑干角，寞寞哀音难诉。秋纵舞。怕叶叶西风，叶叶皆尘土。秋心最苦。向无鹊寒枝，横塘夜绕，秋在萧萧处。

摸鱼儿

怅天涯、春还馀几，东风忍劝春住。怨春早自为春怜，却又怪春无主。春纵苦。怕点点冤红，都在春愁处。伤春不语。任落絮飘帘，狂花扑面，满眼好春阻。　　阑干外、销得伊家楚舞，有人腰细曾妒。杨枝纵解说飘零，况值莺凄燕诉。君记取。到韦曲苔深，第一劳延伫。流光怨谱。便芳草斜门，黄昏立尽，人在断肠否？

浣溪沙·抚州除夕有寄炳弟嵩阳

写罢丝阑梦似冰，红灯夜雪欲三更。天涯如此忒多情。　　拟上吴峰同试马，要倾海水饮长鲸。中原落叶一声声。

（1945 年）

忆秦娥·后湖有忆

同心结，同心绾就双明月。双明月，樽前持照，花间轻别。　　卅年梦断梅花雪，琼瑶万树成凄绝。成凄绝，素娥犹在，冰魂难热。

鹊踏枝·仿湘真体

曾向东园看绿鬓。小燕低飞，望望夸轻俊。人立阑干花蒂并，花光红映婵娟影。　　无奈炎风吹不定。绿遍天涯，忘却江南信。七泽三湘还问讯，只愁香梦无凭准。

减字木兰花·新安江舟次（二首）

（一）

　　嵇灵低拜，梦雨春深愁似海。同倚归航，一舸嫣红背夕阳。　　深心怎诉，拟问苍天天若许。天若多情，定许端详到月明。

（二）

　　清江过雨，冉冉月华明胜玉。夹岸苍山，小管吹笙又一滩。　　今宵卧稳，天上姮娥应有恨。别浦鸳鸯，一例微风怯晚凉。

1946 年

莫仲予

字尚质，号小园，1915 年生，广东新会人。现为广东省文史馆馆员。有《留花庵诗词钞》《岭南诗评》。

鹧鸪天·饯江楼

泪颊模糊晕酒红，一年聚散太匆匆。霏霏凉露窗前月，漠漠愁云槛外鸿。　　帆影乱，玉瓶空。不须惆怅怨西风。数声残笛催人去，依约芦花入钓篷。

虞美人·南江口归途同怀公

歌残玉树泷江碧，山雨催行色。酒边泪影涩朱弦，锦瑟无端憔悴度华年。　　渔舟隔岸灯明灭，正是花时节。人间何处不相逢，总在离愁乡思梦魂中。

吴天任

（1916——1992），广东南海人。居香港，历任大专教席。有《荔庄诗稿》初、续集，《黄公度先生传》等三十馀种。

桂枝香·过宋台故址

愁生故国，对废垒斜阳，荒台残石。海上闲云低度，晚风无力。轻鸥数点飞还下，隔沙汀、似惊生客。远闻渔唱，倒涵天影，尽成寒碧。　莫闲话、兴亡往迹。剩秋草孤寻，遗民空泣。多少江山信美，问谁轻掷？茫茫今古都如此，莽神州、空望西北。九龙城畔，两崖门外，一般萧瑟。

胡惠溥

（1916——1993），字希渊，四川泸州人。少即能诗，抗战中受知于章士钊、潘伯鹰等，入饮河诗社。中年妻故子亡，贫困潦倒，栖泸州永丰桥洞。遗著有《半亩园诗钞》《素绚词》。

霜叶飞

两回重五渝州过，梅花吹动愁绪。故园底事信音稀，南雁差池羽。正寂寞、斜阳院宇。千山愁画宫眉谱。对带甲乾坤，问甚日、升平再见，竞船箫鼓。　　遥想雨霁荒江，茫茫烟水，沚兰风叶无主。客边佳节强为欢，莫漫辞樽醑。肯伴得、此时醉否？明年今日知何处？又黯然，销魂事，高柳新蝉，渐成哀语。

满江红

鬓影星星，青云气、空中楼阁。横醉眼、唾壶敲缺，浩歌惭作。丝竹休谈江左谢，风流漫想南阳葛。望侯门、弹铗愤填膺，天何虐。　　功名际，多翻覆。茫茫意，原难说。况先生赢病，几存松菊。剩得饥驱人境在，竟教辜负林泉约。去来兮、五柳发遗编，从头读。

木兰花慢

亡妻杨从善，以端午日出葬，忽忽三十余年矣。今兹端午，感予然一身，赋此。

又菖蒲挂了，家家角黍堆盘。念年去年来，花开花落，臣虮臣惭。思君几回入梦，对夕阳红冷怯空山。忍诵枯桐半死，孤鸾明镜头斑。　　金樽休道可愁捐，却更惹愁添。是被发三闾，滋兰九畹，泪铸人间。殷勤玉珰锦字，倩绮窗青鸟寄应难。长愿他生他世，娲皇石补情天。

马里千

（1916——1995），名家驹，江苏常州人。交通大学毕业。曾任高级工程师、中国铁道出版社特约编审。有《李白诗选》《葭居集》《老树集》。

鹧鸪天

自出阳关百感催，汉唐功业劫馀灰。将军羽檄传乌垒，公主琵琶怨紫台。　　通绝域，驭龙媒，烟云遮断雁书回。葡萄酒熟人难醉，一夜西风铁笛哀。

（1944 年）

蒋礼鸿

（1916——1995），字云从，浙江嘉兴人。生前为杭州大学中文系教授、《汉语大词典》副主编。有《怀任斋诗词》《乐府续貂》等。

鹧鸪天（二首）

（一）

连海玄云苦未休，深弓杯影只成愁。狂来曲踊长三百，梦里飞翔又九丘。　　搔短鬓，上层楼，几番费涕与神州。书生好撰浯溪颂，争共骚人怨九秋？

（二）

仿佛瑶台青羽来，万红回互绣苍苔。试移弦柱琴心近，看舞霓裳宝扇开。　　千步障，九重阶，鸩媒鸠使费安排。谁能自适贻琼玖，不恨差池百愿乖。

鹧鸪天·和遗山《薄命妾》辞（三首）

（一）

海水摇空绿漾楼，为谁幽怨赋西洲？不知江北江南路，已忍天寒日暮秋。　　书欲寄，泪先流，不成一字只成愁。冰霜过了春仍在，忍把夭桃斫断休。

（二）

肠断金堂目已成，十年芳约可怜生。床头锦瑟量长短，梦里香车记送迎。　　云自合，月难盈，人间何地著深情？潇潇一夕惊秋到，恼乱高楼又雨声。

（三）

心尽方知蜡泪深，颤秋残焰淡无阴。若容款曲心甘奉，直为相思病亦禁。　　鸡塞远，凤箫沉，行云几费梦相寻。写情赋怨浑闲事，宽了年时约腕金。

暗香·奉和瞿禅师茶山探梅，用白石韵

卧虹雪色，过断桥记听，里湖凄笛。旧约年时，冰蕊垂枝正堪摘。俊侣旗亭延伫，肯轻负、分香词笔？怎料得、流转扁舟，海月冷蒲席。　　南国。怨寂寂。想蜕羽零脂，夜半沉积。玉壶贮泣。一斛量珠寄相忆。生怕胎禽过处，唤不醒、孤山僵碧。只梦里，清影好，倩谁画得？

定风波·次彊村韵

山黛冥冥叫去禽，乱烟愁入倚楼心。湖海情怀谁畔放，怅怅。词成那寄旧朋簪。　　见说桂浆能止忆，何益。迢迢北斗不堪斟。欲讯芳踪何处托，难说。蛮风蜒雨舞红深。

长相思

上高楼，上高楼。若问君家甚上楼？要看天尽头。　　天尽头，天尽头。说道天还有尽头，相思无尽头。

玉楼春（四首）

（一）

冰绡半幅梨花雨，擘钿分钗侬自许。重帘十二莫轻搴，帘外年时携手处。　　夜深筝雁喁喁语，郎意肯随流水去？罗襦一寸郁金香，只恐香浓情转苦。

（二）

西楼日日飘红满，一寸斜阳如梦短。屏山无路到如今，争忍眼波随路断？　　娉婷自昔量珠换，谁分秋风悲画扇？生憎银汉似红墙，织女黄姑当户见。

（三）

织纹锦费丝千转，若比相思丝较短。安排檀泪付春鸿，好是飞回春未晚。　　困人天气晴阴半，听得卷帘人语软。却怜莺舌最丁宁，知在侬家还别院？

（四）

　　凭高易到销凝处，柳外凄鹃声不住。汀洲芳草唤愁生，帝子不来烟满路。　　斜晖送了黄昏苦，待月十三还十五。不如罗帐耐灯昏，梦蝶许从花里舞。

浣溪沙

　　凉月栏杆几度秋，忍捐兰佩便归休。有人劝我罢登楼。　　望里青山千叠恨，吹残凤管一生愁。眉头才下又心头。

玉楼春

　　白沙乡村师范学校藕池中有小亭，偶与弢青小雨来游，诵韩公"从今有雨君须记，来听潇潇打叶声"之句，亦幽致也。

　　練衣不受人间暑，行到小澜亭畔路。二分微月晕边凉，数点碧荷盘上雨。　　凌波仙子盈盈语，如此幽清凭领取。休忘三十六陂秋，曾共美人游历处。

郑德涵

（1916——1999），字君量，号廑庐。浙江平阳人。曾参加章太炎于苏州创办之国学讲习会，后又从龙榆生学词。建国前执教于加善、杭州等地，建国初应孝丰中学之邀任教，直至退休。有《廑庐词剩甲稿》，由其子郑彦昉编印传世。

八声甘州

　　莽风尘障断汉家城，胡蹄猘神京。更寒笳凄动，危旌蔽日，烽火连营。回首秦淮何在，潮怒激悲鸣。歌舞六朝地，遍染膻腥。　　莫叹残山剩水，问皇皇华夏，肯任欺凌？举大军扫荡，钲鼓疾雷轰。看长江、东南天堑，壮国威、民气更飞腾。销锋镝，黄龙痛饮，指顾功成。

（1937 年冬作）

声声慢 · 蟋蟀

山收残照，露敛余尘，平林一带藏烟。寂寂疏篱，秋萤明灭闲穿。桐荫韵沉犹续，动惊飙和叶吹残。吟思苦、又凄凄切切，谁替哀蝉？　应是深闺夜织，念那人远戍，绝塞荒寒。月黑西风，繁愁又付湘弦。清筎蓦来甚处，更霜砧相伴无眠。何限恨、但年年魂断玉关。

水调歌头 · 戊寅中秋

依旧好明月，照我在高楼。楼前一片湖水，潋滟碧于油。极目关河千里，隐约遥岑无数，起伏竞供愁。旗乱角哀处，挥泪认神州。　碧虚净，数行雁，叫清秋。银潢一派，无奈总是向西流。露冷阑干倚遍，怅望千家灯火，几处起歌讴。恨击唾壶碎，不寐引吴钩。

秋霁

连夜清霜,看老树匀红,野草凋绿。落照凝愁,暮烟笼恨,远山黛眉寒蹙。倚楼倦目,去鸿数尽还穷瞩。听簌簌、风舞井桐,敲砌似相逐。　　刚向槛底,对菊倾怀,乍闻寒砧,如伴幽独。暗蛩啼、纱窗月冷,参差横影旧时竹。凄断为谁吹紫玉。最恼人处,争奈别泪盈盈,朔风侵袂,那时哀曲。

木兰花慢·有怀白尹冬辉

簇轻烟远碧,遣鼙月,照伶俜。渐珠露生荷,凉飔发树,低扬流萤。芳汀。伫堪漫步,有鸣蛩、未可算孤清。休惜残更递尽,梦魂不解逢迎。　　销凝。聚散等飘萍。青鸟总难凭。对四壁灯昏,濡毫擘纸,吟苦谁应?牵萦。藕茵夜话,问何年、藤馆再相赓。立久纤云尽扫,又添几点疏星。

浣溪沙

　　戊寅冬于金华车站见一小孩独卧路旁，视之，已冻死矣。歌以哀之。

　　命岂生来委壑溪，苍苍谁使尔如斯？尔如不死又依谁？　　人世料难齐苦乐，泉台应可免寒饥。不须重忆母怀时。

齐天乐·一月初六夜对雪有作

　　酸风递冷穿庭户，昏昏冻云垂地。玉饰亭台，酥融水曲，瑶阙还吹琼蕊。林鸦早睡。甚不恋温衾，曲阑频倚。一片皑皑，未将方寸暗尘洗。　　神皋群籁罢奏，但荒村野犬，三两凄吠。访友山阴，寻诗灞岸，今夜思量无味。峨鬓减翠。映绛蜡凄清，似人愁悴。水榭凌兢，玉龙凝不起。

虞美人·己卯春游圣寿寺

　　浓云凝黛愁成片，绪乱寻芳懒。两崖松桧咽悲风，烧野杜鹃都作断肠红。　　桃花深处传清磬，未是忘情境。签诗漫劝去忧疑，谁信惊尘满眼有归期？

清平乐·燕

惊魂乍定，重把毛衣整。云意阴晴浑未省，何处柳昏花暝？　东边瓦砾千堆，西边歌管楼台。且喜新巢栖稳，那闻梁外鸿哀？

蝶恋花

楼外春光知几许。放下帘栊，尽日风和雨。鹍鸠声声心更苦，夕阳红上相思树。　花絮轻盈随蝶舞。怕误秋风，却被春泥误。流水无情终不顾，溅溅瀺瀺天涯去。

徵招·冬日同博庵音谖暮游绣湖

碧漪寒漾明霞影，参差縠纹如绣。败苇战霜风，已初冬时候。撑空残塔丑。问看几、沧桑云狗？古柳枝疏，饿乌声涩，乱愁拖逗。　箛吹逐烟飞，斜阳坠、沉沉霭笼丘阜。把臂上湖亭，共销凝忘久。情怀谁似旧。漫临水、较量肥瘦。晚风紧、披月归来，带峭寒盈袖。

蝶恋花·榆生师寄示和王船山衰柳词，次韵答之

漫计人间恩与怨。苦忍清寒，剩有丝难断。毵絮霜风休再管，回春须信期非远。　　落叶纷纷空自乱。流水无情，争可长留恋？斜照西山虽一线，朝晖转眼群鸡唤。

鹧鸪天·辛巳春作

几上高楼直北看，风烟无处望长安。翻残旧帙成何用，倒尽深杯强自宽。　　人世事，总难言，古今俯仰一凄然。林鸦不管天将暮，犹自争喧夕照间。

水调歌头·壬午春日作

白眼看人世，浩气泻银河。盘胸几许块垒，不遣酒消磨。肯与夭桃秾李，争沐春风雨露，开落在岩阿。穷达等闲耳，出处愧随波。　　障横流，填恨海，计蹉跎。长弓怒引东向，直欲射羲和。叱去空林山鬼，招手天边明月，伴我且婆娑。舞罢惊飙起，裂石一悲歌。

高阳台·己卯花朝用彊翁韵

镜涨愁漪，鬟笼湿雾，望中几处青青。糁径残红，丝杨历乱长亭。饧箫刚报花生日，叹又来、风雨无情。更禁他，欹侧楼台，飞怨钿筝。　　应寒扑蝶当年约，奈欺裙蔓草，还傍堤生。催和哀丝，四山都是鹃声。无心再续笙歌梦（玉田句），甚连宵、梦绕春明。总伤心，十万朱幡，难护飘零。

解连环·小楼坐雨，用梦窗韵

乱愁纡结。听风帘窸窣，寸心无极。展倦眼、漠漠难穷，讶菰荻野塘，骤摧秋色。罨墨颓云，未遮断、唳鸿天北。又潺潺涧水，叶叶流红，动人凄忆。　　芳华总成电掷。料难期马角，乌更头白。便有缘、旧地重游，怕楼馆早销，梦中金碧。恨入琼箫，待传与、灵风幽汐。滴虚檐、搅肠欲断，怎生遣得？

浣溪沙·十二月十四日感赋

涕泪千家上下潮，石城梦里虏蹄骄。铜驼沉恨几时消。　　大野风腥盘猛鹘，空林雨暗泣饥鸮。断蓬燐火两飘摇。

李国瑜

（1916——　　　），字伯玉，四川成都人。华西大学中文系毕业。历主华西大学、四川师范大学、西南民族学院中文系讲席。晚年任重庆师范大学特约教授。诗词得益于林思进、朱少滨、庞俊、陶亮生诸老辈。有《伯玉词稿》。

临江仙

黄君璧画师曾为川剧老艺人作《湖亭晴望图》，林山腴师为跋《临江仙》一阕。十年动乱，画已早佚。兴公重摹此图，余作此词补之。

岸柳馨凄菡萏，湖亭晴眺溪山。丹青重抚惜华年。春风王紫稼，高咏老逋仙。　　流水消残红绶，梦痕犹醉歌衫。霓裳天外凤笙寒。令威何日返，花墅听鸣泉。

陈 凡

（1916——　　　），广东三水人。县立中学乡村师范班毕业。历任小学教员、校长及银行职员，抗战时从军。1941年后进《大公报》社，1983年以副总编辑退休。喜文艺创作，已刊专集二十多种。

念奴娇·自题《采石矶图》

矶头闲步，谁教我、日夜梦魂思忆。醉罢君王前脱履，岂止诗中无敌。斗酒千篇，狂歌万里，世虑成何物。鸿毛富贵，千秋爱此英杰。　　借问滚滚江波，苍苍山色，几许风流歇。俯仰乾坤常太息，多少斗星明灭。欲上层楼，凭栏共饮，不管金乌没。雄谈未倦，一舟同去追月。

钟树梁

（1916——2009），四川成都人。四川大学毕业。成都大学教授。有《中国古声韵学要籍辨析》《杜诗研究丛稿》《草堂之春散文集》等。

忆旧游

报载汪精卫在南京作《忆旧游》，萧公权先生嘱即以此调斥之，先生亦有作。

问中山陵阙，松柏森森，何面重攀？强说情怀苦，向胭脂井照，忸怩尊颜。凤钗携手齐赴，同是失心肝。便夜月寒螀，秣陵秋树，耻与相怜。　　冥顽。卖宗国、竟受豢仇雠，肆虐黎元。词赋难遮掩，任游踪处处，华夏江山。"佳人作贼"休论，恶竹斩千竿。共愤击倭魔，九州聚铁拳更坚。

（1940 年）

水调歌头·甲申冬夜成都东郊望月

亘古一丸月，今夕几人看？金波尽泻天宇，浓浸万家寒。忽听征鸿惊远，只恐烽烟望处，不似此清圆。栖鸟起林末，未忍一枝安。　沧桑感，今古恨，萃眉尖。昔人颜色都杳，一脉素心传。我欲安排尊罍，齐集人天佳士，歌乐舞翩跹。此意何由达，孤影上茅檐。

（1944 年）

高阳台·农历除夕大雪，经西玉龙街所见

篾幕篝灯，桐棺贴道，路人见也哀呻。碧玉韶华，忍教血染街尘。游春买屐才三日，碎难收、从此无春。听声声，爆竹迎年，不返冤魂。　重泉莫恨捐生事，算刘菅真喻，徒木虚文。波乱涛颠，岂徒小纵飙轮！明朝任是春风到，有千家、冻骨难温。助愁浓，车影幢幢，雪影纷纷。

【注】

农历戊子（1948）除夕事。女郎名蒋国英，年十八，在西玉龙街西头被大军车碾死。家人薄殓置路旁，时大雪不止，余过此，遂作此词。

台城路·哀新东门路毙者，己丑正月初一

　　昨宵才赋悲凉句，乡街又闻人萎。槁木肢骸，坚冰鼻窍，冻骨真难温矣！鹑衣乍理。看勒印文书，隶名财吏。雪虐风饕，宦途微命竟如此！　　雷车闲过陌上，柳梅劳问讯，郊坰游戏。队里元戎，曹中大府，还得幽魂回避。春城未霁。有几许酡颜，几多寒涕。谁覆长裘，诗人空自慰！

周策纵

（1916——2008），湖南祁阳人。抗战时获中央政治大学学士学位，1948年赴美国，获密西根大学硕士、博士学位。先后任哈佛大学访问学者、研究员，哈佛及哥伦比亚大学荣誉研究员，威斯康辛大学东亚语言文学系教授，以及香港中文大学、新加坡国立大学、美国斯坦福大学、台湾"中央研究院"客座教授。现为威大荣休教授。有中英文著作多种，词集名《白玉词》。

少年游·五中赠同学颜克述、邓虞、刘华秀

相逢意气雨潇潇，终古重神交。湘江衣带，衡山冠冕，人物是吾曹。　　危楼倚遍银樽倒，书剑少年豪。马上论才，酒边轻别，天下事方招。

（1931年秋）

南乡子·寒食

春雨上窗纱，燕燕归来第几家？借问小桃红杏色，天斜，愁向青山数暮鸦。　　梦里月如花，昨夜春光损得些。锦瑟年华身世感，嗟嗟，觅我童心路已赊。

（1934年）

行香子·清明有感

玉笛银筝，幽怨声声，无聊候又报清明。怜他蝴蝶，扑起残英。叹纸灰舞，故乡远，断云横。　　阿侬影事，正是烟轻。任飘零书剑狂生。提壶唤处，离客心惊，倾几樽酒，数滴泪，一杯羹。

阮郎归

拼将青史与青山，和她商略间。忆花心事恨阑珊，书来梦后看。　　鬟佩冷，绮罗单，云英消息难。可曾一病损欢颜，中情总未谙。

虞美人

闲花著我何时了，苦忆令人老。玉箫昨夜倚东风，新恨向伊低诉悔相逢。　　鸳笺鸳字分明在，不信心情改。凭谁传语画楼西，此后相思吩咐入清词。

徐定戡

号稼研（1916——2008），杭州人。1916年生于杭州。曾任
最高人民法院华东分院审判员，后从事教育工作，并任上海文史
馆馆员。后移居澳洲。有《于喁小唱》《北驾南舣集》《庚午销
夏词钞》《稼研庵近词》上下卷等。

浪淘沙

商吹薄梧桐，凉透房栊。闲阶小立月朦胧。
六曲屏山和梦远，梦也无踪。　　香篆烬熏笼，
数尽残钟。归来也未问征鸿。寒燠几番惊瞥眼，
莫怨秋风。

蝶恋花

汝饮露华吾饮酒。消受清凉，换得秋来瘦。
桐翠垂檐凉意透，无情一树斜阳后。　　莫问藏
鸦门外柳。虫叶飘零，冷落齐纨候。待得孤蛩啼
败牖，余音自裹听还又。

雷履平

（1917——1987），号履园，原籍内蒙古敖汉旗，汉译姓雷。曾任四川师范学院古代文学研究所教授。著有《乐府补题笺释》等，词多散佚。

夜飞鹊

沧波旧游地，魂梦常通，凄绿改尽愁红。河桥一带柳荫路，年时曾伴欢惊。烽烟散离会，探秋前邻里，竟已难逢。堂前谢燕，算归来、却误帘栊。　　因念故家池馆，经纪渐无人，分付东风。何意重栽芳树，碧荫夹径，依旧重重。画楼绣阁，自徘徊、淑景情浓。又遥天催暝，疏钟伴晚，愁驻归骢。

菩萨蛮

关前又误双鱼信，归期漫数应无准。明月几时圆，此时刚下弦。　　枕屏围彩凤，薄醉迷残梦。依约记寻春，四山飞乱云。

蝶恋花二首

（一）

种得垂杨千万缕。迟暮春寒，独战风和雨。记绾长亭三月暮，断云飘雨风飘絮。　　旧约佳期空记取。魂梦音书，一例无凭据。纵使轻躯扶梦去，殊乡不是销魂处。

（二）

箭径酸风吹雨到。南院西园，断送春多少。细语叮咛谁与道，帘花未落迎征棹。　　独倚高楼思悄悄。无奈东邻，竟日香红绕。一任朱颜愁里老，钗盟钿约萦怀抱。

琵琶仙

春水涵空，总低映、旧日亲栽红药。曾是吹笛阑干，无端伴离索。凭望眼、蛛丝漫织，更谁解、旅愁绵邈。六桨波柔，千香径折，情事依约。　待重趁、京洛尘香，奈冶游、心期怕抛却。起颠倒绿情红意，遣韦郎销削。闲昼永、临花对酒，料隔江、雨冷花薄。也应呜咽江声，共伊孤酌。

长亭怨慢

又斜照、低迷烟树。上巳清明，悉成幽阻。只恐花骢，后期难认翠微路。客情依黯，争踏向天涯去。送目远岑时，合未识、奔波尘土。　愁苦。便拈红拾翠，忍问弄箫俦侣。梨花榆火，尽消得旧情无数。料刻意伤别伤春，定愁损萧娘眉妩。待帘影西窗，重剪春灯低诉。

寇梦碧

（1917——1990），名家瑞，字泰逢，天津人。曾任天津崇化学会讲师。梦碧词社社长、天津市文史馆特约馆员、天津诗词社社长、中华诗词学会顾问。有《夕秀词》《六合小溷杂诗》。

菩萨蛮（四首录二）

（一）

无端错认游仙路，漆灯昏照棠梨雨。斗柄已阑干，梦中寻梦难。　芙蓉淹枕泪，一夕朱颜悴。何处玉龙吹，漫天红雪飞。

（二）

罗衣一叶难胜佩，拚教万斛珠成泪。欲问夜如何，夕阳红未矬。　梦边如有路，放妾骑鱼去。空自叩灵修，九垓还九幽。

惜秋华·中秋

　　冷拍霓裳，甚匆匆换了，喧天鼙鼓。怨极夜娥，无端又逢三五。依稀翠水琼田，渐酝酿、鞿烟恨雨。何处闪幽红，熨秋灯痕自苦。　　忍泪几延伫。对阊浮清影，锁佩霞仙步。空剩有，恨茧织、镜霜新缕。惊飙卷尽苍葭，莫更寻、旧栖鸥鹭。迟暮。倚芳情、梦云深护。

渡江云·九日梦碧词集

　　镜天沉悄碧，九州雁外，风雨一危楼。登临凄万绪，节物依然，人自不宜秋。红萸乌帽，更能消、几度清游。生怕遣、惊尘移海，无地著闲鸥。　　淹留。云边闲味，劫罅欢惊，尽簪花载酒。又争知、愁深酒浅，鬓改花羞。岁寒心素怜同抱，向何日、散发扁舟？吟望苦，宵来有梦相酬。

倦寻芳·岁暮

雪消腊尾，春入杯心，欢迹重认。饯了残寒，早又试灯期近。燕子衔回钗底梦，梅花红递窗前讯。恣游情，看氤氲十里，翠烟珠粉。　甚过眼、岁华如扫，万海千桑，都上衰鬓。瓜蔓风来，知是几番花信？匝地霜飞寒骨白，漫天血舞愁眉锦。伫南薰，向深宵、冻弦弹损。

百字令·题机峰《夜坐读书图》

困人夜色，对瓮天无罅，一灯红补。谁掷小楼图画里，悄把古春支住。汉戟须招，湘累莫问，坐对花虫语。霓裳惊破，鬓丝空织愁谱。　回念内库烧残，天街踏遍，金粉都尘土。边腹纵教留一笥，能贮燔灰几许？藕孔藏忧，槐根续梦，那便从容去？窗曦渐上，淡红遮断魂路。

生查子

生小不知愁，底是愁来处？钗朵凤凰栖，裙衩鸳鸯住。　饱看脸边霞，偷吮唇中露。惊梦不成云，化作梨花雨。

鹧鸪天

　　杨柳楼前锁翠鬟，东风不展旧眉痕。篆烟织出回肠谱，钗朵分来压鬓春。　　销面药，减篝薰，多生谁与种愁根？醉来自掩香屏卧，万叠关河一楼云。

祝英台近·约岂庵丈同作

　　脸边霞，裙底月，春在旧坊巷。屏隙窥妆，香近珮环响。便教百二秦关，三千弱水，总不抵、画帘一桁。　　舞筵上。几番掩睇藏羞，别泪借愁酿。花逐春空，欢迹剩惆怅。不如料理壶觞，安排枕簟，尚赢得、梦魂来往。

踏莎行

　　扇影轻回，弓痕微吐，含情似觉娇波度。何人解唱惜红衣，幽芳自媚莲心苦。　　谁遣巫阳，空迷楚雨，招魂索梦都无据。眼中何物可相思，古春窄到裙边路。

高阳台

　　翠鬓蝉轻，瑶宫凤小，倚娇正要人怜。屡误芳期，好花惯被春瞒。新词付与红儿唱，啭朱樱、字字都妍。怎消他，笑晕梨涡，羞晕蛾弯。　　重来空抱樊川恨，奈歌云缥缈，舞袖阑珊。凭泪量珠，青衫一倍清寒。玉箫再世浑难卜，惹离魂、长绕湘弦。更何堪，梦隔银屏，人隔银湾。

三姝媚·听歌

　　歌魂和泪洗。自探春盟寒，妒花风起。路阻银湾，倩楚云飞入，十三弦里。粉怨香愁，都付与、浅吟深醉。坐暝文窗，唯有孀娥，伴人憔悴。　　重省欢丛芳事。记唤出雕栏，万花羞避。小咪鸳红，惹旧情长绕，水精帘底。倚尽清吭，怜彩簧、檀樱还渍。欲把相思陶写，难凭凤纸。

一萼红

对兰宵。正妒云初坼，眉月理新娇。钗扇欢情，袜尘游事，拚与残梦同销。记曾听、离鸾一曲，剩春心、还共爨桐焦。花外疏钟，天边去雁，魂断谁招。　　瞥眼流光过羽，奈池台柳嫩，忍折柔条。锁怨鹅屏，压愁麟带，孤负多少芳朝。念别后、筝哀笛苦，难分付、呜咽去来潮。蜜凤似怜幽独，泪尽红凋。

高阳台

钗角分香，被池锁梦，俊寒犹滞雕栊。镜怯蝉梳，新妆欲整还慵。羞痕才上啼兰面，数归期、抡遍纤葱。最销魂，酒色灯霞，都带离红。　　东张西角分携后，奈鬌丝眉萼，同付飘蓬。拟托行云，如何梦也难逢。绿杨啼瘦窥春眼，悔当时、不系花總。想今宵，明月高楼，知与谁同？

木兰花慢·题《悼兰集》

驻娱光片影，忍重忆，旧欢盟。尽赍醉钗边，邀歌扇底，心迹双清。新醒漫凭泪浣，托微波、弦上有流莺。啼损幽兰露眼，护花谁系金铃？　　层城一夕返云軿，愁草瘗花铭。奈梦断香销，曲终人远，空吊湘灵。星星鬓丝渐改，到中年哀乐便无名。一样伤春身世，杨花不算飘零。

莺啼序·用觉翁韵

夕窗坐残篆缕，荡吟情似水。唤娥月、来照黄昏，穗灯凉堕孤蕊。漫料理、筝期钗约，惊飔远逐城乌坠。正帘栊寒峭，春悭暗逗幽思。　　旧约迷鸥，乱绪络茧，托湘弦帝子。几延伫、云外归鸿，奈他空带愁至。尽纷纭、鱼龙万态，只消得、沧桑弹指。怪湖山、装梦瞒忧，问天何意。　　哀时赋笔，玩日琴丝，伴独歌寝寐。还记省、堕馀欢迹，掩睇初见，扇凤遮羞，袖鸾藏泪。香偎箫局，春钩茜帐，脸霞肌雪温存惯，甚而今、赚得人憔悴。多情剩有哀兰，送客津亭，断肠杜鹃风里。　　三生怨骨，十载愁根，镇悼红吊翠。都付与、悲风惊鹤，古堞传烽，劫墨昆池，怨笛吹起。霜华点鬓，流尘欺梦，年光回首如转烛，费妍词、空向枯桐倚。江关萧瑟兰成，把笔凄迷，泪铅浣纸。

刘逸生

（1917—2001），曾用名日波，笔名逸生，广东中山人。1938 年毕业于香港中国新闻学院。历任香港《正报》《华商报》副总编辑、编辑，广州《南方日报》《羊城晚报》副刊部、第二副刊部副主任、主任，暨南大学新闻系教授等职。有《学海善航》《真假三国纵横谈》《唐诗小札》《宋词小札》《唐人咏物诗选》《龚自珍已亥杂诗注》《龚自珍诗选》《微型诗品》《刘逸生诗词》等。

阮郎归

望中翠碧月弯环，风高云意寒。谁家红袖结华鬘，芦花秋叶滩。　　南北陌，短长湾，低低抛远帆。隔江人唱念家山，迢迢愁夜残。

清平乐

那回邂逅，雨后风前酒。一树红樱吹未透，还是轻寒时候。　　沙头小立昏黄，片帆烟际孤光。只有啼鹃天畔，难销这度斜阳。

菩萨蛮・古意

银河不接春风陌，小鞯娇马年年隔。长笛月痕孤，清霜惊夜乌。　　暖香笼半臂，秋梦难销泪。眉影共春脂，镜中花片飞。

蝶恋花

天际秋云凝远目。一箭征鸿，漠漠微阳逐。无限平芜催落木，红罗掩面伤蛾绿。　　四面楼台高插玉，倩影灯前，共舞纤纤足。尽日歌台喧肉竹，管弦那解悲华屋。

减字木兰花

冷烟阑雨，遏断莺声扶不起。何处啼鸦，窗外时时落碎花。　　流光难闰，日日秋痕添一寸。说与垂杨，莫斗青蛾尔许长。

浣溪沙

薄薄秋云夜转长，依然牛女冷相望。阶前已怯碧罗裳。　　锦字两行闲涕泪，冰弦一弄古潇湘，更无人处自回肠。

浣溪沙

新月纤纤下彩云，梦回人在碧荷村。瓶花相倚自温存。　　摇落未禁风雨鬓，飘零拼付浅深樽。乍闻蛩咽入篱根。

白敦仁

（1917——2005），四川成都人。四十年代就读于四川大学、华西大学。毕业后执教于成都各大、中学。五十年代中期，出国任波兰华沙大学客座教授。返国后任成都大学教授。著有《陈与义年谱》《陈与义集校笺》《巢经巢诗钞笺注》《彊村语业笺注》《水明楼诗词集》等。

木兰花慢

己卯贱辰，诸朋旧携酒见存，就登凤坪绝顶，诸公并有佳构。余既客峨眉四月，寒山落木，倍切归怀，率赋此解以应。

刻丹岩峻峭，乍风雨，洗霜林。对障岫云低，藏峰雪远，山馆高吟。青琴。凤弦漫理，怕清商百感不成音。消领樽前意好，胜游更试而今。　　登临。屐齿陟岖嵚，俊侣醉相寻。叹玉瑁年涯，金荃词笔，一样乡心。高岑。故园甚处，向斜阳、烟树自萧森。招得归魂却否，夜窗一枕寒砧。

徵　招

庚辰暮春，与石尊饮峨眉县城，环顾云山，醉次闻歌，感音而作。

樽前一晌销魂意，匆匆总无归计。听得几回歌，数春期如此。客情浑未已。更休说、落花愁思。拭泪谈兵，解衣沽酒，旧狂难理。　迢递眼中青，芳洲外、霏微乱烟无际。未怕不重来，有残英藉地。一樽能复几？忍轻负、快晴天赐。碧山远、落日归来，怅暮云双展。

少年游

一汀烟草万愁根，春色为谁新？马脚惊沙，骎骎不断，落日倦游人。　弥天又见杀机发，留命俟河清。鸦啄人肠，风惊鹤唳，挥泪赋芜城。

琵琶仙

花雨酥香，紫尘外、倦客青骢犹急。飞絮还拂金鞍，风丝共飘泊。归路渺、芳洲渐绿，更谁遣、子规声切。一剪春波，红桥旧曲，清梦能识。　　更休问、芳酹催花，怕愁里，都非旧时节。多少绿凄红怨，老花前莺蝶。清漏永、长空似水，对玉蟾、几许狂客。忍念银烛天街，夜寒风笛。

玉楼春（四首）

（一）

吴侬那识春风怨，出意钩帘惊乍看。晚风发薄不胜梳，初月眉弯新却扇。　　绿云帐底眠葱茜，黄鸟枝头春睨睆。一场愁梦雨兼风，落尽夭红君不见。

（二）

楼前咫尺春江水，弱柳拂波吹暂起。短书难寄恨休题，好梦欲留醒不似。　　琴丝怨入闲宫徵，不尽春心堆玉指。叠澜风急乱红多，何忍将身同恨蕊。

（三）

楼头短笛凄关塞，柳色依依春礙碍。好天良夜月重圆，香径何人双展拜。　　萦帘风絮愁无奈，弹泪单衣宽几倍。碧桃花落发红桑，谁与春人填恨海？

（四）

江南柳色休重赋，笑底深杯花下注。争知此日断肠丝，只在当时携手处。　　天涯沉恨伤幽素，自剪春罗裁恨句。繁红总是不禁风，只有缀幡人意苦。

莺啼序·庚辰饯秋，次梦窗丰乐楼韵

看花尚馀泪眼，渺秋尘步绮。旧情委、暗紫衰红，暂结沉恨烟际。岁月又、登高过却，零风断雨终无霁。向天涯、歌尽离声，乱蕊都坠。　　百感尊前，对酒念远，是危楼倦倚。画栏外、叶叶湘云，泪珠空溅寒翠。旧香换、蛮花野色；闹红趁、吴江枫水。办仙槎、流恨蓬瀛，问今何世？　　幽兰佩老，燕麦愁深，怕数岁华美。消几许、梅嫣柳眯，故国春情，雨暮云朝，楚峰疑事。银潢未挽，金风还奏，寥天惊落衔芦雁，满江湖、此日归无地。羁孤怨极长宵，伴客残更，夜堂暗催凉纬。　　飞空破镜，绕屋梁尘，正枕攲睡迟。便许有、乘风双翼，玉宇能攀，可奈寒高，凤楼十二。云屏不动，孤鸇深掩，鱼鳏龙寡无意绪，黯啼红烛，背人垂泪。瑶扃梦里重重，冷落关榆，荡魂万里。

高阳台·绿荫

倦蝶迷枝，新蝉抱叶，落英犹恋芳根。乱碧池台，寻常易扫春尘。残鹃不解红香改，傍虚檐、啼到黄昏。叹匆匆，过了斜阳，谁与温存？　　天涯别有凭栏意，算江关赋笔，从此无春。旧国年芳，换将断雨微曛。青青不辨兰和艾，仗西风、为刬愁痕。怕东君，隔岁相欺，不返花魂。

满庭芳·三赋绿荫

林表黄昏，樽前绿鬓，一般不赖消凝。小斜廊外，辗转是浮生。莫道无花更好，无花也、那便无情？凭谁与、婆娑斫去，好月更分明。　　冥冥。四天外、红桑如拱，碧海波倾。问蛮花可识，酒意纵横？人道宫槐未落，早凝碧、池上歌声。君知否，牵青系绿，身是旧金铃。

翠楼吟·江楼，白石韵

彻雨蝉嘶，涵沙水阔，初晴共感天赐。看花前度客，怕禁受、风檐残吹。吟边楼峙。对染靥香匀，笼烟眉翠。情凄丽。酒倾波换，鬓留云细。　　此地。还展清瓯，想玉堂花月，赌书闲戏。梦醒人世改，看烽火悠悠千里。新词何味？叹几日销磨，刘郎豪气。空江外、宝栏还抚，夕阳澄霁。

陂塘柳·七夕饮味雪庐，次白石韵

碎秋心、声声梧叶，作寒只在金井。西风自是愁边物，何况夜吟单枕？慵记省。甚钿约钗盟，万古还教整。情灰易冷。更何必繁霜，已成依黯，此意共谁领？　　良宵怨、依旧月斜星炯。瓜盘昔梦才顷。人间巧拙真何物，漫说针楼行请。云路迥。怕小劫山河，顿换蟾宫影。炎凉莫问。仗无寐青灯，未凋玄发，一纵眼前饮。

紫萸香慢·次韵郭石尊九日江楼吟望之作

就黄花、偏逢秋病，一觞冷落依然。正高楼怊怅，又新劫，到华鬘。费尽重阳风雨，换秋声萧树，怨咽哀蝉。是登临倦客，不饮欲何言？问醒眼、可宜倚栏？　　艰难，满地霜繁。聊作健，强悲宽。算高台戏马，雄峰落帽，多少南冠。眼前不殊风景，漫重唱，念家山。指盘雕、暮云低处，望中一发，愁绝胡马江关。挥泪逝川。

霜花腴

南台秋花极盛，石帚师倚梦窗自度腔赋九日，紫曼、千帆诸君并有和作，余亦继声，即次梦窗原韵。

暮云敛碧，对晚英、凄凉自整危冠。尘耻虚罍，客惊秋病，今朝醉也应难。怨怀怎宽。正战场、花发霜前。更堪悲、倦蝶归来，褪香空绕短篱寒。　谁吊古台残照，剩南园一角，唤尽哀蝉。红叶霜多，黄昏愁重，年时曾费吟笺。饯秋画船。梦橹声、犹照婵娟（"橹摇背指菊花开，"杜句）。问西风、暗老珍丛，几人持泪看？

高阳台·秋暮饮少城酒楼，敬和石帚师即席之作

荒水遮门，酸风射眼，节残未了秋声。年少无多，问他何物承平。黄衫白马非吾事，费倚栏、一晌凝情。更休提，弹铗悲歌，压酒愁城。　偶然一笑都成泣，是空肠芒角，杯底难撑。梦雨鲸波，灯前鳞甲还生。斜阳也是伤心色，便从他、明日阴晴。醉扶归，街鼓严宵，驼褐寒轻。

扬州慢·过嘉州

　　髡柳通城，疾飙驱雁，水乡归路残寒。近黄昏别馆，甚驻得征鞍？叹一卧江山尽换，断歌零阕，特地相干。望腥尘如墨，回风吹处雕栏。　　平羌片月，赖清光、犹似当年。仗翠袖回灯，红绡泻酒，闲泪休弹。百罚玉觞何味，朱弦畔、转轴悲欢。念衰兰城北，明朝须老情天。

水龙吟·壬午除夕，明日立春

　　尽情灯火依人，不眠守到东风懒。断箫哀角，等闲分付，烛花红换。饯腊村杯，嬉春市鼓，沉沉更箭。正膏炉焰薄，茅檐缩手，笑声路，无由见。　　随分黏鸡画燕。渐无名、春愁易乱。明朝花事，经年离索，并时心眼。何况登临，高楼是处，阵云天远。便挥樽莫问，今夕何夕，定何时旦。

徵招

人日南台兀坐，园公摘红梅为供，题寄露园。

　　瘦梅枝上东风信，匆匆一回红破。节物总关情，恁吟觞偏左。愁丝纷见裹。正料理、浅眠安卧。到手一枝，看人几日，寄情无那。　　珍重岁寒心，闲风露、瑶台梦中烟锁。一笛付当楼，又残红泪堕。孤吟谁解和。甚南北东西羡我。小屏掩、斜月横陈，唤玉真来否？

洞仙歌

　　芙蓉城阙，叹仙梦轻断，小字芳卿记亲唤。自玉珰封罢，金缕吟成，都未抵、一曲银塘恨远。　　罗帷风不度，宝髻新香，身是分钗旧双燕。怎今番清泪，不管回肠，重费与、蓦地横波一转。早拼取、孤凄送馀生，浑不奈樽前，霎时凝盼。

百字令

石帚师惠示哀瑑之作，情辞凄断，殆不能卒读。时方有灌口之行，倚装率和一首，欲以广吾师之意，不复自慨朋友交谊。

抔土城根，怕新鬼、月寒更闻斯语。一样晨昏诸弟姊，争遣独随阿母？兰蕙偏摧，蜂鸦固在，予夺真谁主？先生过矣，漫抛笔力牛弩。　试问雨湿天阴，疆场百万，若个非儿女？猿鹤虫沙同一慨，地上麒麟何处？梦里玄衣，眼前樽酒，便补蓬窗趣。中园勤护，成林终看珠树。

高阳台·石帚师见示和清寂堂感秋之作，敬次原韵

野火烧原，荒波送日，悬知四海皆秋。老雁衔芦，南飞散落高楼。干戈满目悲身事，便从他、白马清流。叹悠悠，张俭当年，望户何投？　甘陵南北纷纷日，怕苍天易死，沸鼎还游。墙壁公卿，窃钩莫笑封侯。残涛怒打沉江锁，有楼船、飞动江州。渺空烟，事往何年，难问沙鸥。

台城路·落叶

鳌弦哀动湘江瑟,秋阴洞庭波语。绿转空沟,红流废苑,不记看花前度。阳山绝处。叹穆马南征,伏沙荒古。惄悒羁人,雁归蓬断奈何许("落叶不更息,断蓬无复归",韩退之句)。　　吴霜飘尽战血,傍丹枫莫识,轩皇残树(见《山海经》)。别岛尘狂,行宫月落,一样听风听雨。哀蝉似诉。问树树斜阳,为谁凄楚?梦入乌蛮,数峰江上苦。

八声甘州·观弈

正楚天巫峡雨云昏,疏帘卷秋清。甚枝枯蜩甲,蛛牵碧落,得喻闲情(山谷诗)。解道垂成忽破,莫视半山轻(《避斋闲览》云:"王荆公棋品殊下,与叶致远敌手。尝赠叶诗,有'垂成'、'中断'之句,是知公棋不甚高。诗又云'讳输'、'悔误',是又未能忘情于一时之得丧也。")。自古输难讳,私斗何成?　　老去谈兵舌在,又文揪局外,鸣者不平。问当年赌墅,何计答苍生?只长安、衣冠文武,叹百年世事几心惊。收奁剩,有天边月,曾照亏盈。

蓦山溪·和履平

风铃急节，乔木高城堕。兵气涨林峦，有挥戈、日边红挫。蛩音满院，簟枕易惊寒，收玉局，改瑶琴，短梦愁时破。　　凝寒塞向，际此应怜我。雨雪正尧年，拨新灰、坐消炉火。百闻一见，华屋几丘山，悲马角，讶鹤言，才信天心左。

陈宗枢

（1917—2005），字机峰，天津人，曾任高级会计师。有《琴雪斋韵语》《秋碧词传奇》《佛教与戏曲艺术》等。

鹧鸪天

半世劳歌鬓易华，又惊霜讯报黄花。懒从夏日输肝胆，敢望春风上齿牙？　　抛鼓笛，弃筝琶，忍教古趣误生涯。偷闲谱得无声曲，留唱空林傍噪鸦。

临江仙

百卉妆成春色好，谁知春又无凭。几番风雨变能晴。溷泥原似醉，飘絮几曾醒？　　念四番风都过了，依然羯鼓声声。催花心事惜花情。园林如许瘦，犹自系金铃。

饶宗颐

　　1917 年生，广东潮州人，字固庵，号选堂。历任无锡国专、广东文理学院、华南大学等校教授。1949 年移居香港，任教香港大学，并先后于印度班达伽东方研究所、新加坡国立大学、美国耶鲁大学、法国科学中心及远东学院、法国高等研究院、台湾中央研究院史语所、日本京都大学文学部及人文科学研究所任教授、研究员、院士。历获法国汉学儒莲奖、香港大学文学荣誉博士、法国索邦高等研究院首位荣誉人文科学国家博士。现为香港中文大学中国文化研究所荣休教授及艺术系荣誉讲座教授、香港大学中文系荣誉讲座教授、泰国崇圣大学文学院院长。在国内任国务院古籍整理委员会顾问及多所高校、学术机构顾问、咨询委员、名誉教授及研究员。治学领域广博，凡甲骨、简帛、楚辞、敦煌、古文字、上古史、近东古史、中外交通史、词学、音乐、方志、书画等均有论著，共七十馀种，文五百馀篇。工于诗词、骈散古文创作，擅书法、绘画及演奏古琴。"业精六学，才备九能"，为国际汉学界公认之大师。因其博古通今，中西融贯，故与钱锺书并称为当代学苑双峰。词作甚丰，收入《选堂诗词集》，先后在香港、台湾、深圳各地出版。

浣溪沙·春晚（二首）

（一）

　　极意春阴护短红，东来细雨复蒙蒙。须臾海市见垂虹。　　断碧波分鸦背外，踏青影落马蹄中。故山风物将毋同？

（二）

何处韶光与日新，断无间气付荆榛。风风雨雨又残春。　　蔓草已成孤往地，落花犹恋未归人。废畦芳径往来频。

凤凰台上忆吹箫·杜鹃谢后有寄

雨急还收，云开仍闭，春阴只在高楼。望星星鸿没，梦渺神州。休谱湘南怨曲，怕风起落叶成秋。清明近、夕阳芳草，一样风流。　　江头。新蒲细柳，傍水面残花，泪点难收。况杜鹃血泫，红上帘钩。波外美人何处，黯关山、千里凝眸。清钟动，层涛孤峤，落雁遥舟。

春从天上来

赠画师唐云，时新自吴门来居钻石山下。次吴彦高韵。

白社凋零。认劫后河山，草上微萤。溪漾流月，影坠罗屏，心逐去雁冥冥。任无风花鲜，问知己、剩有山灵。短长声。更啼红杜宇，啄翠清泠。　　当前云烟画本，伴隐几嘘天，冷落晨星。纵目关河，铸愁今古，乡梦只挂门庭。便琴书抛了，人憔悴、未负丹青。醉还醒。只暗蛩寒蚏，来共青荧。

八声甘州

携琴海畔，秋深夜阑，万籁俱寂，泠然清响，不知人间何世也。

共水天入定，渺苍烟、山色有无中。忽泠泠霜响，溅溅石濑，遥答鸣虫。不耐琴心挑引，冷月尚惺松。但听商声起，处处秋风。　　犹有徵招遗韵，似孤飞野鹤，去住无踪。望愁漪千顷，隔海意难通。写吴丝、凝云流水；恐冯夷、深夜出幽宫。沉吟久，成连何在，海气濛濛。

高阳台①

雨湿芜城，鸦翻遥浦，倦游远客惊心。千里兵尘，野风腥入罗衾。玉箫难续繁华梦，倚危亭、迢递层阴。雁讯沉，叶警征魂，风起骚吟。　　江山如此故交渺，又楼高天迥，节往秋深。平楚寒烟，伥多乡思枫林。铜驼荆棘知何世，舞吴钩、岂独伤今？意难任，霜落萧晨，休去登临。

【注】

① 此弱冠抗战时羁旅念乱之篇，友人录示，聊存少作之一斑云，选堂识。

[编者按] 选堂词绝大多数创作于 1950 年以后，宜入当代，故仅录抗战间及五十年代初词数首。

曹大铁

号菱花馆主，1917 年生，江苏常熟人。曾长期在合肥市工作，任高级土木工程师，又为江苏省文史研究馆馆员。工诗词，兼擅书画及文物鉴定。著有《张大千诗文集编年》、诗词集《梓人韵语》。

贺新郎·酬邻翁（二首录一）

亚岁春寒冽。雾沉沉、朔风野火，冻云暮合。流血膏途燐火碧，寥廓芜城荒寂。馀满目、兔驰狐逸。胡马晓嘶和梦冷，听闲庭、已有居人迹。伤乱世，日群集。　　十生九死红羊劫。幸苟全、惊弓零雁，脱罗矰弋。影落芦塘相吊望，共话流离经历。见几辈亡身锋镝。多难兴邦知有是，看巴蛇吞象将何极。冰雪纪，励清节。

西江月·秋瑾女侠墓上作

没奈柄移鞑虏，忍教天厌中华。山河百二任分瓜，朽木焉支大厦。　　鉴水挺生豪杰，蛾眉首发兵车。秋风秋雨劫秋花，一炬明灯长夜。

念奴娇·哀巴黎

　　繁华世界，数侈奢逸乐，此间云绝。宝马雕车香满路，是处迷楼幽阁。绿酒红灯，歌衫舞扇，腰细柔无骨。金吾不禁，晏安无限欢悦。　　一朝铁马东来，仓皇失措，天堑成虚列。十二街头驰狐兔，想见名都浩劫。馀烬烟浮，荒池尸载，燐火荧荧发。悯心西土，生民同在啼血。

【注】

　　1940 年德军侵入荷兰、比利时、卢森堡三国，不一月间，三国先后投降。6 月 5 日，德军攻打法兰西，长驱直入，十四日即占领法京巴黎，致法军陈兵百万于马其诺防线者无所用。法兰西繁华著于世界，至是自食其宴安逸乐之果矣。

水龙吟·舟出吴淞观海

　　凭栏万顷琉璃，垂天鹏翅扶摇起。怒涛似雪，翻波落照，银屏拥翠。开阖乾坤，盈虚日月，百川藏退。喜乘桴远泊，宽舒襟袂，沧溟上，风云会。　　未是蓬瀛弱水。漫惊心、岛夷弓矢。吴淞喋血，辽东浪死，中原鼎沸。安得倚天，紧持长剑，斩鲸跨海。怕声酸辞苦，吹入楼台，共香风逝。

满江红·抗战胜利凯歌

地坼天崩，风雷震、虾夷慑服。神州路、伏尸盈野，疮痍满目。锋镝馀生忧患去，河山再造祥光覆。似少陵身历赋收京，歌而哭。　　边徼外，铜柱覆。珠崖内，版图足。喜汉官仪旧，受降城赎。江水不容胡马饮，秋街初见华灯煜。看壶浆箪食迓王师，声雍穆。

满江红·胜利后十日由白茆口至珍门庙寻亡弟军旅旧处

高岸河桥，依稀是、旧时景色。冒险阻、相逢部曲，纳头饮泣。微命如丝存一息，弥留犹叫歼前敌。待夜深、肆力负君驰，雷风激。　　血凝碧，心精白。胡未灭，身先卒。叹金瓯犹缺，九京忧戚。故国山河新雨沐，阿戎志气凌霄格。历百千浩劫我还来，招贞魄。

贺新郎·送叔崖奉节使日本公审战犯

槛外江风吼。倚高寒、筵开祖帐，月流星斗。战舰森严环侍立，文武衣冠辐辏。听陌上、铙歌云奏。要斩长鲸跨海去，正横磨大剑新登受。逢胜会，进明酒。　　乘槎汉使囚徒旧。惜凋残、南冠蝉鬓，九京兰秀。尚德有邻垂万古，海宇连肩执友。行剪灭、魔罗穷寇。闻道降王哀诏落，看虾夷弃甲垂头走。临处决，勿遗漏。

【注】

丙子春日，叔崖以学艺游东国，忽与电影明星王莹，同以宣传马列主义罪嫌被逮，下东京狱。抗战后数月始得释归祖国。今由朱世民将军推荐为中国使节团参赞，同行赴日，因其熟识日本朝野故也。惜当年同难者王娘闻已于抗战中逝世矣。

贺新郎·赋汪逆精卫书狱中词折扇

壮语留瑶箑。想年时、拥衾书扇，泪嘶声咽。天厌中华方舆碎，奋起博浪椎铁。诚不愧、屠龙豪杰。燕市高歌河岳震，看嫣红姹紫争春发。驱鞑虏，开新业。　　神州久困强邻劫。气填膺、东夷荐食，同仇指发。卿本佳人甘作贼，一树降幡臣妾。岂不惜、黄花晚节？清正国魂宁许损，骋直词、斧钺诛奸黠。棺盖定，秽难雪。

多丽·题胡蝶小像

　　岁寒天，一庭风雨绵绵。尽闲吟、梦苕诗好，含毫淡写婵娟。丽人居、海山炫彩；倩影渡、歇浦腾喧。恩怨言长，荣枯事邈，可堪苦忆数从前。自塞上、金缸花烬，月缺几曾圆？任人说、将军逸乐，红粉情牵。　　待辽阳狼烟乍靖，悄悄独上江船。细腰轻、名高梨榜；朱颜在、誉压云鬟。酒溅罗衫，魂销侧帽，红幺一曲倍娇妍。翻飞久、东风成梦，时节惜英残。珠崖道，羊车留盼，收拾华年。

【注】

　　读钱仲联先生《胡蝶曲》，戏作胡姝小影，众谓酷似。欲书其诗，辞长不能尽，遂谱此篇。越数日，先生过我菱花馆，并图赠之。

詹焜耀

1917 年生，江苏南京人。长期从事新闻、教育工作。

虞美人·车行见杏花

飞轮电掣尘和雾，旧是经行处。琼楼过尽柳毵毵，俄看烟花三月是江南。　　蕊珠宫里曾相见，一片云霞艳。何尝带日倚云栽，一样容颜绝世出蒿莱。

温中行

（1918——1986），字必復，广东龙山人。历任香港大专院校教席。

望海潮·送别

河梁携手，宵分耦语，长空似水清莹。休问旧时，唯看后日，相期无负馀生。肝肺月分明。奈离怀惨恶，萧索荒城。败壁鸣蜇，劫灰随处点流萤。　谁堪一片秋声。渐霜风凄紧，飐飐昏灯。行客夜稀，沾衣露重，襟间粉泪盈盈。幽恨漫牵萦。怕陇头流水，终古难并。已是啼鸡喔喔，天外渐疏星。

高 旅

（1918——1997），学名邵元成，字慎之，江苏常熟人。抗战中就读于北平民国大学，离校后参加新闻工作。1950 年任香港《文汇报》主笔，至 1968 年因抗议"文革"而辞职，居家翻译各种外国文学名著，积稿百万余言。1981 年后为报纸专栏不断撰写散文、小说，乃至去世。出版杂文集多种，长篇历史小说与武侠、科幻小说近二十部，另作诗词逾千首，并有研究性著作。诗词罕有发表，身后由夫人熊笑年编为《高旅诗词》，香港新华彩印出版社印行，内有《愿学堂词存》。

点绛唇·湘北前线（二首）

（一）

兵动三湘，少年逆敌平江路。苍山残垒，露湿依营树。　　月黑星沉，一火名城付。惊回顾，天边红雾，总是庸臣误。

（二）

望断巴丘，洞庭帝子啼江水。可知谁是，磊落奇男子。　　汀泗桥头，虎将乘鞍死。方遥指，军号声起，蓦见东山紫。

（1938 年）

蝶恋花

雨里黄昏天欲霁。忽见山村，更有溪桥对。数点红榴分外媚，这般光景几回醉。　　熄了风灯人语碎。杀阵蚊雷，翻令蛙声细。店妇殷勤疑作态，中宵动问可能睡？

（1939 年）

菩萨蛮·伤愈出院去湘西休养示友

洞庭稻熟兵云作，金创未合征衣薄。良意胜黄金，感君鸣古琴。　　高山非我喜，雁落平沙里。春日自飞翔，先看湘水长。

（1939 年）

虞美人·南京示友

渝州初涨人归去，莫道青春误。少陵涕泪古今同，谁说山河无恙大江东？　　江东多有清圆树，只向红楼驻。萧条你我自仓皇，总为一家柴米要相商。

（1945 年）

浣溪沙·独行黄龙山下怀故人

寂寞关河战马骄，望中风雪倍程遥。黄龙山下乱蓬蒿。　　黄土高原无麦秀，白杨深处有兵操。少年旧侣影全消。

（1946 年）

庆春宫·青岛湛山公园偕友看樱花

楼舻陈兵，虹桥横海，是谁控我津门？书翰空嗟，江山多恨，暮霞血写乾坤。制夷谋困，怎知道、春帆断魂。龙旗销后，风雨金城，几度鲸吞。　　樱花令季犹存。园映青辉，苔染红裈。晴煦亭栏，千顷沙软，湛山无复渔村。柳挥云变，且莫说、斜阳酒痕。敬瑭刘豫，几个庸奴，一例称尊。

（1948 年）

汤定华

名启亮，一字文冰，1918年生，祖籍广东南海。幼受业于康有为之侄康隐泉。广东大学毕业，文学士。历任香港大专、中学文史教席。有《思海楼词》。

夜飞鹊·广州园雅集，同协之丈、润桐、绍弼、既澄、寂园诸师友

寒云结千里，雁点南程。萧瑟叶乱郊坰。人归故院，又将去、还邀俊侣旗亭。凭栏望无际，正山村如画，古道销凝。无殊景物，独斜阳直坠堪惊。　　虽说封侯无分，想吹彻悲笳，各有牵萦。剑外高谈花月，好天良夜，欲醉还醒。西风旋起，动长林、耳满秋声。更车回忍见，雾迷珠浦，灯暗佗城。

（1947年旧作）

罗忼烈

（1918——2008），原籍广西合浦，定居于香港。1940 年中山大学中国语言文学系毕业。在国内，曾任教中山大学、法商学院及华侨大学。来港后，曾任培正中学教师、罗富国师范学院讲师、香港大学中文系教授，至 1983 年退休。退休后，任香港中文大学及澳门东亚大学客座教授，后移居加拿大。著有《元曲三百首笺》《词曲论稿》《两小山斋论文集》《周邦彦清真集笺》《北小令文字谱》《诗词曲论文集》《话柳永》《词学杂俎》《两小山杂著》等十多种，词曲有《两小山斋乐府》。

菩萨蛮

连宵湛露凋丛菊，严霜取次零孤竹。思忆暗凄神，当年轻负春。　　晓屏双雁立，梦枕单鸳湿。幽抑怕人知，新妆须入时。

齐天乐·客道故园春事，慯然成赋

鹃花开遍吴山路，匆匆又过春半。宿酒灯前，乡心雁后，长恨春怀难遣。飘摇似燕。正孤馆寒深，病颜尘黯。十载伶俜，故园消息共天远。　　人间春梦最短，草头朝露在，陵谷先变。绿惨郊坰，红残里巷，凄绝啼鹃一片。羁魂易断。想松柏薪摧，旅葵谁荐？独立苍茫，夕阳清泪满。

玉京秋

风雨时晴，小窗短榻，听倦蝉数声，永日恹恹，依草窗自度曲。

新雨歇。斜阳照深院，朗风喧叶。玉炉篆烬，微凉吟惬。清润纤箜弄影，向南窗、寻梦时节。梦还怯、晚蝉商吹，傍人幽咽。　　倒景潜移难蹑。黯征尘、繁霜倦镊。小劫沧桑，中年哀乐，情怀谁说？隔水娟娟，问甚日、重与闲调冰雪。海天阔，帆尽烟波冥灭。

过秦楼·夜闻卖歌依清真居士体

月吊幽窗，烛销残焰，夜久市声初断。炉边醉浅，梦后情孤，旧曲忍听清怨。呜咽似说当年，曾隔重帘，舞低吴艳。叹江湖易远，丝弦慵买，彩云空念。　　多半是、目阻千山，愁深螺黛，顿褪去年娇面。江梅发后，征雁南时，兀自立残更箭。偷检尘奁，旧香惊别，啼红犹斑纨扇。问魂飘甚处，凄绝须歌《九辩》。

碧牡丹·共伯端丈赋木棉侬晏小山体

血泪沾云幔，林麓撑华繖。不比夭桃，稳占佳人心眼。可惜高枝，难把斜阳挽。朱颜易成衰晚。　又春半。杜宇声声最怨，年年越王台畔。一寸丹心，化作陨红千片。短梦荣华，能几番依恋？人间空与魂断。

鹧鸪天

顺德陈邦彦（广东名诗家陈恭尹之父），明末组勤王之师于广州。清兵陷五羊，战死，尸首不全。义民拾其残齿归里，与衣冠合葬，墓园荆杞已久。倭寇既败，何子蒙夫亟招乡人鸠工修复，并倩画家李研山图之。属余题词其上。

九万中原战血斑，孤臣百死补天难。沾巾谁请王琳首，为禳空馀卫懿肝。　新碣石，古衣冠，墓田鸦噪夕阳寒。平台早失经纶策，漫道红颜是祸端。

［编者按］忼烈先生词多作于五十年代以后，兹选录早期词数首如上。

郭 莘

1918 年生，字大平，号半村，原籍江苏宝应。退休教师。有《金陵竹枝词》《画川词》。

阮郎归

烟波渺渺望乡关，菰蒲弯外弯。行人何处系征鞍。夕阳山外山。　　临水镜，照风鬟，怕看还自看。春愁浩荡满人间，行艰留亦艰。

蝶恋花

何事情天惟种恨？相见朝朝，只是难亲近。不惜伤春成瘦损，兰因絮果凭谁问？　　转遍芳郊车辚辚。紫陌红尘，春事休相讯。池上春冰深一寸，忍寒原是梅花分。

蝶恋花

远道书来疑信半。薄薄微云，那便遮银汉。花影当楼无绪看，卧听邻院哗弦管。　　闻道九疑无正面。宛转湘流，灵瑟多哀怨。烟水迷离空一片，劫灰销尽章华殿。

徐 艾

字梦桥，号梦圆，四川新繁县人。成都教育学院教师。1918年生。有《梦圆诗词剩稿》。

木兰花慢·游王建墓

出锦城西去，有高冢，卧斜阳。剩寂寞园亭，萧疏竹树，点缀秋光。沧桑。漫夸割据，付游人闲话吊兴亡。误认琴台旧迹，笑他残霸凄凉。　　彷徨。往事总堪伤，千古几名王？算窃国朱三，盗驴王八，一样荒唐。思量。蜀中遗爱，只当年诸葛姓名香。翘首惠陵在望，巍然古柏祠堂。

潘大白

字白也，1918 年生，江苏宝应人。退休教师，白田诗社副社长。有《白澜诗词选》。

清平乐

春光难驻，望断分携路。苦恨年年飞不去，人在蓬山深处。　　鱼书雁字无凭，除非化作流星。伴取一轮明月，照他两鬓青青。

蝶恋花

离合从来天不管。浮雁沉鱼，剩有香红软。泪尽渐教银烛短，愁深只觉金杯浅。　　山外斜阳侵别馆。毕竟寒轻，且许珠帘卷。双燕归来人未返，眉峰争肯随春展？

东风第一枝

梦绕平山，情牵曲沼，几家歌吹城郭。小楼才听黄鹂，别馆已凋红萼。恼人时节，东风谑、偷掀帘幕。忆夕阳、花外相逢，斜月竹西初约。　　云淡淡、双鬟漫掠；风细细、单衣乍着。凝眸脉脉难禁，执手生生还却。离衷重诉，莫待到、冬深寒朔。恐匆匆、冒雪前来，万一众中呼错。

潘镐澄

（1918——　　　），广东顺德人。早年就读于广州市国立美术专门学校。1949 后居香港。有《清芬馆诗词》。

临江仙

好梦无凭春夜，相思销尽华年。旧游曾记好江天。桃花争映面，携手笑相怜。　　自是人生长恨，兵戈莫寄瑶笺。天涯从此两情牵。几回肠断夜，忍泪月华圆。

临江仙·元宵

两岸霓灯交映，一天星月争辉。酒阑人散渡江迟。馀寒犹漠漠，风定夜依依。　　旧梦已随流水，此情只有天知。无端心底起涟漪。月华依样好，惆怅立多时。

陈从周

（1918—　　），原名郁文，号梓室，浙江绍兴人。之江大学毕业。历任之江大学、苏州美专、圣约翰大学、同济大学讲席，为著名园林建筑专家。有诗词集、古建筑园林等多种著作。

临江仙·勘查绍兴石桥

两岸群山如入定，扁舟来往从容。乍疑无路却相逢。粉墙风动竹，水巷小桥通。　　激潋波光长作态，鱼龙唼影其中。江湖老去羡归篷。乡音犹未改，雪菜味无穷。

蝶恋花

帘幕迎风杨落絮。隔院笙歌，芳事浑如许。满眼棠梨红带雨，梁间双燕频来去。　　几度游丝萦碧树。梦后楼台，依旧无凭据。小立阑干谁共语，暮云遮断天涯路。

王树椒

（1918——1945），自号慧声，江西安福人。十八岁考入国立浙江大学史地系，后转读云南大理民族文化书院。病逝于四川遂宁，仅二十七岁。

鹧鸪天（八首录二）

（一）

独挈银釭上小楼，为郎憔悴为郎羞。帘前密约托钿合，天际疏星觅女牛。　　天欲曙，梦难留，空馀珠泪浣闲愁。人间漫占双红豆，剩有盟鸥证旧游。

（二）

沧海由来惯惹尘，酒醒莫共说残春。经年幽梦迷风絮，一片闲情付夕曛。　　红绉袖，绿罗裙，只今忆否去年人。箧中绮句三千首，半是脂痕半泪痕。

鹧鸪天（四首）

（一）

醉后何妨死便埋，千秋功罪费安排。若教郿坞能终老，合有黄金铸伯喈。　红泪冷，倩谁揩，儒冠自古委尘埃。阿瞒才着兜鍪去，便共孙刘称霸才。

（二）

欲向卢龙塞外行，自来弓马出幽并。隔江莫问南朝事，玉树歌残唱后庭。　天柱折，地维倾，弦歌洙泗久膻腥。鲁连到此将何往，沧海于今亦姓嬴。

（三）

摇落秋怀未易禁，湖山入梦一痕青。才人例向他乡老，立尽西风看晚晴。　风雨急，海潮生，东南地坼遣人惊。吴宫越殿知何事，戍角吹寒溢古城。

（四）

入眼火榴意绪烦，家书欲寄措辞难。何人小槛教鹦鹉，忽唱江南可采莲。　　飘泊久，泪应干，风晨月旦但心酸。此身合向巴山老，他处青山有杜鹃。

沁园春

蜀道登天，远道之人，曷为来兹？叹繁弦催饮，难销夜永；流潦妨毂，屡负心期。麻冕随时，匏瓜自系，习苦蓼虫忘是非。君知否，学就屠龙技，无计疗饥。　　酒醒检点征衣，别亲泪、经年尚未晞。念濠梁足乐，何须四海；邓林虽广，惜借一枝。游必有方，居当养志，底事苦随黄鹄飞。秋风起，霜露期毛羽，中路安归？

贺新郎

　　鸟倦知还矣。十年来、飘零书剑，究成何事？学就萍漫屠龙技，日向长安索米。喜与怒、随人而已。九曲阑干频徙倚，念亲朋满眼今谁是？春梦远，五千里。　　少小情怀清似水。望空江、烟波万顷，扁舟天际。自谓渔竿堪终老，此外无须措意。回首处、凄然隔世。出岫无心归未得，叹异乡亦有林泉美。终不及，故园耳。

孙正刚

（1919——1980），原名铮，号晋斋，天津人。燕京大学国文系毕业，曾从顾随学词。历任天津师范学院、天津教育学院讲师。1950 年与周汝昌、寇梦碧入张伯驹主持之庚寅词社，称"津门三君"。有《词学新探》《天上旧曲》《人间新词》。

金缕曲·题《斋毁石存图》

丙辰天津地震，千印斋毁于一夕，惟石章尚完好无缺。夜泊为作《斋毁石存图》，爰赋此解，并征和作。

掩卷追陈迹。恍年时、深摇地脉，猛翻天极。小筑行窝曾栖凤，乍可将雏比翼。甚惨淡、经营朝夕。巢覆卵完知多幸，怕千章去我嫌孤寂。拼性命，葆魂魄。　　哀鸿只恁从抛掷。写流民、丹青郑侠，狂矜才力。崛起琅琊传宗派，逸少还兼摩诘。照肝胆、百心如石。瓦甓堆中存吾道，便一身万死宁须惜。三载血，半城碧。

叶柏村

（1919——1991），原名郁鎏，浙江金华人。曾任浙江师范大学教授。有《鸣蛄小稿》《鸣蛄续稿》，合为《叶柏村诗词集》。

点绛唇·乾陵

直指梁山，轻车飞掠秦原树。大唐风度，龙气雄千古。　　碑势摩天，无字缘何故？登陵附，石人齐舞，我亦君临汝。

更漏子

雨丝丝，风片片，绿碎香消红断。惊蝶梦，费莺心，一春空有情。　　魂欲度，秦楼路，帘幕参差无数。眠未稳，醒犹啼，一声清晓鸡。

菩萨蛮

晓莺啼破春烟薄，嫩凉透梦心情弱。明镜怯残妆，枕痕一缕长。　　晶帘粘碎絮，次第风吹去。微雨又绸缪，屏山几叠愁。

李可蕃

（1919——　　　），字椠帆，福州市人。福建省文史研究馆馆员，福建省诗词学会常务理事。有《藏舟盦诗词稿》《古欢室文稿》等。

庆春泽·春日即景

新咮调莺，华妆嫁杏，东君按部初临。冉冉微云，酿侬头上轻阴。不成更逗风和雨，念柔条、困辪争禁？昼愔愔，几度猜详，半晌沉吟。　　瑶章为奏通明殿，果深怜蕙质，细抚葵忱。纤翳都勾，依然日丽遥岑。烘晴无价千红好，许雕鞍、金埒重寻。看从今，一样吾庐，蓦地春深。

何叔惠

（1919——　　　），广东顺德人。曾任香港专科学院及中学教席、学海书楼特约主讲，创立凤山艺文院。有《薇盦存稿》《三不亦堂诗稿》。

雨霖铃

读少陵曲江诗，蒿目时艰，自伤身世，不禁凄然于怀，辄成此解。

飞花无主。怨东风急，莫挽春驻。芳魂半逐征棹，沧波浩渺，将归何处？触眼红凋绿减，况斜照移树。问塞雁、南北匆匆，怎不为侬带愁去？　沾唇浊酒频添注。侭伤多、醉里忘朝暮。宵来入梦寻觅，杨柳岸、也曾相遇。一觉醒时，应是难分，旧织缣素。剩过半、车底残英，愿化香泥护。

浣溪沙·有寄

满架荼蘼折一枝，为春消瘦怕春知。梁间燕子诉相思。　隔雨相望犹耐冷，背灯私语费猜疑。惯禁愁病不禁痴。

汪稚青

（1919——2006），号晚霞老人，安徽黟县人，汪石青长子。退休前任邮电学校教师。著有诗词集《晚霞韵语》。

高阳台

挽澜来札，引"华年漫伤，算同心尚有秋棠"之句相慰，漫诵低徊，柔肠九曲，乃写百字寄之。

金缕歌残，红楼梦冷，西风吹到南窗。一点灵犀，随风系上斜阳。馆娃旧院闲凝盼，想当时、鬓影脂香。恁徜徉，花下秋千，月下迷藏。　　隔花人远天涯近，望流莺别树，红杏高墙。鸾凤笙歌，几人福似萧郎？为谁憔悴凭谁慰，问同心、何处秋棠？最堪伤，肠断蓬莱，泪断潇湘。

金缕曲

秋到人间矣。喜萧萧西风吹处，江山一洗。烈日销威蝇蚋死，不让冰肌汗腻。再不必浮瓜沉李。竹簟纱窗安稳睡，把轻纨深瘗青箱里。清凉乐，乃如此。　　谁知一夜严霜起。最伤心、蕙兰摧折，芙蕖枯萎。丛草长林咆哮迅，槭槭狂飙肆恣。更莫问、蝶巢蜂罻。天半征鸿惊铩羽，逐稻粱甚处堪栖寄？飘零恨，何时已！

朱庸斋

（1920——1983），原名奂，字奂之，广东新会人。曾从陈
洵学词。后任教于广州大学、文化大学。晚年任广东省文史馆馆员。
有《分春馆词》《分春馆词话》。

临江仙·庚辰秋望

故国登临多少恨，惊心片霎沧桑。野旗戍鼓
满空江。重寻葵麦径，犹识旧斜阳。　　信道青
衫无泪湿，何堪半壁秋光？回风征雁未成行。江
山如梦里，无处问兴亡。

（1940 年）

南楼令·台城送客同王西神作

风劲角声干，孤潮寂寞还。问六朝、兴废漫漫。
今古石头城下路，追往事，有无间。　　丧乱满
乡关，归舟落日寒。想兰成、重赋应难。眼底空
惊千劫过，谁认取，旧江山？

解语花·为人题照

　　轻笼雾縠，乍弹云鬟，一（作平）寸横波浅。弄妆窥晚。回眸处、生怕万花羞见。丹青半面，料镜里真真难唤。谁复怜、只影娉婷，忍伴卢家燕。　　相去蓬山未远。羡何郎占尽，春风无限。绣帏香荐。清夜永、应识舞鸾孤怨。寻芳梦断。莫更对、鸳鸯葱倩。空自惜（作平）、笺罢相思，和泪痕偷卷。

扬州慢·依白石原韵酬曾希颖

　　衰草埋云，乱山迎雨，一鞭忍话秋程。阅沧波倦眼，问更向谁青？恁飘泊、年芳易晚，天涯犹有，未老戎兵。叹新霜严夜，鱼龙吹浪江城。　　旧期胜赏，料今宵、魂梦应惊。剩琢句停杯，行歌看剑，牢落归程。听彻耐寒乌鹊，西风里、几换啼声。算青衫无恙，年年空自尘生。

台城路·白莲

楚江馀恨消沉尽，芳心为谁凄苦？翠盖扶云，明珰照水，应是冰魂归路。蘋洲漫谱。记褪酒奁边，万妆争妒。一舸重来，故陂休问闹红侣。　　清宵凉露似洗，叹婵娟旧约，空倩鸥鹭。泻玉盘移，支风蓼瘦，几换鸳鸯眠处。凌波罢舞。料难认当时，袜罗微步。梦到琼楼，素肌人在否？

烛影摇红·十月十二日赋海边落叶

秋尽神宫，羁魂海外归何世？西风到此却无声，空费千家泪。恨满扶桑弱水。怪冤禽、惊寒不起。顿教流散，异国残红，前朝衰翠。　　断梗空枝，彩幡纵有应难庇。严城乌鹊更何投，凄奏来天地。一曲旧游漫记。渺沧波、斜阳倦倚。樽前起舞，恩怨无端，湘弦弹碎。

春云怨

十一月十五夜，与黄慈博丈黄咏雽冯缃碧两君步月城西，忆往年与霜筠曾留是约。抚景追情，有不能已于言者。

寒樽罢酌。正际空清夜，一夜银魄。病起沈腰憔悴，应叹素娥浑未觉。烛底帘垂，梅梢风动，倩影迷离渐消却。乌鹊无声，楼台如水，悄把梦魂托。　　重来镜里颜非昨。料经时又换，新妆眉萼。空有飞琼旧留约。谁分年年，几许人间，雾屏云幄。万里婵娟，终宵风露，往事半沉画角。

蝶恋花·重阳后二日作

尊酒翠微休共载。残画沧洲，绀碧年年改。黄叶西风成一派，重阳过了人空在。　　俊约登临谁可待。故国茱萸，经乱难为佩。眼底秋光千万态，雁归正近斜阳外。

渡江云

曩昔与曾希颖冯缃碧合作《挹素楼图》，红树苍山，清泉白石，萧萧有重阳意。今秋无怠重为属题，因赋长调。

危楼成独倚，吟边暝色，芳讯倩谁缄？晚枫残照外，倦梦醒时，秋气满虚岩。溪山着眼，恁孤欢、樽酒难酣。空省得（作平）、故园今日，摇落似江南。　　恢恢。经忧人事，逝水韶华，负幽香寒艳。浑未觉、伤高馀涕，犹滞青衫。前朝绀碧分明在，向天涯、忍更开帘。重阳近、一城风雨愁兼。

甘州·南园有怀

叹东风易别奈何人，从今各天涯。似随波坠絮，窥帘客燕，共惜无家。剩得几朝疏雨，和梦冷窗纱。多少凄清泪，空晕铅华。　　惘怅夕阳池阁，甚一时不见，鬓雾衫霞。怕今宵重对，犹是旧菱花。且拼作（作平）、半江春恨，纵相逢、休更怨琵琶。应难耐，有垂杨处，都付啼鸦。

满庭芳·江上送春

南浦波光，天涯鬓影，多情销尽斜阳。兰桡渐歇，流水断馀香。欲系春韶暂住，空更倩、千缕垂杨。东风外、残红褪粉，明日更他乡。　　疏狂。终付与、隔帘蛱蝶，别岸鸳鸯。怕清歌未阕，先转柔肠。多少看花泪点，应洒遍、故国离觞。沧江远，零襟坠绪，休寄北归樯。

金缕曲·秋夕

漏箭催帘寂。望中庭、银河似水，月波无色。冥想空林惊寒鹊，应是故枝重觅。莫负尽、天涯消息。往日齐纨歌尘暗，傍西风、容易成疏隔。空检点，唾花碧。　　危楼罢酒销魂夕。恨如今、鸳鸯画就，锦梭难织。待把樽前行云约，分付秋来潮汐。怕依旧、蓬山未识。红蜡纵馀当年泪，料多情、不向人间滴。消瘦影，倩谁忆？

洞仙歌·春尽日有感

绿荫台榭，是东皇前地，百折离心付流水。廿四番风讯，总付闲过，浑未减、几点看花清泪。　　梦华千万态，成碧看朱，槛外芳菲更何世？故国后归人，老尽光阴，怕明日欢盟顿委。待料理、钿筝旧歌尘，怕指冷弦哀，伤春容易。

临江仙·别傅静庵

寂寞天涯摇落处，劳身已厌登临。江山如许着狂吟。无多飘泊泪，消得别离心。　　浊酒一杯容我醉，任他明镜相侵。寒鸦辛苦又辞林。殊乡风雨里，憔悴是而今。

甘州·柳花

怪一春飞絮似游人，经时更疏狂。记谢家池阁，依依蘸影，曾傍新妆。算有东风着力，吹梦到伊行。争奈相逢路，偏碍横塘。　　飘泊人天无地，信楼头陌上，一例回肠。纵年芳未减，谁耐逐空香？叹多少、征衫旧泪，向清明、检点易凄凉。斜阳后，近栏杆处，都是愁乡。

临江仙·丁亥送春

九十春韶无着处，经时几换清阴。乱枝扶叶欲成林。薰风圆蝶梦，芳讯老莺心。　　依旧酒边花外地，是谁一任销沉？粉绵飞絮莫相寻。谢他帘幕好，端护夕阳深。

（1947 年）

渡江云·衡州秋暮寄怀，时方拟作归计

江枫渔火夜，暗潮搁恨，分梦向谁边？骤惊身是客，惯为西风，寸绪坠樽前。抛残望眼，认一发、何处山川。空听得（作平）、透帘津鼓，终夕破愁眠。　　情牵。初捐圆扇，待老垂杨，省秋容偷展。休更将、旧欢馀泪，轻委霜天。如今照鬓湘波绿，料鱼龙、不碍归船。乡讯好，行程莫误啼鹃。

三姝媚·中秋对月和刘伯端兼柬叶遐翁

吟壶休自抚。对清辉无眠，相思重数。费尽秋心，只夜来肠断，画堂中妇。宝扇欢丛，几曾见、先窥朱户？碧海年年，只有蟾蜍，替人凄苦。　　冷落云鬟香雾。念箫管樽前，几家如故。玉斧空磨，问缺时金镜，更教谁补？桂殿高寒，料他日、天风难步。坐觉银河西转，关山梦阻。

洞仙歌·春暮寄白下陈寥士

酒边馀梦，早飞红成阵，隔岸东风夜来紧。甚故园歌舞，轻付消沉，肠断处、才是清明相近。　　鸳盟偏误却，能几芳韶，休道阴晴未应准。空绕旧西廊，伫苦停辛，谁更惜、强支娇俊？便招得、当年燕雏来，怕春老梁空，栖香难稳。

锁窗寒

雁来红。与叶遐庵、黎六禾、詹安泰、黄咏雩、冯秋雪、胡伯孝、陈寂园、张纫诗同赋。

痤菊簪馀，新枫醉后，晚芳谁款？西风昨夜，吹得故阶红转。待追寻、少年旧怀，镜前惯为衰颜恋。算情根未老，相思徒种，尽成幽怨。　　凄断。秋娘面。叹玉柱空调，锦笺难遣。残妆借酒，羞与夕阳重见。怕闲枝、蝶梦乍苏，几回错料春尚浅。向明朝、检点啼痕，一径繁霜换。

三姝媚·送友

樽前新旧泪。对西风行人，几多愁悴。照眼红桑，数去程偏在，剩山残水。百折寒潮，空洗尽、蓬莱珠翠。故国离情，分付年年，短檠吟倚。　　次第娄杯拚醉。念消息天涯，顿成凄异。流转经时，想梦华销与，旧家罗绮。海气溟溟，料今夜、鱼龙应睡。目断颓波东注，秋阴又起。

宴清都·东门感事

绮陌东门路。斜阳候、往来风絮迎步。征衫漫浣，清樽倦试，怨歌谁诉？凌波尚隔横塘，叹望眼、低迷恁苦。算异国、多少芳菲，欢惊冷落前度。　　西园着意新妆，随花趁蝶，先结鸳侣。微云未接，蛮笺枉寄，梦华空阻。疏衾自怜年事，费别泪、今宵自贮。纵旧情、触引春回，心期又误。

魏向炎

1920 年生，已去世，卒年未详。江西安义人。曾任江西人民出版社古籍编辑。有《学诗浅说》《学词浅说》等。

高阳台

积稿尘封，素笺恨锁，悠悠难诉深情。锦瑟年华，如今屈指都惊。悲秋欲写伤心句，怕江南、鼙鼓声声。最难堪，客里谈家，病里谈兵。　　当时携手横塘路，叹繁华事散，沧海波平。爱缕情丝，随他化作飘萍。闲来不寄相思字，倩征鸿、数语叮咛。莫凭栏，误了春光，损了娉婷。

王福穰

字禄民，1921 年生。浙江湖州人。上海交通大学毕业。长期在财政金融界工作。中国人民银行研究生部教授。有《迎旭楼诗词稿》。

金缕曲·重访湖州故居

人似辽东鹤。乍归来、城闉依旧，人民非昨。尘暗茜窗蛛结网，败壁泥痕斑驳。浑不似、当年楼阁。荏苒十年真一梦，剩鸣鸠社燕喧然乐。谁更识，营巢鹊？　　梅花几度空庭落。最堪怜、松凋虬干，桃消红萼。手种玉兰高逾屋，一任风狂雨数。问何处灵根堪托？往日嬉游今已矣，细低徊无奈童心薄。空更结，重来约。

（1948 年）

吴绍烈

字静康，1921 年生，安徽望江人。复旦大学毕业。曾任上海师大副研究员、白鹿洞书院教授。有《风雨诗词剩稿》，主编《江河集》，参与《宋史》《续资治通鉴长编》校点。

浣溪沙

欲了相思倍觉难，伤心往事怕重弹。几回梦见影姗姗。　　好把真珠传密字，暗将消息背人看。千重愁恨万重山。

（1942 年）

醉落魄

晚风清软，桐花落尽深深院。离怀难写箫声怨。倚遍危阑，望断千山远。　　梦里依稀怜缱绻，尊前舞罢衣香散。一灯愁对终宵惯。睡也模糊，醒是凄凉伴。

（1947 年）

水龙吟·和陈定山先生

几番密约沉沉，相思远系巫山外。层峰障眼，飞鸿不度，难传密意。别久情怀，尊前花下，也应憔悴。便春风重到，催开桃李，归未必，浑无计。　　忍把韶光轻弃。拼今生、痴情无悔。殊乡索寞，伤心凝立，秋江碧水！检点音书，旧时衷曲，都成红泪。待梦中寻觅，愁心一点，为伊人碎。

郭世镛

1921 年生，别号双松庐主，回族，浙江玉环县人。中学语文教师。有《双松庐诗词》。

念奴娇·甲申元旦述怀

羁怀中酒，对新春、漫悲故国消息。百战山河盈血泪，犹见狼烟未戢。辽鹤纵归，荒台残榭，前梦应难觅。蒋山秦水，是否依旧清碧？　　信是多难兴邦，国魂已醒，可返嬴庭璧。上国衣冠华夏胄，终不沦于夷狄。三户亡秦，十年复越，志苦天心惜。何时策马，吴山绝顶独立？

（1944 年）

念奴娇

三巴岁月，漫骎骎、又到繁英时节。万里乡心随逝水，别后音尘全隔。梦觉惺忪，芭蕉窗外，一片西沉月。行云无所，浅深巫嶂明灭。　　却忆紫陌当年，衣香鬓影，剩有柔肠结。风露凄凄寒漏尽，谁弄幽弦如咽？料是羁人，或为嫠妇，细把初心说。萍踪久泛，几曾经此愁绝。

（1944 年）

徐 续

（1921——　　），号对庐，广东惠阳人。长期担任新闻工作。现为广东中华诗词学会理事。有《广东名胜记》《岭南古今录》《苏轼诗词钞》《广州棋坛六十年史》（与褚石合著）等。

金缕曲

登潮州韩文公祠，日寇新降，慨然兴感。

万柳摇江郭。过湘桥、春风犹软，春涛磅礴。放眼岭东风云地，又是鸢飞鱼跃。念畴昔、妖星芒角。江草江花无颜色，与韩祠古橡同萧索。今乃见，再驱鳄。　　退之笔下雷霆作。限凶顽、率其丑类，徙归溟漠。千载凛然苍虹气，留在口碑河岳。我犹是、天涯行脚。濯足韩江南归日，古潮州、快睹虾夷缚。苔碣下，共君酌。

（1946 年）

祖保泉

1921 年生，安徽巢县人。1947 年毕业于四川大学文学院中文系。现任安徽师范大学教授，曾兼任中文系主任，古籍研究所所长，硕士生导师。著有《司空图诗品解说》《司空图诗品注释及译文》《司空图的诗歌理论》《司空图诗文研究》《文心雕龙选析》《文心雕龙解说》《丹枫词稿》等。

金缕曲·丙戌中秋，夜泊荒渚，怀蝶子

冷月浸江渚。照孤舟、人行断岸，乍惊鸥鹭。一望芦花千顷白，渺渺伊人何处？料此际沉沉绣户。落叶敲窗秋瑟瑟，背昏灯、拥髻还无语。听促织，弄机杼。　　飘零我亦风前絮。算如今湘山蜀水，梦中归路。今夜银蟾初照影，牵动离情万缕。正满眼烽烟密布。世路滔滔风浪急，任扁舟一叶迎风去。鸡唱远，报天曙。

虞美人·念祖父

鬼来山黯河幽咽，辞社如飘叶。叶飘沅水绕山流，应过巢湖堤北大桥头。　　桥头有老青藜杖，引领西南望。风前抖动白须眉，频拭两眶清泪对斜晖。

（1945 年秋）

虞美人·遥祭

　　已无王父来音息，灯下离人泣。千山乡路虎狰狞，怎到阿翁坟上诉衷情？　　思量自有归乡日，为竖坟头石。坟边栽树我栽松，只有苍松风貌似遗容。

　　　　　　　　　　（1946 年 3 月）

虞美人·永绥抒情，示粹然

　　英年一似春花绽，却遇倭奴乱。湘山酉水寄萍踪，同是少年时候《火苗》红。　　登楼北望心冲血，水剩山残缺。栏边把臂发冲冠，誓握龙泉双剑复河山！

　　　　　　　　　　（1946 年春）

喻 蘅

1921年生，江苏大丰人。复旦大学教授。有《延目》《壮采》《夕秀》等集，编入《蘫场喻门诗词》，又有《艺文随笔》。

鹧鸪天

历劫神墟旧海桑，回天有梦亦苍凉。一行迷雁沉空碧，几片残山挂夕阳。　　家国事，费评量，中宵风雨每回肠。休言故圃秋容淡，枫叶红分万树霜。

（1944年）

浣溪沙（二首）

乙酉暮春即事作游仙词。

（一）

青鸟无端下碧霄，徘徊阆苑报琼瑶。美人电笑更妖娆。　　大海扬尘飞霭霭，天花如雨散滔滔。东君此际也魂销。

（二）

海上瑶池已不扃，往来鹤驾自娉婷。烛龙光焰炽天庭。　　一帝方壶飞火穴，无边员峤坠长星。虞渊归路益凄零。

（1945年）

迈陂塘

丙戌秋寒之岁，内战愈酣之月，购抗战八年木刻选集，感赋长调，时在春申。

旧山河依稀落日，九边风色愁起。无多感慨酬当道，倦矣蒹葭秋水。真旖旎。看绣叶红轻，碧血曾湔洗。人情如此。恁剩山残水，惊魂断魄，错用屠龙技。　　前尘事、谁问漂沦客子。眼前撩乱魑鬼。雕虫章句终何补，壮志碧霄千里。事往矣。空销得、极天幽怨沉秋雨。荒唐梦耳。又九阙笙簧，五陵冠盖，乐甚太平世？

拜星月慢·丁亥中秋无月，倚声《片玉》

冷露欺花，繁蛩啼壁，碧海云潮渐暗。密柳层楼，是西风庭院。那堪忆、往事欢惊，梦影无据，倦睇孤灯红烂。凉艳流辉，算今宵难见。　　渺空蒙、怕照人人面。犹依约、软语天衢畔。纵有玉想琼思，化烽烟飞散。荡心神、处处忘忧馆；惊魂惕、历历饥鸮叹。更怪得千里冥鸿，送哀音不断。

庆春泽

暮野疏钟，迷楼病柳，晚风着意轻吹。顾影销魂，夕阳步去迟迟。璨霞涂抹天如血，变凄红不似胭脂。正纷然，一片蛙喧，万点鸦嘶。　　白蕖幽静吾能画，只风裳水佩，太作矜持。脉脉韶华，深情负了当时。明朝风雨愁难料，且归来、独唱清词。更那堪，淡月横窗，新恨支颐。

霍松林

（1921——　　　），字懋青，甘肃天水人。早年毕业于南京中央大学中文系。现任陕西师范大学教授、博士研究生导师、文学研究所所长，兼任国务院学位委员会评审委员、中华诗词学会名誉会长、中国唐代文学学会副会长兼秘书长及会刊《唐代文学研究年鉴》主编、日本明治大学客座教授、美国传记研究中心指导委员会副会长及顾问委员会顾问。已出版《文艺学概论》《文艺散论》《诗的形象及其他》《西厢述评》《白居易诗译析》《淮南诗话校注》《瓯北诗话校点》《原诗、说诗晬语校注》《唐宋诗文鉴赏举隅》《唐音阁吟稿》等专著二十馀种。

莺啼序·寄友人

1942年深秋，予肄业国立五中高中部，宿舍乃天水北山玉泉观之无量殿。俯瞰山下，时见队队壮丁，骨瘦如柴，绳捆串联，押赴营房，往往颠踣于凄风苦雨之中。死去，则长官乐吃空名；或逢丁便抓，勒索财物。东夷猾夏，沧海横流，投笔有心，用武无地。念乱伤离，哀今叹往，百感丛生，不能自抑。聊拈此调以寄故人，借抒郁积而已，非敢与梦窗争高下也。

寒飙又催冻雨，搅商声四起。暮笳动、塞马悲嘶，似惜驰骋无地。照长夜、烧残绛烛，华胥梦好空萦系。尽高歌、谁会奇情，唾壶敲碎。　　炉角香灰，箭底漏冷，甚鸡鸣未已！揽衣起、欲踸刘琨，路遥鱼信难寄。任流光、风奔电击，掩尘匣、龙泉慵倚。望京华、南斗无光，大千云翳。　　因思旧月，坐领湖山，俯仰图画里。呼俊侣、雪江

垂钓，酹酒平远；绣谷寻春，倚歌红翠。芰荷艳夏，
鸳鸯迎棹，明霞如锦西矬日，换一轮满月中天丽。
繁华易歇，庭花乍咽馀声，那堪顿隔秋水！　　伶
俜自惜，彩笔干霄，叹故人尚滞。最感念、铜驼
犹在，废苑凄凉；舞榭飘零，断垣尘委。狼烟会扫，
胡沙将靖，还京应有诗待赋，浣青衫、休洒伤心泪。
殷勤更理前游，画阁谈心，夜眠共被。

八声甘州·登豁蒙楼

　　战云迷望眼，叹纷纭蛮触几时休？自炎黄争
立，齐秦竞霸，楚汉相仇。直到而今未已，白骨
委山丘。谁挽银河水，一洗神州？　　漫说儒冠
堪用，甚知津孔某，感慨乘桴。甚肝人盗跖，富
贵埒王侯？效庄生、逍遥物外，更换来杯酒有貂
裘。缘何事，无多危涕，却上层楼。

八声甘州·北极阁踏月

雪月佳时，适强华自沪来，有邀作秦淮之游者，坚辞未往。载酒登高，不觉漏尽。

照乾坤万里净无烟，雪月斗清妍。算驱车陇坂，骑驴蜀道，射虎中原。莫叹狂踪似梦，好景又依然。深夜闻鹊喜，玉树重攀。　六代江山如画，更感音邀笛，随步生莲。笑宗之疏懒，不解话当年。任吴侬、珠歌翠舞，却掉头、商略酒中天。临飞阁，举觞白眼，一片高寒。

点绛唇

倦理瑶琴，桂花满地珠帘静。画栏闲凭，人在高寒境。　回首前尘，衰柳迷香径。西风劲，断鸿凄哽。雪里千山影。

高阳台

宝殿灯昏，琼楼月冷，几番玉树歌残。无限愁思，夜阑又到吟边。而今只有秦淮碧，叹回波、不驻流年。更何堪，征马长嘶，战鼓频传？　　江南已是伤心地，况萧条岁暮，雪压长干。雁落鱼沉，依然烽火连天。五陵佳气应犹在，甚凭高、不见中原？怎消寒，莫问归期，且近尊前。

木兰花·梦归

卷愁不尽炉烟袅，一刻归思千万绕。昨宵容易到庭帏，衣彩长歌春不老。　　人生自是家居好，客里光阴何日了？晴晖芳草一时新，梦转纱窗天又晓。

满江红·病垅

用匪石师立秋韵

欹枕支颐，懵腾里、乾坤变色。舒巨翅、一飞千里，大风层积。上浴银河馀咫尺，下窥尘海无痕迹。甚九天虎豹逼人来，难停息。　　天未补，怀奇石。地休缩，剩孤客。叹悠扬魂梦，梦回何夕？热泪堆盘烛尚赤，凉飙撼树月初黑。望药炉犹待拨残灰，胡床侧。

过秦楼

转烛光阴，曲屏心事，纵目小楼西畔。星文射斗，露脚飞空，水样旧愁飘乱。良夜未忍负伊，斜月多情，玉梅堪恋。甚肠回锦字，歌残金缕，好怀都变。　　浑怕忆、绣辄寻春，金杯沽醉，镜里个侬天远。溪桃艳发，堤柳青垂，付与恼人莺燕。风送笳声自悲，清野都迷，遗钿谁见？更淮南楚尾，凄照危烽数点。

大酺·和清真

又玉绳垂，金波漾，花影时移深屋。撩人浑欲醉，有馀香轻裛，碎珂频触。凤舄牵愁，鸾销掩泪，帘外风惊檐竹。银塘西边路，记飘灯月夜，绣鞍来熟。甚幽约无凭，旧欢难再，顿成凄独。　　年华消逝速。暂留梦、天外寻飞毂。奈梦里怜伊憔悴，为我清赢，偶相逢倍酸心目。寄怨谁家笛，声尚咽、折杨遗曲。自飘泊，乌衣国。轻换人世，棠院新阴垂菽。照妆更谁秉烛？

瑞龙吟·豁蒙楼和清真

　　台城路。还见翠柳笼烟，绛桃生树。浮云西北楼高，万花镜里，湖山胜处。暗延伫。犹记艳阳醅酒，绣帘朱户。联肩小立楼头，画船戏认，临风笑语。　　谁度清平遗调，露花兰槛，云裳羞舞。相伴乱飞群莺，游兴非故。金梁梦月，虚费怀人句。从头数、江干并马，楸阴联步，浪影东流去。探春伫有，遐情妙绪，牵引愁如缕。残照敛、斜风催诗吹雨。待挥健笔，拨开云絮。

浪淘沙漫·匪石师和清真，嘱余继声

　　忍重记、花明阆苑，树拥芳堞。朱毂青骢竞发，清歌曼舞未阕。甚蓦地西风离绪结。绾残照、碧柳难折。渐暮霭沉沉暗南浦，音尘望中绝。　　凄切。故乡路远云阔。向漏冷灯昏无言际，隐隐孤雁咽。嗟万事迁流，经眼都别。泪泉顿竭。窥绣帘偏有，当时圆月。垂地银河星稠叠。霜华重、塞笛未歇。圣娲老、情天谁补缺？掉头去、即是沧波，泛画鹢、扶竿且钓芦花雪。

青玉案·用贺梅子韵，时中原战火又起

中原万里来时路。更策马、何年去！野火连宵鸿不度。月明池馆，绿深门户，有梦无寻处。　　不堪满眼旌旗暮，北望时吟放翁句。作个心期天定许。手分银汉，指麾云絮，飞送千峰雨。

玉蝴蝶

友人有暑假成婚者，中途为兵火所阻，两地情牵，徒增叹惋。因念自抗日以来，十数年于兹，儿女团圆，几家能够？凄然命笔，遂成斯咏。

永夜碧霄如洗，欲舒望眼，怯倚危栏。玉井风来，楼外故曳秋千。拂瑶阶、花思共影；入绮户、月忆联肩。怆离颜。一般光景，两处同看。　　情牵。归程暗数，荒村宿雨，驿路冲烟。画角悲鸣，暗惊烽火又连天。误佳期、空移凤枕；传好语、谁寄鸾笺？悄无眠。水精帘卷，宝篆香残。

八声甘州

记扬鞭并马上高台，浩歌气如雷。看朝阳喷薄，长河浩荡，鹰隼高飞。万里神州奏凯，草木放光辉。伟业相期许，一饮千杯。　往事风流云散，望皋兰夜夜，百感成堆。想前时踪迹，凉月照苍苔。又惊心燎原兵火，误答书鱼雁邈难谐。谁怜我，独彷徨处，又见寒梅。

鹊踏枝

恼乱闲愁何处着。月子无情，故故穿朱阁。常是芳时甘寂寞，东风空送秋千索。　草长莺飞浑似昨。好梦惊回，事影都忘却。帘外犹喧争树鹊，罗衾怎奈春寒恶！

摸鱼子·上巳访方湖师不值

一番番李婚桃嫁，东风催换人世。踏青挑菜都辜负，谁识倦游滋味。春雨细。见说道、野花开遍溪头荠。年华似水。任夹岸垂杨，万丝风袅，惹怨入眉翠。　流觞处、漫忆承平旧事，南朝风景如此！白云更比黄河近，帆影误人天际。无限意。待挈榼追陪，拼取无何醉。重门又闭。不见接篱归，回鞭怅断，鸦背夕阳翳。

水调歌头·中秋偕友人泛北湖

　　霞脚散罗绮，一雨洗秋容。晴霄万里如拭，倒映碧湖中。喜共蓬莱仙侣，稳泛扁舟一叶，直上广寒宫。顾盼有馀乐，谈笑起长风。　　簸南箕，挹北斗，戏鱼龙。乾坤坐领，为问人海竟谁雄？八斗长才安用，百岁良宵能几？忍放白螺空？月桂未须折，清影正无穷。

望海潮·惕轩嘱题《藏山阁读书图》

　　松涛排闼，烟岚浮槛，临风短袂微凉。肴核九经，笙簧百氏，弦歌日夜琅琅。幽境忍相忘。望美人不见，无限思量。梦里追寻，溯洄如在水中央。　　今宵喜挹清光。便纵横万里，上下千霜。思绪纬天，词源泻海，尊前说尽兴亡。金兽篆馀香。看画中月影，还照溪堂。出岫祥云，待作霖雨遍遐荒。

玉烛新

霜风吹客袖。越万水千山，里门才扣。短垣矮屋，摇疏影、一树寒梅初秀。抠衣欲进，怕老母怜儿消瘦。拈破帽、轻扑征尘，翻惊了、荒村狗。　　仓皇持杖遮拦，却握了床棱，布衾掀皱。烛光似豆。依旧是、数卷残书相守。更深雪厚。听折竹声声穿牖。寻坠梦、愁到明朝，难消短昼。

满庭芳·友人斋读画听筝，时在常州牛塘桥

寒杵敲愁，冷波流梦，断萍犹是天涯。素绢初展，人境有烟霞。天外遥青数点，青山下、应是吾家。临场圃，朱门映柳，犹记话桑麻。　　浮槎。无好计、长河日暮，万里悲笳。便折梅能寄，顾影空嗟。三叠阳关漫谱，怕惊散、绕树残鸦。浮金兽、留香渐久，凉月上窗纱。

应天长 · 匪石师自重庆寄示和清真之作，依韵奉怀

云埋剩垒，烟锁断桥，江天共感愁色。正有万竿修竹，鸡栖凤难食。矜霜羽，怜倦客。念杜老、惯甘岑寂。料依旧月夜孤吟，短鬓蓬藉。　　飞梦到渝州，穗冷兰釭，无计借邻壁。尚记四松垂鬣，时寻浣花宅。谁家燕，迷故陌。傍谢里、几年栖迹。展青眼、柳岸春回，风信先识。

龙山会

匪石师损词见怀，因为此解，同师集中韵

入户鸡声讶。夜静更阑，瑞脑飘香罢。几时重会面，揩倦眼、犹喜诗笺盈把。馀韵落空梁，甚依旧吟高和寡。坐孤轩、芳樽映月，醉颜如赭。　　边夕梦绕江南，万顷荷香，记柳荫嘶马。洗兵银汉在，清亢暑、还乞金风先借。迢递蜀江程，送鱼浪、归舟快泻。素练洒。料劫后、水天犹待画。

史树青

（1922——　　　），字君长，号东堂，河北乐亭人。北京辅仁大学中国语文系毕业，同校文科研究所史学研究生。长期从事文物考古工作，任中国历史博物馆研究员。早年从郭则沄学词，并从顾随、孙人和治词及词史。有《几士居甲稿》。

采桑子

宫墙十里丝丝柳，红也成堆，绿也成堆。夕照低迷燕子飞。　　暗云商略黄昏雨，才听莺啼，又听莺啼。九十春光一梦归。

虞美人

欢尘如梦浑难了，花落春情老。夭桃曾映木兰舟，偏是淡阴画作十分秋。　　年时多少伤心事，是事尽追忆。夜深独坐月相邀，帘外梨花如雪絮如潮。

望海潮·紫禁城写感

　　幽燕名胜，都门佳处，周围百万人家。烟柳几重，宫墙十里，匆匆历尽纷华。馂事莫虚夸。有南州翠羽，西域金瓜。万户千门，白头宫女说乾嘉。　　百年忧思频加。剩迷巢旧燕，寒树昏鸦。帘锁养心，房开御膳，光宣是事堪嗟。迢递赤城霞。正俊游时节，俦侣停车。好待春深，御园开遍太平花。

苏昌辽

字洗斋，1922 年生，南京人。南京中央大学毕业，获法学士学位。高级教师，江苏省文史研究馆馆员。有《词律广证》《冼斋词》《和观堂长短句》。

蝶恋花

敷粉香腮莹似雪。新样眉痕，弯比窗前月。昨夜缠绵欢竟彻，枕边谁听声呜咽。　　紫陌萧萧沾翠色。辚辚征辂，须鉴前车辙。世路崎岖难与说，关河冷落曾伤别。

清平乐

画堂深院，梁上栖双燕。百褶榴裙茜色浅，不忍回灯重见。　　风吹水漾云流，可怜梦断蘋洲。脂粉妆成百媚，悔教长敛双眸。

蝶恋花

古道斜阳飘柳絮。犹忆来时，心愿曾先许。银蒜押帘天色暮，潇潇一阵春寒雨。　　懊恼情怀难尽诉。玉枕香衾，夜夜良宵度。过眼繁华留不住，任他飞向天涯去。

蝶恋花

红杏花开春未半。星月如心，夜夜窥潢汉。手卷晶帘凝目看，无边光景凭谁管？　　密网如何开一面。往事浮云，毕竟分恩怨。上苑繁华情一片，泪痕深锁长门殿。

曾仲珊

1922年生，湖南洞口县人。1947年湖南国立师范国文系毕业。曾从钱基博、宗子威、刘通叔诸老辈习诗词，并参加白云诗社。现任湖南省教育科学研究所研究员。著有《校点〈急就篇〉颜王注本》、《中国古代语文教育史》（秦至五代）、《姜白石诗注》及论文诗词等。

玉楼春·效清真体（二首录一）

谢娘家住芙蓉浦，远棹扁舟来看汝。已知乌柏是门前，却隔红蕖迷去路。　　古堤大柳笼青雾，一霎晓风惊宿雨。天边纤月静娟娟，恰似那人相望处。

（1943年）

水调歌头

虚舟纵逸棹，回复遂无穷（陶潜句）。吾才廓落无用，江海任飘蓬。须信谢安舟楫，也道中年哀乐，丝竹要从容。为我抚瑶瑟，渺渺送飞鸿。　　青天外，君试数，几多峰。何人夜半持去，定是被云封。安得江流变酒，我欲醉援北斗，一酹此江空。列子未为善，犹自待乘风。

鹧鸪天·咏雁，时敌寇大举入侵，国难方深，民劳未已，赋此书愤

　　结队冲寒半不禁，江湖摇落起哀音。茫茫玄雾天疑醉，莽莽黄流陆欲沉。　　矰缴患，稻粱心，羽毛零乱雪霜侵。却怜精卫真强者，矢志宁忧海水深？

（1944 年）

定风波

　　风起银河淡淡流，冰轮驾兔碾清秋。谁向桂边开玉宇，歌舞。嫦娥清宴最高楼。　　此曲世间叹未有，搔首。他年容我再来不？归去休谈天外事，应是。空嗟恍惚使人愁。

（1945 年）

渔家傲

　　布被牛衣悲独宿，寒乌吊月啼森木。隔院乐游谁秉烛，声断续，珠喉宛转凝丝竹。　　婀娜弓腰才一束，香肌经酒红生玉。歌罢起看霜满屋，欢未足，凉蟾下照如瞪目。

（1946 年）

满庭芳·友人自岳阳来诗，赋答

我梦君山，湖光似镜，佳人依约前洲。数声清瑟，惊起卧沙鸥。自是平生曾到，梦中路、恍忆重游。别来久、君山念我，应也黛眉愁。　　凝眸。鸿雁过、新诗夸似，高咏难酬。有翠尊邀月，仙侣同舟。醉后齐歌白纻，鱼龙舞、波涌山浮。清游乐，烦君载酒，迟我岳阳楼。

（1946 年）

浣溪沙·岳阳作

山外孤云隐夕阳，楼前木叶杂青黄。天寒挂雁两三行。　　帝子不来波浩渺，小乔已去草荒凉。西风吹恨故难忘。

（1947 年）

水调歌头 • 南岳白龙潭

　　倚天看长剑，搔首坐云根。潭潭天外山碧，山上水潺潺。我向苍崖立处，都是古人曾到，巨石老黑蹲。几两阮生屐，难觅旧苔痕。　　只年年，松郁郁，浪沄沄。何须俯仰今古，泪下九河翻。举手祝融峰顶，极目湘流九曲，此意与谁论？记取春光好，杨柳已摇村。

（1947 年）

廖宇阳

字作琦，1922 年生，江西奉新人。江西省文史馆馆员，省古籍整理编辑组成员。有《幽草集》《幽草续集》。

金缕曲·怀谢子先治

蜀道崎岖否？记当初、桃花源侧，武陵溪后。剑影书声残照里，共仰长空北斗。乍凝眸烽烟散偶。家国飘零同一恨，倚征鞍戎马风尘走。欢笑乐，如苍狗。　　年来人海青衫久。最惊心、秦淮落叶，灞桥衰柳。怕问封侯多少事，日向红颜乞酒。料别后、离愁各有。春树暮云劳客梦，怅何时话旧重携手？人纵隔，情难朽。

（1941 年）

绮罗香

秀靥藏春，黛眉似月，小立风前梳栉。红豆相思，赠与一枝羞摘。只低眸浅笑嫣然，有无限深情脉脉。正芳菲豆蔻年华，万千粉黛黯颜色。　　天涯何事行役，憔悴谁为悯惜？恨愁交积。欲倚妆台，敢不凌霄奋翼？纵异日换得浮名，又难觅旧时陈迹。对空樽忍泪填词，谱谁家玉笛？

（1943 年）

探春慢

　　甲申春暮，重游渝州张氏花园，见飞絮沾泥，落花流水；苑荒径冷，亭敧楼空。因念天涯游子，飘泊经年；载酒来时，寻芳迟暮。且仰觅白云，春晖梦远；俯悲红豆，金缕樽前。桓大司马云："昔年种柳，依依汉南；今看摇落，凄怆江潭。树犹如此，人何以堪？"抚今思昔，不胜怆然。爰谱此词，以抒隐恨。

　　　　蜀道鹃啼，南州草长，绿锁江南门户。绣阁帷斜，华堂烛暗，曾有星眸屡注。薄倖分离久，渐零落相思红树。凄然春末归来，小园重访前度。　　骤雨惊回远梦，纵再与悬铃，护花迟暮。明月桥波，春风帘影，惆怅玉人何处？剩旧时罗帕，粉渍泪痕如故。莫怨斜阳，天涯长是烟雾。

　　　　　　　　　　　　　　　（1944 年）

罗　尚

号戎庵，1923 年生，四川宜宾人。曾任台湾《大华晚报》古典诗栏主编、《中外杂志·中外诗坛》主编。中华学术院诗学研究所研究委员。有《戎庵选集》《沧海明珠集》。

水龙吟

白云驻在江南，楚乡旅泊兰成似。柳髭懒舞，人间秋老，雁翎霜坠。玉垒经纶，金刀历数，吹唇地沸。念虫沙换劫，苍生泪尽，深杯酒，英雄醉。　　延伫碧波千里，放清辉冰轮初洗。相思万种，神方凤纸，音尘遥寄。小劫红桑，一帘幽梦，洞山观水。又重阳过了，登高客散，暮山苍翠。

水龙吟

望中灯火烟波，珠宫贝阙分明是。轩窗未掩，卖绡人老，大星先坠。剩黛匀妆，柔笙换舞，殷勤歌吹。叹轻寒乍暖，云衣弄巧，流霞酒，无心醉。　　谁种红桑千里，碍飞升金轮天陛。青禽翼短，苍梧路远，明珰难寄。月落潮平，鸡鸣碧树，好风如水。写心头画稿，新缲幻药，爱调青翠。

高阳台

孤月繁星，银河桂殿，青冥风露高寒。犀辟尘埃，碧城十二栏杆。星沉月落凭栏见，起商声、摇落江关。又争知，艳了芙蓉，香了幽兰。　　词人总有千千恨，便闲亭野史，难尽哀顽。日暮途遥，神鸦社鼓珠槃。无才可续江南赋，有神游、故国云山。念悠悠，清些招魂，天上人间。

秦子卿

（1925——　　　），号武公，江苏扬州人。曾任大学常务副校长、校长。有《秦淮海年谱考订笺证》《烽火诗钞》等。

忆秦娥·伤时，次石湖韵

金瓯缺，匆匆又是春三月。春三月，桃花铺锦，杨花飞雪。　　兴亡欲诉声还咽，家仇国耻肠千结。肠千结，东风吹梦，海天空阔。

（1944 年）

清平乐·自题小影

东风小驻，漫步青云路。环顾金瓯残破处，忍把年华虚度？　　须臾重返人间，斜阳烟柳江山。安得龙泉一试，仇歼杯酒未寒。

（1944 年）

忆王孙 · 梦

江南草长忆王孙，云木森森故国春。愁对关山欲断魂。入黄昏，恍见王孙扫虏尘。

（1945 年）

金缕曲 · 悼颜扬烈士

早岁寒窗苦。记中宵、鸟声灯火，振衣同舞。那怕天涯风雨急，碧化苌弘何处？思击楫、豪情如许！骏马宝刀容一试，指乾坤、先辟长征路。天下事，孰能负！　　同仇有力皆如虎。望天涯、征人持节，海山飞渡。不斩楼兰终不返，一骋奇师劲旅。笑马下、几多狂虏。壮志已酬君已矣，卧沙场长此醉金缕。谁共我，听桴鼓？

（1949 年）

唐稚松

1925 年生，湖南长沙人。中国科学院院士。有《桃蹊诗存》。

离亭燕·暮别长沙

　　萧瑟满城秋意，残角晚钟门闭。灯火万家烟水里，明月一痕天际。帆挂麓山云，日暮孤舟天地。　　午夜西风惊起，檠暗酒销人寐。终古兴亡多少恨，只合小窗幽睡。长是在心头，一点别离滋味。

生查子·古意

　　风静月当楼，仿佛心如醉。欲问几时归，未语肠先碎。　　不知心恨谁，背面偷垂泪。若解别离难，何必当初会？

如梦令

　　江水似留人住，眉眼盈盈无语。忙煞一江帆，载着离愁来去。如许，如许，黯淡一帘疏雨。

祝英台近 · 重阳

纵多恨，难一语。奈水流如束，不缩残秋，只解留人住。任他销尽重阳，无风无雨，更凭谁、寄愁归去？　　想东篱、别来辜负黄花，不见当年主。寻遍西风，秋亦无归路。两情相失重云，最销魂处。空目断、楚山烟树。

多丽

暮烟柔，数家灯火低浮。角声残、戍楼惊起，锁窗斜月如钩。古城寒、空林向晚，长亭暗、远岫宜秋。渔笛几村，渡头余影，更无情、只送行舟。随舟去、百年华屋，俱付暮帆收。难收尽、人间情愫，眉际心头。　　归去来、故园松菊，也应负我凝眸。最无凭、关山断雁，徒自笑、天地闲鸥。逆旅生涯，经过如梦，空记忆、君亦知不？又争奈、滔滔江水，从古不西流。无由寄、天涯消息，何处南楼？

单人耘

（1926——　），江苏江浦人。金陵大学农业经济系毕业。中国农科院、南京农业大学中国农业遗产研究室副研究员。已退休。工诗词书画，有诗词集《一勺吟》，中华书局印行。

满江红·用岳武穆韵

举袂当风，栏杆外、雷雨才歇。纵目看、烟霞苍莽，山川峻烈。身世茫茫萍在水，前程渺渺云迷月。弄梅花、五月落江城，声凄切。　　孤怀冷，歌白雪。胸臆气，奇难灭。况中原板荡，地欹天缺。沦陷区中官似虎，夕阳江上红如血。请从兹、投笔赋戎征，挥巨阙。

（1942 年）

鹧鸪天

花气熏人鸟语微，满村柳絮扑帘飞。绿荫压屋棕榈长，一径深深浣女归。　　风动竹，影离离，新晴嫩笋乱穿篱。幽窗摊卷趁长昼，惜取青春年少时。

（1944 年）

李骏发

1927 年生，已去世。卒年未详。名雄凯，广东台山人。曾任报社总编辑、社长、编审多年。生前为纽约四海诗社社长。有《观澜楼诗词集》。

蝶恋花

举目霜天飘木叶。独倚雕栏，夕照红如血。树底寒鸦频弄舌，楼前已挂新眉月。　　谁把玉箫吹又歇。篱落虫吟，何事声幽咽？燕去鸿来催白发，黄花几度清秋节。

翠楼吟

月透西窗，虫鸣北苑，闲咏又增离绪。家山千里外，卅年梦、梦残羁旅。伊人何许？记扑蝶春阴，听莺暝树。凭栏处。旧欢如昨，水流东去。　　杜宇。几度啼红，但雨狂风恶，望穷樯橹。琼楼烟水渺，问芳信、卷帘谁语？愁情万缕。正客舍凄清，飞花飘絮。惊时序。欲持词笔，把春留住。

宋谋场

（1928——2000），湖南双峰人，生前任山西长治晋东南师专中文系教授，中国红楼梦学会理事。

生查子

郎是弄潮儿，妾是涴裙女。心事倩谁传，试托荷花语。　　郎道藕丝长，妾道莲心苦。惊起浴鸳鸯，一阵菰蒲雨。

（1946 年）

忆旧游

念雕梁仁燕，绣户停针，应解伤春。极目平芜外，怅笼烟路陌，嫩草成茵。万竿绿竹当槛，低锁入帘云。正细雨苏花，斜风困柳，小院黄昏。　　纷纷。漫追忆、记密话西楼，眉黛曾颦。转眼惊鸿远，怕残英狼藉，浓翠迎门。凤帏定有幽怨，红粉湿啼痕。但绮阁凭栏，琼箫度曲招断魂。

（1946 年）

词人生卒年不详者，以姓氏笔画为序

李大防

字范之，号啸楼，生卒年未详，四川开县人。两江总督李宗羲之子。二三十年代间，曾主管安徽烟酒公卖局，后任安徽大学文学院词学教授。"七七"事变后，安庆沦陷，离校回川。有《寒翠楼集》。

高阳台·己巳春初感赋

冻鸟犹瘖，枯杨渐活，韶光甫到雕栏。一笛飞来，梅花乱落千山。登高引手招黄鹤，怅楼空、鹤去难还。最惊心，落日苍黄，大别郎官。　　墙邻有女窥臣久，况陈思借枕，宋玉遗冠。宝剑摩挲，他年留斩楼兰。浮槎欲访秦时月，怕桃源、不在人间。劝东风，和暖些些，莫做春寒。

吴昌绶

字伯宛，一字甘遯，号印丞，晚号松邻，浙江仁和人。光绪
三十三年举人。官内阁中书。有《松邻遗词》一卷，《双照楼汇
刻宋元人词》六十一卷。生卒年不详，殁于民国间。

浣溪沙

红穗西窗烛影摇，归期未卜别情遥。秋风应
望灞陵桥。　　贻我相思江柳结，催人消息井梧
飘。自缄幽恨托回潮。

风流子·留别苏荪主人，用清真韵

秋林同滞羽，忧时甚、四顾又安归？正海天
杯底，荡开苍莽；江城笛里，吹出参差。君莫问、
死生犹露电，出处几云泥。枯树婆娑，庾郎愁赋，
众芳芜秽，楚客兴悲。　　少年风尘苦，虚名累、
相约还我初衣。来共小窗樽酒，重话心期。便万
户侯封，只身何补；一声河满，双泪应垂。多少
临歧别思，除是君知。

南　浦

倦游思返，还复淹留，忽忽又重九矣。沚老见示近词，怅然属和。

归计伫蹉跎，渐秋深、怕问东篱消息。暝色起江城，霜风紧、朔管数声吹入。载花双楫，昔游剩与船娘说。何处登高，空怅望、云外遥青一发。　诗人老去相逢，尚陆沉黄绶，鬓斑盈雪。醉别不成欢，依稀似、枫荻浔阳萧瑟。予怀渺渺，几时同谱蘋洲笛。珍重寒香知未晚，莫负赏心风月。

长亭怨慢

和忍庵春尽书怀之作，即题《春蛰吟》后。

漫回首、东华尘土，彩笔零星，赋愁如许。病酒寒欺，梦中呜咽向春语。蝶昏莺晓，僝僽损、风和雨。苑柳不成眠，却化作天涯飞絮。　迟暮。恨芳菲世界，划地乱红无数。分香瘦减，问谁遣欢盟轻误。凝望眼、绣幕深深，想依旧玉京眉妩。待诉与相思，弹入钿筝哀柱。

虞美人

　　春归未解人憔悴，翻遣愁人醉。和愁借病且疏慵，偏又江南天气雨声中。　　烟芜满目愁无际，几许伤春意。旧时衣袂旧东风，苦被寒冰结泪不能红。

沈宗威

字痴云。生平未详，1990 年前尚在世。

玉蝴蝶 · 沪市见桂花和梦窗

冷眼秋华时序，众芳敛色，占断晴光。巷陌香飘，羁绪顿换悲凉。警烽动、玉枝摧碧；怨雨歇、金粟回黄。黯情伤。小山零落，归讯微茫。　　难忘。家园俊赏，恰笼淡月，未点新霜。幽素如今，只馀汍泪比清湘。怅倚杵、空窥仙阙；想寄衣、还逐征航。正凝望、远林辞叶，又近重阳。

临江仙

未分新来情绪恶，惝惝候馆慵吟。危楼遥夜怯登临。忍教明月，照出别离心。　　欲赋秋声浑不似，栖皇短簟轻衾。清愁寒籁两平沉。唤回幽梦，竹影小屏深。

浣溪沙·朱家角

四十年来旅梦赊，布帆随浪岸滩斜。苍烟小市闹鱼虾。　　碑傍石桥怜旧月，埠连水阁问谁家。一襟清思伴回车。

浣溪沙·蛰翁过话赋呈，兼怀瞿禅

乍过花朝未卸棉，随宜铜槧托词仙。矮篷穿市喜飘然。　　翠墨古欢谐茗理，冷鸥疏讯隔菰烟。小窗斜日为君妍。

定风波·饮河轩寿苏作

挹海希心竹一枝，流风遗韵众能知。九百年来多少事，难计。今朝还奏鹤南飞。　　元祐李章终草草，从恼。回澜气自铸雄词。歌外酒边消世虑，何与。岁寒微尚见须眉。

浣溪沙

秋尽偕水因、可庵、沁庵薄游龙华。

联襼南村契素心，几番寒雨滞登临。名园秋
尽渐萧森。　　红冷翠腴迷菊海，古根灵蜕对珊
林①。野烟残照怅重寻。

【注】
① 原注：园有珊瑚林一株，千年物也。

虞美人·沪市见木芙蓉作

年年氋氃惊秋老，才退搜词稿。陌头乍睹灿
如霞，可惜数枝憔悴向风沙。　　拒霜未若宜霜
称，此意坡仙定。还教笑靥谢腴霜，应自托根闲
冷近陂塘。

郑　震

字春霆，生卒年未详，广东中山人。抗战期间曾从军，戎马中不废吟咏，成《笳声集》。1949年后居香港。有《卷帘楼诗草》，自印本。

齐天乐·秋感

晚霜濩落江头树，凉蝉早歇残语。梦绕风酸，舟回浦远，当日春波曾赋。离愁自苦。漫细认苔痕，总消幽步。一向欢惊，忍寻红叶断魂处。　　停灯更吟旧句，有寒蛩替我，凄咽如诉。万里传烽，十年倦影，孤负京华游侣。芳尊待举。剩同抱冬心，莫轻前度。笑指庭柯，暂时休泫露。

烛影摇红·中秋夕雨和冯秋雪

庭树吹凉，暝云不散秋阴转。千家灯火祝团栾，孤负凭阑看。可奈愁深夜短。况人间、琼楼路断。姮娥镜掩，雨脚斜筛，更残空院。　　节物依然，可堪泪滴冰盘泫。山河无影劫尘飞，心绪惊秋乱。休更登高望远。怅吟边、青红暗换。乍醒欹枕，只梦萦丝，蟏蛸落幔。

蝶恋花·月当头

　　十一月冬三五夜。碧落光浮，入手看盈把。笑指姮娥疑欲下，河山无影纤云泻。　　玉斧谁挥心自诧。人说当头，我道当檐瓦。镜里容颜谁作假，桂华霜重灯初炧。

少年游·晚霞

　　砌蛩凉语傍朱门，可奈近黄昏。淡烟如抹，遥山将暝，犹照画眉痕。　　细思孤鹜闲飞意，底事便轻分。不须惆怅，好留风景，红处易销魂。

金缕曲·无题

　　小别铜驼里。算杨花东风飘荡，汜人能记。分与萧郎愁一半，剩有钗鹣钿翠。谁省得断香重倚。冷雨敲窗眠未稳，道腰围瘦损还相似。将赠也，识红氄。　　客衾尝遍春寒味。只些时泪花双掩，远来愁你。寥落生涯同一慨，昔昔歌声似碎。曾不道年华弹指。写就珍珠三十幅，付花间领袖情知己。春又暮，夜如水。

女词人以生卒年先后为序

郑淑端

（1863——1941），号岚屏，女，福建福州人。何振岱室。有《天香室诗词》，附何振岱著《我春室全集》内。

喝火令·秋夜寄外

梦远疑无准，愁多恐废眠。菊花时节薄凉天。只恨花从愁里发，月向别来圆。　　转瞬秋将老，含情夜似年。诗心一缕袅炉烟。记否凭肩，记否碧窗前？记否灯青人睡后，昔昔教调弦。

疏　影

黄昏时候。听雨声滴滴，添写僝僽。记得花时，并坐灯前，爱此潇潇和漏。而今天气令人恼，追念及、天涯禁受。闻说道、弥月愁霖，想见词人消瘦。　　知否红窗翠箔，晚来扶倦坐，凉迫罗袖。酒后吟余，着意相思，怎让星星红豆。垂杨不绾东风住，恨只绾、鹅黄仍旧。把离情、诉与红窗，一任香销金兽。

吕 湘

（1875——1925），字惠如，安徽旌德人。吕碧城之长姊。民国间曾任江宁国立师范女校校长。有《清映轩诗词稿》四卷，多散佚。

琐窗寒·绿荫

空欲成烟，净无堪唾，碧惝惝际。凄迷一片，隔断故园千里。隐江边、谁家小楼，有人背立斜阳里。正单衣才换，玉钗风漾，满身凉翠。　　花事。久消替。又换了梅园，清和天气。鸣鸠乳燕，共赏绿天新意。想前番、残红褪馀，此中犹有春魂寄。伴画桥、明月眠琴，夜色笼清绮。

扫花游·清明

一番雨过，早梨云卸了，新烟乍起。晓霞晴腻。漾笼门翠柳，万家春意。粥冷饧香，人隔秋千巷尾。数花事。正开到杜鹃，恰染红泪。　　埋玉芳草地。有多少春魂，墓门长闭。绿罗裙碎，想化成蝴蝶，飞来尘世。如梦光阴、只有斜阳不死。黯红紫。正年年、画愁无际。

临江仙·拟易安

庭院深深深几许，倚风帘幕低垂。海棠红冷雁来时。徘徊团扇曲，蕴藉惜秋词。　　暮雨英房人悄悄，无聊独理琴丝。寂寥心事有谁知？断无人可忆，何处说相思？

蝶恋花·秋日泛舟

杨柳萧疏秋欲笑。细雨斜风，凉入渔人棹。八月湖山供笑傲，全家都作烟波钓。　　醉向青天歌古调。短笛无腔，不怨知音少。我自夷犹天地好，古今一任愁难了。

齐天乐·重九游雨花台

连呼酒上荒台去，诗心欲飞岩岫。一抹斜阳，满城烟霭，万柳垂垂低首。菊花开否，正剪出金英，雁风吹透。十亩霜腴，看来花不似人瘦。　　世间多少荣辱，任西风马耳，于我何有？此日秋清，去年人健，难得好怀依旧。一杯在手。看转烛光阴，俊游休负。几个重阳，几回开笑口？

鹊桥仙

钟声远寺，鸡声近陌，曙色渐分林罅。秋云何处陇头飞，正木叶亭皋初下。　　瑶阶凉露，瑶窗明月，一片融成澹雅。晓来无处觅吟魂，想神与西风俱化。

踏莎行

末句隐括杜工部诗意。

廊闪晶灯，鹦栖珊架，半庭竹影流云泻。紫箫吹彻洞天空，浩然风露飞蟾下。　　碧海烟澄，霓裳曲罢。夜阑谁共琼楼话？冰壶休浣九秋心，天寒珍重姮娥寡。

洞仙歌·菊

聚金碎玉，看几枝疏瘦，昨夜新霜又重九。正古帘月悄，罗荐香寒，是词客、薄醉微吟时候。　　南山真意在，孤绝幽芳，千载襟期继陶叟。端不负初心，寂寞东篱，总未向春风低首。愿岁岁秋光似花浓，这夕照闲门，有人同守。

祝英台近

　　冬月六日，偕戚睕薄游清凉山。于扫叶楼清凉寺之间，别得古刹，境极邃僻，搴萝攀崖，藉草成兴，惜无画手写此冬山共话图也。

　　步苍崖，扶蓟磴，一径入幽窈。绝壑云深，翠色带风篠。可能呼起冬心，倩他古笔，写出这、寺门残照。　　世缘少。待将结伴诛茅，乾坤一亭小。人哭人歌，甘向此中老。似闻鹤语空山，忍寒餐雪，总不向红尘飞到。

疏　影

　　冬月廿四日初雪，红萼未吐，翠尊不倾，兀坐小窗，萧然意远。赋此解自慰。

　　峭风弄冷，正搓酥剪水，飞雪初逞。雁影冥茫，树色迷离，长空一片清迥。沧江日暮云阴合，早又是千山送暝。想翠楼初卷重帏，寒入玉人蛴领。　　寂寞梅边韵事，冷红犹未放，谁助清兴。巷陌沉沉，枯柳萧萧，那有故人车听。还思极浦扬舻去，怕冻合鲛宫明镜。盼中庭皓月能来，共赏玉台仙境。

法曲献仙音·雪等伴

　　玉屑千家，珠尘万斛，晴日几曾烘尽？暗水无声，悬冰未泫，冷烟犹沍兰径。正岁晚空山里，为谁赋招隐？　　黯销凝。甚灵妃不归沧海，痴唤月、冻煞珠衣空等。薄暮又轻阴，荡同云一片凄冷。几朵飘霙，又重装园林齐整。待琼姨月姊，一笑相逢清靓。

高阳台

　　夕照山川，惊涛世界，何堪更感流年？雪霁荒郊，匆匆换了桑田。人间那有欢娱地，问销魂、春在谁边？但苍茫，一棹寒潮，万柳风烟。　　浮名早付行云去，笑谁将腐鼠，犹忌雏鹓。料理琴书，襟怀且自悠然。梅花懒续东风梦，抱幽香、自老青天。只难忘，万里春愁，托与啼鹃。

清平乐

　　翠樽红炬，送了年华去。听尽邻娃欢笑语，好在不知愁处。　　春风又到人间，凭楼何事相关？多少夕阳烟柳，可怜如此江山。

浣溪沙

忍俊难禁几日晴，吴绵齐脱越罗轻。嬉游天气快心情。　　二月东风如梦软，一城春柳插天青。落梅无语下风亭。

好事近

残雪寄崖阴，浅碧已生纤草。三两幽花谁见，有诗人能道。　　春寒犹锁玉楼人，寻芳喜侬早。偏有小黄蝴蝶，更比侬先到。

前　调

满袖落梅风，吹笛石头城下。杨柳小于娇女，倚赤栏低亚。　　六朝金粉尽飘零，燕子伤心话。剩有齐梁夕照，罨青山如画。

徐自华

（1875——1935），字寄尘，号忏慧，浙江石门（今桐乡）人。南社女诗人，秋瑾盟友。初任南浔女校教员，后助秋瑾起事。曾于沪办竞雄女校，以志死友。有《听竹楼诗》《忏慧词》。

百字令·中秋对月，寄巢南、小淑

明蟾如镜，只照侬一个，愁心凝结。怅望西溪何处是，碧海青天遥隔。瘦影微吟，清辉冷透，香雾云鬟湿。把嫦娥问，几家孤负佳节？　那堪独上高楼，楼高人远，隔院飞长笛。记得去年吴苑景，同倚曲阑干碧。水调闻歌，霓裳翻谱，笑指团团月。可怜今夜，映人三处离别。

满江红·感怀用岳鄂王韵，作于秋瑾就义后

岁月如流，秋又去、壮心未歇。难收拾、这般危局，风潮猛烈。把酒痛谈身后事，举杯试问当头月。奈吴侬身世太悲凉，伤心切！　亡国恨，终当雪。奴隶性，行看灭。叹江山已是，金瓯碎缺。蒿目苍生挥热泪，感怀时事喷心血。愿吾侪、炼石效娲皇，补天阙。

吕碧城

（1883——1943），女，字圣因，一字兰因，号遁天，别署宝莲、晓珠、信芳词侣等。安徽旌德人。幼承家学，姊妹四人并工文藻，碧城尤才情卓荦。早年从樊增祥游，又从严复学逻辑、问西学，力主女子自立。曾佐天津《大公报》笔政，为秋瑾所创《中国女报》撰文。1904 年，创办北洋女子公学。1911 年至上海，为南社社员。1921 年赴美国哥伦比亚大学学习美术，次年归上海。1926 年夏游欧美。1930 年皈依佛法，卜居瑞士。第二次世界大战起，移居新加坡，又移居香港，病殁。终身未嫁，遗命火化，骨灰和面为丸，投诸海中，结缘水族。初刊《信芳词》行世，后增补为《吕碧城集》五卷，另刊《晓珠词》四卷。2001 年，上海古籍出版社印行李保民《吕碧城词笺注》，辑录吕词最为完备。

清平乐

冷红吟遍，梦绕芙蓉怨。银汉恹恹情更浅，风动云华微卷。　　水边处处珠帘，月明时按歌弦。不是一声孤雁，秋声那到人间。

绮罗香·忆兰

　　雪冷空林，云封幽谷，遥忆清芬何处。芳讯难通，多少离情别绪。折芳馨、远道谁遗；披萧艾、几时重遇。怅秋风、憔悴天涯，美人芳草怨迟暮。　　灵均纫佩去后，应是风雷昼晦，暗成凄苦。薜老萝荒，山鬼自吟愁句。更恨他、湘水湘云；又遮断、梦中归路。但牵来、万丈相思，化为深夜雨。

法曲献仙音·题虚白女士《看剑引杯图》

　　绿蚁浮春，玉龙回雪，谁识隐娘微旨？夜雨谈兵，秋风说剑，梦绕专诸旧里。把无限忧时恨，都消酒尊里。　　君认取。试披图英姿凛凛，正铁花冷射，脸霞新腻。漫把木兰花，错认作等闲红紫。辽海功名，恨不到青闺儿女。剩一腔豪兴，聊写丹青闲寄。

金缕曲

德国狄斯特尔 Diestel 夫人美丰姿，工谈笑，一见倾心，相知恨晚。据云：欧战时青岛陷后，家族悉为俘虏，己独飘流至沪，言次黯然。为感赋此阕。

剪烛旧窗底。道相逢、惺惺惜惜，飘零身世。等是仙葩来瑶阙，莫问根株同异。天也忌、山河瑰丽。多少罡风吹尘劫，任春红、揉损金瓯碎。况我辈，那须计。　　幽兰不分香心死。抚吴钩、邀君起舞，且回英气。一抹瀛波朝曦外，遥指同仇与子。怕来日、萍踪千里。花落花开寻常耳，只今宵、有酒还须醉。残泪拭，盏重洗。

烛影摇红

癸丑春感蒙古事有作，用旧韵寄示芷生。

重展残笺，背人颠倒吟思遍。嫣红点点灿秋棠，总是啼痕染。才喜芳菲时渐。悄搴帘、且舒愁眼。含情待见，五色春曦，组成光线。　　不道春来，楼空人杳愁归燕。阿谁勾引玉清逃，草露湔裙满。底说高句骊远。听鹃语、替传哀怨。小桃无主，嫁与东风，已因风散。

百字令·排云殿清慈禧后画像

　　排云深处，写婵娟一幅，翠衣耀羽。禁得兴亡千古恨，剑样英英眉妩。屏蔽边疆，京垓金币，纤手轻输去。游魂地下，羞逢汉雉唐鹉。　　为问此地湖山，珠庭启处，犹是尘寰否？玉树歌残萤火黯，天子无愁有女。避暑庄荒，采香径冷，芳艳空尘土。西风残照，游人还赋禾黍。

祝英台近

　　缒银瓶，牵玉井，秋思黯梧苑。蘸渌搴芳，梦堕楚天远。最怜娥月含颦，一般清瘦，又别后、依依重见。　　倦凝眄。可奈病叶惊霜，红兰泣骚畹。滞粉沾香，绣屟悄寻遍。小栏人影凄迷，和烟和雾，更化作一庭幽怨。

摸鱼儿

暮春重到瑞士，花事阑珊，馀寒犹厉，旅居萧索，赋此遣怀。

又匆匆、轻装倦旅，湖堤蜡屐重印。软红尘外闲身在，来去烟波堪认。孤馆静。任小影眠云，梦抱梨花冷。吹阴弄暝，叹婪尾春光，赏心人事，颠倒总难准。　　空惆怅、谁见蕊秾妆靓？瑶台偷坠珠粉。闲愁暗逐仙源杳，更比人间无尽。还自省。料万里乡园，一样芳菲褪。纥干冻忍。只蕙撷凄馨，芙搴晚艳，长寄楚累恨。

蝶恋花

缫尽愁丝兼恨缕。尘海茫茫，欲系韶光住。悱恻芬芳天所赋，蛾眉谣诼宁予妒。　　说果谈因来复去。苦向泥犁，铺垫蔷薇路。五万春华谁与护？枝头听取金铃语。

高阳台

　　啼鸟惊魂，飞花溅泪，山河愁锁春深。倦旅天涯，依然憔悴行吟。几番海燕传书到，道烽烟、故国冥冥。忍消他，绿醑金卮，红萼瑶簪。　　牙旗玉帐风光好，奈万家春梦，凄入荒砧。血渍平芜，可堪废垒重寻。生怜野火延烧处，遍江南、草尽红心。更休谈，虫化沙场，鹤返辽阴。

新雁过妆楼·寓雪山之顶，漫成此阕

　　万笏瑶峰，迎仙客、半空飞现妆楼。素鸾骖到，霓帔冷袭天飕。云气岚光相沆瀣，更无馀地著春愁。思悠悠。魂消冰雪，乡杳温柔。　　婵娟凭谁斗影，梦霜姚月姹，裙屐风流。相逢何许，依约群玉山头。鸿泥轻留爪印，似枕借黄粱联旧游。闲吟倦，但眼迷银缬，寒生锦裯。

好事近·登阿尔伯士 Alps 雪山

　　寒锁玉嵯峨，掠眼星辰堪撷。散发排云直上，闯九重仙阙。　　再来刚是一年期，还映旧时雪。说与山灵无愧，有襟怀同洁。

玲珑四犯·日内瓦之铁网桥

虹影牵斜，占鹫岭天风，长缕轻扬。谁炼柔钢，绕指巧翻新样。还似索挽秋千，逐飞絮、落花飘荡。任冶游、湖畔来去，荡过画船双桨。　　步虚仙珮传清响。渡星娥、鹊群休傍。旧欢密约浑无据，春共微波往。为问倚柱尾生，可忏尽、当年情障？锁镜澜凄黯，回肠同结，万丝珊网。

念奴娇·游白琅克 Mont Bianc 冰山

灵娲游戏，把晶屏十二，排成巇崄。簇簇锋棱临万仞，诡绝阴森天堑。雨滑琼枝，光迷银缆，鸾鹤愁难占。羲轮休近，炎威终古空瞰。　　图画展遍湖山，惊心初见，仙境穷犹变。惟怕乾坤英气尽，色相全消柔艳。巫峡云荒，瑶台月冷，梦断春风面。游踪何许，飞车天末曾缩。

解连环·巴黎铁塔

万红深坞。怕春魂易散，九洲先铸。铸千寻、铁网凌空，把花气轻兜，珠光团聚。联袂人来，似宛转、蛛丝牵度。认云烟飘渺，远共海风，吹入虚步。　　年时战氛重数。记龙蛇起陆，泪血漂杵。望铜标、犹想英姿，问叱咤茵河，阿谁盟主？废苑繁华，化梦影、凄凉秋雨。更低徊，绿波素月，美人甚处？

金缕曲·纽约港口自由神铜像

值得黄金范。指沧溟、神光离合，大千瞻恋。一簇华灯高擎处，十狱九渊同灿。是我佛、慈航舣岸。縶凤羁龙缘何事？任天空海阔随舒卷。苍霭渺，碧波远。　　衔砂精卫空存愿。叹人间、绿愁红悴，东风难管。筚路艰辛须求己，莫待五丁挥断。浑未许、春光偷赚。花满西洲开天府，算当时多少头颅换。繙史册，此殷鉴。

摸鱼儿 • 伦敦堡吊建格来公主 Lady Jane Grey

望凄迷寒漪衔苑，黄台瓜蔓曾奏。娃宫休问伤心史，惨绝燃箕煎豆。惊变骤。蓦玄武门开，弩发纤纤手。嵩呼献寿。记花拜螭墀，云扶娥驭，为数恰阳九。　　吹箫侣、正是芳春时候，封侯底事轻负？金旄玉玺原孤注，掷却一圆莺脰。还掩袖。见窗外囚车，血浣龙无首。幽魂悟否？愿世世生生，平林比翼，莫作帝王胄。

洞仙歌

白蕟居士绘松林，一人面海而立，题曰"湘水无情吊岂知"。南海康更生君见而哀之，题诗自比屈贾。而予现居之境，恰同此景，复以自哀焉，爰题此阕以应居士之嘱。戊辰冬识于日内瓦湖畔。

何人袖手？对横流沧海，一样无情似湘水。任山留云住，浪挟天旋，争忍说、身世两忘如此。　　千秋悲屈贾，数到婵娟，我亦年来尽堪拟。遗恨满仙源，无尽阑干，更无尽瀛光岚翠。又变徵遥闻动苍凉，倚画里新声，万松清吹。

柳梢青

人影帘遮，香残灯炧，雨细风斜。门掩春寒，云迷小梦，睡损梨花。　　且消锦样年华，更莫问、天涯水涯。孔雀徘徊，杜鹃归去，我已无家。

齐天乐

吾楼对白琅克冰山 Mont Blanc，晨观日出山顶，赋此。

曜灵初破鸿蒙色，长空一轮端丽。霞暖镕金，云苏泻玉，蓁发天硎新砺。冰峦峻倚。更反射皑皑，银辉腾绮。尽斗寒暄，素韬飞弩恼神羿。　　莺声残梦唤起。绣帘先自卷，偏惯凝睇。光满瑶峰，春融碧海，慵顾姮娥梳洗。羲鞭漫指。怕渐近黄昏，短英雄气。影恋花枝，断红谁共系？

破阵乐

欧洲雪山以阿尔伯士为最高,白琅克次之,其分脉为冰山,馀则苍翠如常,但极险峻,游者必乘飞车Teleferique,悬于电线,掠空而行。东亚女子倚声为山灵寿者,予殆第一人乎?

浑沌乍启,风雷暗坼,横插天柱。骇翠排空窥碧海,直与狂澜争怒。光闪阴阳,云为潮汐,自成朝暮。认游踪、只许飞车到,便红丝远系,飙轮难驻。一角孤分,花明玉井,冰莲初吐。　延伫。拂藓镌岩,调宫按羽,问华夏,衡今古:十万年来空谷里,可有粉妆题赋?写蛮笺、传心契,惟吾与汝。省识浮生弹指,此日青峰,前番白雪,他时黄土。且证世外因缘,山灵感遇。

玲珑玉

阿尔伯士雪山游者多乘雪橇飞越高山,其疾如风,雅戏也。

谁斗寒姿,正青素、乍试轻盈。飞云溜㿹,朔风回舞流霙。羞拟凌波步弱,任长空奔电,恣汝纵横。峥嵘。诧瑶峰、时自送迎。　望极山河幂缟,警梅魂初返,鹤梦频惊。悄碾银沙,只飞琼、惯履坚冰。休愁人间途险,有仙掌、为调玉髓,迤逦填平。怅归晚,又谯楼、红灿冻檠。

鹧鸪天

沉醉钧天吁不闻，高丘寂寞易黄昏。鲛人泣月常回汐，凤女凌霄只化云。　歌玉树，滟金尊，渔鼛惊破梦中春。可怜沧海成尘后，十万珠光是鬼燐。

鹊踏枝（三首）

（一）

腥海横流奸狴锁。为护群伦，欲作慈云鞞。但愿哀鸿栖尽妥，不辞玉陨昆冈火。　历劫谁修罗汉果。佛顶香光，直照幽霾破。信誓他年傥证我，九渊应现青莲朵。

（二）

自在天衣舒更卷。粉艳金顽，来去何曾染。岂畏泥犁幽与暗，胸头自有光千万。　路到临岐终不返。溯海探源，直欲穷星汉。渺渺予怀期彼岸，从教眼底风帆乱。

（三）

影事花城闻冕卸。海水生寒，一夕霓裳罢。
罗袜临波归去也，遗钿坠珥皆无价。　　浥透鲛
绡谁与话。泪铸黄金，不为闲情洒。奏彻神弦啼
玉姹，四天雷雨冥冥下。

百字令

瑶台临水，记仙都缟夜，清辉新沐。一月镕
成银世界，来去人皆如玉。市响都沉，缑笙暂歇，
但有松涛谡。软红慵梦，那曾沉醉金谷。　　无
端催上吴舲，蓬山天远，回首苍烟没。重见惊尘
三径晚，恨满猗兰丛菊。镜逝颜丹，梳零鬓翠，
暗转年华烛。旧蟾无恙，隔林犹媚秋绿。

瑞鹤仙

予昔有《齐天乐》雪山观日出之词，今游炎峤，观海日将沉，奇彩愈烈，更赋此词，而感慨深矣。

瘴风宽蕙带。又瘦影扶筇，楚香闲采。登临感清快。对层云曳缟，乱峰横黛。褰裳步隘。正雨过、湍奔石濑。战松林、万翠鸣秋，并作怒涛澎湃。　凝睐。阴晴弄暝，愁近黄昏，蜃华催改。明霞照海，渲异艳、远天外。伫丹轮半弹，迅颓羲驭，哀入骠姚壮彩。渺予怀、此意苍凉，更谁暗解。

摸鱼儿

元遗山乐府有《摸鱼儿》词，序云："乙丑岁赴试并州，道逢捕雁者云：'获一雁，杀之矣。其脱网者悲鸣不去，竟自投地而死。'予因买得之，葬之汾水之上，号曰雁丘。时同行者多为赋诗，予亦有雁丘词。旧作无宫商，今改定之。"按，遗山此作开词人戒杀之先例，谨按原调和之。人类以强凌弱，而弱者复凌异类，予深耻之。安得普世废屠，以湔此大耻耶。

绕孤丘、苦芦寒濑，土花凄护贞蜕。义声不让田横岛，此豸千秋能继。词苑事。有翠墨甄奇，宫羽流哀丽。陇书休寄。早唳断银云，影沉沙屿，霜月吊汾水。　凭谁解、依样雀螳相伺。强秦盲视公理。我悲貂锦胡尘丧，歼弱亦吾长技。穹

宙里。问齐物同仁，宁有偏畸意？尘翳应弃。愿
手挽天河，圆舆涤净，终古雪斯耻。

一萼红 • 旅欧被困之作

暝烟中。听严城戍角，凄韵动边风。擎杵天
低，通槎路尽，迁客始觉愁工。指云外、绳河西迤，
叹莫测、银浪几多重。乌拣枝寒，箫吹芦瘦，夜
语朦胧。　　孤绝藕花心事，泣野塘清露，不为
香红。汉月轮消，楚歌环发，不堪起舞樽空。便
书付、衡阳回雁，怕残云无计度高峰。悄掩灯帷，
拼教一梦匆匆。

长亭怨慢

欧战启后，遵海西南，谋归故土，止于国门之外。

问绀海、弄珠游女，几度桑尘，悄迷星睫。
依约巢痕，倦云来去两凄绝。汉家陵阙，恨绕树、
乌啼歇。咽翠涩宫沟，荡不返、年时零叶。　　愁
切。忆娇雷四起，人在芙蓉塘角。霞烽流艳，搅
霓舞、千裳飘缬。且延伫、孤屿风烟；尽明日、
阴晴难说。掩袂忍回车，花落江南时节。

莺啼序

秋深众芳摇落，感予行迈，惜别成词，不自知其衔哀累叹也。

残霞尚依绣岛，散馀辉蒨绮。忍重照、如此人间，梦醒知是何世。早辞汉、铜仙泪尽，行云冉冉无归意。但凄迷、望里沧洲，罨画横丽。　　屈指浮生，窄隙迅羽，送华年逝水。检芳句、欲托微波，楚魂流怨无际。费灵均、缲秋小笔，恨难补、秋痕丛碎。任从他、旧圃繁霜，猎兰麾蕙。　　霓裳同咏，桂斧闲挥，广寒话影事。才几度、冰轮消长，又对菱镜，斗画愁蛾，倦妆重理。壶投玉女，窗开金母，源翻星海今真见，迸骊珠、隔座飞寒燧。宵深爇尽温犀，掩袂当筵，临岐不成回睇。　　仙都绛蕊，客路青山，已乘风近矣。正极目、孤鸿天末，一往心期，紫霭浓蒸，入西佳气。寒乌绕树，哀蝉啼叶，飘零身世同我汝，纵相怜相守难为计。几回欲去仍迟，惨淡斜阳，自沉翠垒。

张默君

（1883—1965），女，湖南湘乡人，南社社员。有《默君诗草》
《红树白云馆词》等。

浪淘沙·欧战后过法梵萨依宫

绝徼乱离中，来去匆匆。赛因河上想雄风。
霸业已随流水逝，剩有离宫。　　残照晚霞烘，
战血犹红。一场春梦了惺忪。谁与江山添泪点，
点点哀鸿。

菩萨蛮·秣陵冬怀翼如宛平①

天南地北腰围减，等闲抛却春无限。好梦又
阑珊，鸳衾怜薄寒。　　泪波红蘸镜，花月相辉映。
花下立多时，此情明月知。

【注】
① 邵翼如，作者夫婿。

齐天乐·甲子冬月夜渡珠江偕翼如作

坡仙小谪原游戏，南溟快餐琼荔。踏岭寻梅，乘槎酹月，都是才人胜事。横空鹤唳。正倦旅惊心，共携危涕。髯赵豪雄，只今霸业与波逝。　　清狂漫成憔悴。记罗浮照梦，朱萼凝睇。玉雪襟期，春风彩笔，别有遥情难寄。干戈满地。算如此江山，甚时偕至？一舸流光，泝千湾寒翠。

蓦山溪·已丑秋怀翼如张垣

水光山黛，秋色沉天外。铁骑犯新寒，倥逍遥、雁门紫塞。松波千里，凉月度高楼，窥帘再，朱颜改，奈尔团栾态。　　远书缄泪，别恨盈盈在。倦鸟怯孤飞，莽烽烟、乱愁如海。金飙卷地，何事恁关怀，清吟怠，无人解，诗梦连宵怪。

水龙吟·偶成再叠伯秋韵

平生哀感雄奇，惊人何必文章露？太玄在抱，灵光照宇，潜蛟欲舞。未老兰成，无边生意，漫伤枯树。悯人天沉醉，独醒自惜，待打叠，清明路。　　汉殿秦宫何许，甚衣冠沐猴来去。高歌易水，吹箫吴市，酸辛无数。几见屠沽，偶倾肝胆，死生留取。试登临放眼，神州莽荡，总消魂处。

翠楼吟·晓起对雪再用瞿安韵

梦堕清虚，馨还绿萼，琼瑶荡空无际。纤尘何处著，但一片、晶莹朝气。江湖凝睇。有孤鹤惊寒，哀猿啼泪。愁谁寄。玉壶依旧，冰心垂瘁。　　总记。潇洒当年，也访梅携月，寻诗扬骑。海天高卧久，笑词笔、春风慵理。苍茫斯世。待拨乱弘才，回戈生意。吟魂碎。岁寒怀抱，许人知未？

汤国梨

（1883—1980），女，字志莹，号影观、茗上老人。浙江吴兴人。青年时代毕业于上海务本女塾，执教吴兴女校，后任校长。1912年在上海发起成立"神州女界共和协济社"，任编辑部长，创办神州女学，任主讲教员。1913年，与章太炎结为伉俪。曾先后参与筹办"中国女子救国会""女子参政会""女权同盟会"等妇女组织，担任领导职务，倡导妇女解放。1935年协助章太炎在苏州创办"章氏国学讲习会"，任教务长。1937年苏州为日寇侵占，举家迁沪，禀太炎遗志，创办"太炎文学院"，自任院长。1949年后，任各届江苏省、苏州市人民代表，省、市政协委员，民革苏州市委主任委员，省文史馆员，著有《影观集》，存词千馀首，由孙章念祖、弟子徐复等整理出版。

鹊桥仙·蜡梅

东篱落尽，南枝未放，一点檀痕先露。冰霜嚼到淡无馀，为寄语横枝休妒。　　白嫌粉腻，红羞脂污，怎似轻黄媚妩。独怜格调太孤高，致岁岁春心总负。

鹧鸪天 • 孤雁

乱荻萧萧野水长，携将霜讯独南翔。声回山谷疑呼侣，影照池塘且逐行。　　惊节序，梦衡阳，生涯聊寄水云乡。红楼不敢哀鸣过，恐有离人为断肠。

卜算子

霜蕊菊篱黄，露叶梧庭冷。做就西风一味寒，又是重阳近。　　红蓼白芦花，写尽秋江恨。独自苍茫对夕晖，此意无人问。

人月圆

人间不少闲山水，到处可为家。万方多难，卅年羁旅，多了桑麻。　　且同斟酌，牵萝补屋，种竹栽花。小楼人去，孤衾梦醒，依旧天涯。

贺新郎·寄仲弟大胜关

风雨沉沉里。料荒村、青灯暗淡，拥衾无寐。江上涛声窗外雨，听彻鱼龙夜起。忍俯仰、茫茫身世。茅店鸡声惊客梦，怕豪情未必消磨易。青鬓改，恨难已。　　鸡虫得失诚何事。怅年年飘蓬压线，误人归计。多难少孤为客早，寥落天涯兄弟。算总是饥驱为累。陇亩躬耕虚夙愿，便封侯已负平生志。何况是，蝇头利。

高阳台·忆故园玉簪花

红褪池莲，翠销岸柳，秋光摇落难禁。倦旅情怀，倚栏欲动愁吟。轻苔细草闲庭院，忆故园花满墙阴。正亭亭，雪蕊横钗，绿鬓添簪。　　朱颜已向天涯老，恐苔荒砌冷，缟袂难寻。人去空阶，玉容一样销沉。重来纵有花堪折，奈萧疏短发霜侵。任鸣蛩，啼雨啼烟，伴到秋深。

蝶恋花

仲弟在辽阳，闻有战事，老母倚闾之思甚切，书此寄之。

怅望长河天欲黑。铁马金戈，塞外风云急。
万水千山归不得，鱼沉雁断愁何极。　　倚闾萧
萧双鬓白。指点归鸿，涕泪空沾臆。木叶飘摇风
不息，残阳影里啼乌集。

浣溪沙

一·二八之乱避地杭州，余君邀登楼外楼。

鼙鼓惊心海上催，孤儿无恙暂徘徊。满身香
雾看花回。　　座上客来真不速，水边灯火尽楼
台。一杯聊以写沉哀。

水龙吟·咏荷，次陈其年《湖海楼词》原韵

漫夸金谷名园，千红万紫繁华地。争如照水，
亭亭玉立，野塘十里。罗袜凌波，姗姗微步，丰
神还似。想夜凉池馆，月华露重，鸳梦畔，青萍
底。　　应是花神游戏。共吴娃、兰舟相倚。明
珰翠羽，云裳烟袖，靓妆如洗。婉转缠绵，多情
常为，西风憔悴。算红尘不染，秋心还苦，滴珍
珠泪。

蝶恋花·癸酉寒食

抱病伤时愁万叠。陌上繁花，无赖还争发。蜀魄难招心断绝，子规辛苦空啼血。　　传烛禁烟寒食节。烽火天涯，多少征人别。杨柳楼头今夜月，玉门关外天山雪。

临江仙·感事

辛苦天涯多是客，相逢怎慰飘零。逃禅还恐误虚名。艰难家国恨，俯仰涕纵横。　　天下兴亡原有责，是谁误尽苍生？燃萁煮豆恨难平。徒劳悲漆室，馀痛话新亭。

凤凰台上忆吹箫·读日报，见东北运动员留别书感赋，时东北方沦

候雁还归，乱蛩已歇，辽天景物凄然。念吴江枫树，霜渥初丹。却恨频年衰病，清游误、枉惜朱颜。流霞好，愁肠中酒，醒醉多难。　　看看。画梁紫燕，不是旧关山，何忍重还？叹天涯迁客，难整归鞍。肠断迢遥故国，乱离后松菊多残。凭栏处，斜阳欲暮，袖冷天寒。

贺新郎·有以吴越王画像属题

王气兴吴越。莽神州、龙蛇遍野，几多豪杰。孤注危城争割据，忍使苍生喋血。问揖让高风谁接？玉册锦衣传五世，卒来归、有德完臣节。青史在，功何烈！　茫茫沧海惊横决。更何人三千铁弩，射潮东折。大好山河馀半壁，煎豆燃其苦切。浑忘却金瓯残缺。要与中原留正气，只灵光一卷难磨灭。教省识，旧文物。

临江仙·时上海已沦陷

风雨一春晴日少，杜鹃啼杀空枝。古城春色叹来迟。海棠花谢了，误却牡丹时。　记得叶园三月里，繁英缀满琼枝。如今春恨满天涯。断肠芳草地，禾黍正离离。

念奴娇·戊辰闰七月，战事方殷

好秋空过，叹人间七夕，等闲三度。老眼穿针难乞巧，乐事赏心多负。麋鹿台荒，长生殿圮，梦去无归路。雁惊云汉，鹊栖那处庭树？　纵使牛女无愁，银河无浪，还恐难飞渡。生死流离悲载道，瓜果谁家儿女？宝带波翻，卢沟月冷，何处非焦土？断垣虫语，向人凄切低诉。

瑞鹤仙·乙卯春避难上海

幕栖台晓雾。问望里青青，谁家春树。频年叹羁旅。念荒园乔木，离离禾黍。幽怀自数。恁乱愁、浑无着处。看郊原野火烧残，细草寸心还吐。　　知否？飘零王谢，燕子飞归，谁家门户？啼鹃何苦。心血尽、帝乡阻。算人天多事，冤禽填海，天本无情强补。底孤负。青史青山，也教迟暮。

金缕曲·忆半淞园示昔之同游者，时避乱在沪

歇浦繁华地。爱名园、淞波半剪，柳明花媚。淘尽兴亡关底事，且向旗亭买醉。看陌上钿钗红翠。蔽日旌旗樯橹下，撼孤城澎湃风云会。歌管歇，怒涛起。　　回廊曲槛依稀记。记芳时、春衫白袷，画栏同倚。风月人间尘土耳，瑶岛神仙比拟。叹哀乐盛衰容易。眼底沧桑心上事，尽思量苦自添憔悴。春梦短，拼无睡。

采桑子

夕阳红断庭前树，月影黄昏，灯影黄昏。人倚黄昏暗断魂。　　蛮笺写尽悲欢句，泪也留痕，墨也留痕。一片模糊认未真。

临江仙·时上海已沦陷

雨亦无妨晴亦好，耐人连日轻阴。杏花时节薄寒深。一杯玫瑰酒，消得几侵寻。　乱后江山俱失色，更从何处登临？春江流水咽潮音。支离双泪眼，憔悴一生心。

夺锦标

望邻家大厦，花木楼台，穷其美奂。据言其主人孔祥熙终岁不一至云。

晓色初开，晴光乍展，一片非烟非雾。极目青芜远接，高柳楼台，锁花门户。恁雕梁玉砌，悄无人、临风延伫。叹年年、叶落花开，总是繁华无主。　闻道承恩眷侣[1]。缥缈巫山，更在巫山深处。只恐家山梦到，望帝魂销，离宫禾黍。算空劳蜀魄，苦叮咛、催人归去[2]。却输与、燕子飞来，软踏帘钩低语。

【注】
[1] 主人为权贵内戚。
[2] 时主人在蜀。

潇湘夜雨①

家国飘摇，华年荏苒，乱愁无处商量。东风又送早梅香。惊客里凋年急景，听隔院羌管悲凉②。还疑是、胡笳动地，夜逼渔阳。　　玉关消息，将疑将信，涕满衣裳。恁天涯迁客，犹滞他乡。思千里凭高纵目，镇幽幽暗断回肠。兴亡恨、离情别思，两两黯难忘。

【注】

① "一·二八"时，仲弟远在辽阳，音书间阻。忽忽二十馀年，而弟之墓木已拱，国事亦不堪问矣。挥泪补录。

② 邻家播音机时闻军乐声。

庆春泽

骤雨。时避难在上海。

云压山腰，风回树杪，渡头急雨来时。鱼跃沉潭，浪翻荇藻参差。掠波双燕寻巢急，恐人家、帘幕低垂。漫争飞，满地江湖，何处衔泥？　　红楼入夜应无睡，怕明朝倚槛，红紫多非。无数残香，随波流到前溪。溪边暗有牵情处，道桃源、可避危机。至今疑，何事渔郎，去了还迷？

南歌子

有客自杭州来，为问湖上景物，感赋。时杭州在沦陷中。

高树摇蝉响，微云妒月圆。山光涵影水如天，记得倚凉人似白鸥闲。　　翠盖还擎雨，红裳欲带烟。谁家双桨木兰船，只恐风鬟雾鬓不成妍。

鹊踏枝·丁亥春暮与奇儿过玄武湖

玄武湖边春光好。我到湖边，春已垂垂老。吹尽柳绵寒尚峭，樱桃已熟青梅小。　　城外长堤山外道。劫后河山，处处堪凭吊。望里楼台何缥缈，饥乌万点啼残照。（时有结队哭中山陵事）

高阳台

往者章太炎反袁，被禁燕都三载。袁殁后，乡人迎之南归，偕余至湖上南屏山谒苍水公墓，太炎撰文悼之，此四十年前事也。太炎殁于苏州，会稽堵申父先生为觅茔地于南屏山荔枝峰下，苍水公墓为邻。章君苍水，异代萧条，而今共此湖山风月，岂偶然哉。爰拈此调。

春老钱塘，人归歇浦，阵阵梦影前尘。油碧青骢，相将湖上嬉春。十年迁客曾经地，喜河山、荡尽尘氛。尽多情，怀古苍凉，展拜忠魂。　　英雄一例终黄土，痛萧条遗榇，来与为邻。杯酒倾怀，兴亡把臂重论[①]。丰碑五字亲题句[②]，为人间、鸿雪留痕。倘他年，野老村童，闲话遗闻。

【注】

① 每年祭扫苍水公墓，必为外子安一席云。

② 太炎自题墓碑仅"章太炎之墓"五字，于幽禁北京时手写，杜天一先生为之保存，并未加以生卒年月。

徐蕴华

（1884——1962），女，字小淑，号双韵，浙江崇德人。徐自华之妹，林景行夫人。南社社员。建国后，任上海市文史馆馆员。有《双韵轩诗稿》。

惜红衣

往岁旅居吴淞，数系艇石公长崎间，汪湾荷花数十顷，夏景幽寒，终日但闻泉响。每值夕峰收雨，湖气弥清，临去憺然。欲索李隐玉表姊写意，王碧栖词丈题册，而未竟。病窗经岁，转眼薰来，晓起舒襟，偶填此阕以寄意。

盆石堆冰，屏纱障日，晓来无力。强起推奁，含情镜花碧。药薰细袅，引软燕、帘前嗔客。湛寂。一枕藤阴，约溪人将息。　莲汀柳陌，来去鸣箯，旧游半陈迹。经年兴致，销夏湾西北。载得米家书画，烟水刺船寻历。只半峰残雨，犹待碧山词笔。

齐天乐

庚戌夏秋，遁暑刘庄，晚值平湖雨过，红香狼藉，荡桨荷丛，归桡写此，戏足玉溪之意。

莲飙不约斜晖住，宜招北窗诗侣。柳际波微，堤根叶细，才看双凫眠处。平湖过雨。爱携笛瓜皮，倚流容与。瑟瑟红衣，谁家楼上玉溪句？　亭皋摇落又暮，凉波三十六，留听凄舞。千点漾香，三更败翠，惹得惊蟾窥顾。江妃漫妒。恁弹指西风，暗中年度。只忆深宫，有人曾怯暑。

满庭芳·送别宗孟词人

风笛飞声，骊歌欲唱，绿波又向东流。萍踪吹散，送别动吟愁。纵有长亭弱柳，奈丝丝不系行舟。雄心感、江山万里，已是缺金瓯。　休忧。长路远、东瀛胜地，两度豪游。好展须眉志，不为封侯。此去乘风破浪，卜他日、事业千秋。望南浦、片帆挂矣，云树两悠悠。

金缕曲·题《忏慧词》

漱玉清音歇。可颉颃、女儿溪畔，犹留词笔。
慧业忏除焚稿矣，黄鹄歌成凄绝。更又是、掌珠
坠失。身世茫茫多感慨，抱愁怀、天地为之窄。
谁解得，词人郁？　　残山剩水悲家国。最伤心、
秋风秋雨，西泠埋骨。风雪山阴劳往返，今日只
留残碣。叹一载、空喷热血。造物忌才艰际遇，
剩裁云缝月金荃集。恐谱入，哀弦裂。

点绛唇·题自绘双燕白莲花帐额

旧是凌波，丰姿欲共江妃赛。新来愁寄，烟
态谁能绘？　　翠羽参差，犹作轻怜意。寻无寐。
野风门外，凉月应初坠。

壶中天

巢南先生既刊《笠泽词征》，客有为《画征》献《论词图》，因题其后。

云巢垂看，记当年浅斗，茶倾签满。一枕荼蘼沉睡后，剩补吴侬横卷。午梦交光，浮眉高映，绰约冰花散。佩环夜里，也应低拜沾选。　　深念秋漠聆笳，瘴天搜乘，辛苦商量遍。旧卷千行重叠是，新卷疏疏谁按？一发青山，双声越缦，只付双缣展。澹仙红泪，怎堪重被纱浣？

百字令·游虎丘

看山旧客，正冬荒冷落，群花都息。眼涩斜阳摇水外，塔梢登临奇绝。小侣停诗，奚奴载瓮，一笑闲游历。层层林磴，幽寻穿尽寒叶。　　归爱转棹烟流，疏窗冷语，悄应溪声寂。掠鬓野风浑不醒，苦被垂杨承睫。折苇挼青，浮凫弄绿，吹待千村月。一船休去，蘋洲无限渔笛。

翟涤尘

（1889——1968），字谛西，女，湖南新宁人。1925年湖南长沙第一女子师范学校毕业。1926年于广州中山大学中文系肄业，与李冰若结褵。1928年在新宁创办女子职业学校，任校长。1939年李冰若逝世后，先后在武冈县、新宁县各中小学任教十余年，1952年以年迈退职。有《碧琅玕诗词集》，稿多散失。经女庆粤、庆苏搜集整理，与冰若诗词合印为《栩庄诗词集》。

忆江南·别情（二首）

（一）

虽暂别，心碎乱如丝。莫道生涯原似梦，须知梦也耐人思，含泪问归期。

（二）

凭栏久，忆品画评诗。深苦岭南无雁到，音书常盼总迟迟。此恨晓莺知。

临江仙·秋忆

　　柳外断虹晴又雨，清秋雁落平沙。经声梵磬隔烟霞。推窗延冷月，归梦绕寒花。　　欲遣闲愁无处遣，凭风吹送天涯。人间天上白云遮。庄周能化蝶，丁令应还家。

采桑子·秋思

　　珊珊玉骨霜为伴，漫绕芳丛，又过篱东。暗展幽香冷更浓。　　笛声似谱思乡曲，雁影横空，月影摇风。一片秋容画未工。

清平乐·冰若逝世后作

　　荼蘼凋谢，柳絮飞如雪。记否都梁匆话别，谁料竟成永诀。　　传来噩耗神伤，欲寻碧落茫茫。月夜空阶雨滴，助人寸断柔肠。

（1939 年）

蝶恋花·寄苏儿北平围城

鸿雁前朝传尺素。望极天涯，烽火弥漫处。闻道江湖云雨怖，荡波莫惹蛟龙怒。　　比翼燕儿休失侣。应念关山，万里思量苦。宜择深枝求暂住，人间终见朝霞吐。

（1948 年）

刘 蘅

（1895-1998），女，字蕙愔，福州人。曾任福建文史馆馆员，福建逸仙艺苑国画研究会理事。有《蕙愔阁诗词》。

浣溪沙·自写《溪桥暝色图》

野趣萧然见晚樵，闲挑暝色过溪桥。桥西风外酒帘飘。　　篱落青苔无履迹，林阴丸墨是鸦巢。夕阳红晕碧桃梢。

渡江云

林阴沉碧处，细泉滴滴，恍似泪难收。意多宜独坐，坐转残更，夜色绝凄幽。天街一水，是银湾、回影西流。愁未理、偏教明月，先到这边楼。　　凝眸。清辉在手，欲赠无由。恁多般僝僽。更此际、萤稀雁远，灯焰烟柔。东方缓须臾白，问梦儿、还肯来不？人瘦也，怎堪盼断清秋？

琐窗寒·灯魂

乍上光柔，初挑焰小，酿寒偏易。秋深白袷，早带许多凄意。恁依依、夜阑未销，暗分倩影罗帏里。爱傍人闲炙，飘帘无力，趁风摇曳。　　凝睇。屏山外、似有约炉烟，共盘心字。欲旋又转，自护嫣红双蕊。待招回、蝶憨梦中，玉缸背影支倦翠。恁抛人、斜月残钟，冉冉离窗纸。

长亭怨·酒醒见月

甚吹湿、香边云鬓。一枕寒光，月明如水。院静杯空，为谁前夕尽情醉？试扶残梦，人犹在、惺忪里。镜影压阑干，恨不照、罗衣双倚。　　独自听啼鸦隔树，也被寺钟催起。凄清风露，都忘却、翠樽花底。问褪了、两颊轻红，剩多少、春醒情味。料此际天涯，端合凝愁无寐。

踏莎行·艺兰

众草争荣，佳人难遇，瑶琴愁理幽兰谱。平生真赏托灵修，不因岑寂伤迟暮。　　旧畹亲移，寒泉密注，芳心一掬凭谁诉？为君纫佩结君欢，秋魂漫化潇湘雨。

鹧鸪天·感春

零落瑶华剩故枝，流莺衔雨尽情啼。那堪积颣粘沟叶，犹有馀红湿路泥。　　春黯淡，意凄迷，挑灯愁读晚唐诗。明朝新绿池塘遍，忍泪看天问有谁？

高阳台·晚春

吐采连蜷，量痕几寸，花梢乍涌冰轮。丽绝宵光，流阴藓径都匀。青词曾写笺天字，向东皇、密意深陈。愿芳时，百卉千蕤，雨露恩均。　　相逢胜赏休孤负，况栏杆红静，曲曲留人。酒酽歌沉，珠玑错落莺唇。玉箫唤醒韶年梦，爇重炉、取次重温。盼蔷薇，尽意舒红，虽晚犹春。

齐天乐·鸠声

抢榆那识鹏程远，瞳瞳只馀朱眼。万里培风，千寻择木，未解昂头霄汉。营巢自懒。听传语阴晴，舌端多谩。绣羽华冠，一般文采最堪叹。　　纱窗午阴思倦。画帘开又掩，人在天半。驿柳沉烟，园花病雨，谁暖谁寒怎判？屏边枕畔。正好梦来时，数声惊断。却比流莺，更无情万万。

瑞鹤仙·自题香山松上弹琴小影

颓云依古树。看绿润凉襟，四围山气，峰高逼天纬。望浮图遥矗，梵缘先缔。扶筇涉翠，趁几尺、斜晖未坠。敛真禅、乍入跏趺，膝上一张焦尾。　　幽翳。松阴开合，鸟影低徊，素弦初理。残寒捝指，流泉迸、玉徽里。念青禽消息，空中如接，不负焚香叩齿。自凝听、弦外余音，尚流烟际。

虞美人·晚春雨夜

春游懒到今年甚，镇日惟敧枕。小楼容得雨声多，便抵当时听水宿岩阿。　　神清百趣都消领，梦也何妨醒？只怜瘦尽好花枝，阑角余红总让绿阴肥。

西江月

华屋悬珠不夜，朱楼散绮如烟。贫家积雨长苔钱，买断盈阶花片。　　好鸟娇春啼涩，暮钟抱佛声圆。重山分绿到窗前，润遍黄昏庭院。

扬州慢·孤山探梅

山瘦拖青，雪残堆白，里湖绝好冬姿。记苍根古藓，有几本寒梅。正堤曲、商量放棹，夕阳迎客，红迤桥西。笑东风情性，先花依旧南枝。　　凝暗冻雀，算今番、消息差迟。认屐底苔香，襟头酒晕，长忆当时。总为素心人远，钟声懒、不度明漪。觅空亭芳迹，除他孤鹄谁知？

八声甘州

记长安作客几经春，风光尽堪怜。甚归来未久，沉云雁影，冷落桃笺。望里琼瑶洞府，远讯断飞仙。干尽铜盘泪，梦也凄然。　　莫问蓬莱深浅，叹扬舲旧水，云气迷漫。写篇诗瀛岛，乱石湿蛟涎。到黄昏、萧疏烟景，念汉家陵树夕阳边。销凝处，众芳消歇，唯有啼鹃。

虞美人·秋夜

平林暗锁烟中碧，坐久生寒色。芳心自照有灵犀，不怨月轮渐向隔墙低。　　斜移竹影阑干畔，风定宵过半。寄书莫与说闲愁，只道艰难料理一天秋。

醉花阴

天上仙娥长自在，好住清凉界。圆缺本无心，却受人间，阶下深深拜。　　多生未断前根爱，缚茧情无赖。滴泪作玄霜，销尽柔魂，毕竟朱颜改。

洞仙歌·舟行晓望

橹枝摇绿，坐平潮天半，笑指疏星出低岸。晓钟声、欲湿更带寒烟，遮望眼、暗把遥山敲断。　　过桥才数转，芦荻花疏，飞起无声三两雁。水色上红楼，临水人家，窗儿静、湘帘半卷。念霁景澄鲜称诗情，甚坠句零星，拾回都懒。

八声甘州·题讱庵先生《蛰园勘词图》

怅神州八表正昏昏，珠光烂当前。念湘江人渺，滋兰芳绪，一脉犹连。收拾谁家凄怨，写上衍波笺。恨泪无消处，付与啼鹃。　　我也欲将清梦，谱江城玉笛，吹傍梅边。试凭高眺远，黯黯尽寒烟。向平沙、招来鸥鹭，且慢言、解忆旧词仙。曾知否，水西庄外，花月年年。

南乡子·螺江晚眺同元治作

野水绕林塘，木叶萧疏草半黄。莫道江村秋景异，心伤，何处湖山不断肠？　　怎遣晚风凉，小立堤边看夕阳。碧海神鲛多少泪，行行，洒遍人间梦短长。

齐天乐·西湖饯春

暖风只解吹湖树，不解把春留住。倩女魂离，庄生梦渺，冉冉都随春去。徘徊静处。望几叠青山，几重樵路。雁小天遥，淡烟笼月弄凄楚。　　残寒尚余尔许。玉壶冰未泮，愁也难抒。柳倦飞绵，鸠忙飞雨，话旧欲瞒鹦鹉。云低日暮。问此际词心，是何情绪？俯仰坤乾，看鱼龙起舞。

齐天乐

暮春重游怡山西禅寺，同家坤、时良、赐琛。

　　初疑梦到前游处，空阶落红无数。我叹年衰，花怜春晚，情绪难相诉。琳宫树古。问老叶孤根，怎消寒暑？断碣残碑，籀文藻影尚如故。　　池塘柳丝万缕。谢家人不见，谁念飞絮？度水钟声，入帘山翠，好带诗魂来去。纪游写趣。让三子珉心，琢成佳句。徙倚忘归，鸟啼天欲暮。

温倩华

（1896-1921），女，字佩萼，江苏无锡人。生有夙慧，幼而能文，年十八，学诗于天虚我生陈蝶仙，与其女翠娜结金兰之契。诗文之外，兼工书画，旁通医卜星相之术。二十岁时适同里士人过锡圉。辛酉年（1921）以母丧哀毁，致疾而殁，得龄仅二十六。遗稿由亲友辑为《黛吟楼集》，存词二十五首。

浣溪沙·夏夜

荇藻中庭月似潮，帘波泻影自滔滔。湘妃榻化木兰桡。　　压鬓香浓开茉莉，懒腰人倦卧芭蕉。隔重秋梦听吹箫。

清平乐·春晓

晓莺啼暖，睡起腰肢软。天气困人春不管，一味做成春懒。　　绿云双绾垂鸦，镜中自惜容华。昨夜东风犹劲，开帘飞进桃花。

壶中天 · 胡园观荷作

晓云笼树，笑看花来早，花还慵起。一角红亭三面水，消受四围香气。露咽蝉声，风惊鸳梦，写出凉无际。采莲儿女，雅怀倜傥如此。　　远听泉水淙淙，炎氛不到，罗袜侵秋思。十万田田花世界，留得幽人芳趾。拗藕抽丝，跳珠掬水，无限娇憨意。夕阳明处，小鬟催作归计。

高阳台

虎帐功名，凤池画策，那堪往事重论？十载江湖，依然憔悴风尘。英雄事业供屠狗，夜寒时、空啸龙纹。且韬真，风月文章，任寄闲身。　　漫愁琴剑飘零尽，有清才胜雪，豪气凌云。刻翠裁红，头衔还署词人。十年一觉荒唐梦，料从头、说也酸辛。梦无痕，写入丹青，证取前因。

何　曦

（1899-1980），女，一名敦良，字键怡，福州人。何振岱之女。生前任福建省文史研究馆馆员。有《晴赏楼诗词集》。

临江仙·剑意

愿铲妖氛消众魅，至刚原属多情。人间悍怯苦相凌。好凭三尺，万恨为君平。　　记昔秋霜飞夜月，寒锋照胆晶莹。剑光人影两分明。云山千叠，来往一身轻。

木兰花慢·湖上晓望

放湖天晓色，辨峰影，乍微明。正宿露犹浓，晨霞欲展，淡了残星。催醒。苏堤睡柳，弄新黄、浅叶已巢莺。芳径花深小立，曲栏风暖留凭。　　心怜气候暮春成，况旭日添晴。漾微波远近，楼边碧塔，树底红轮。闲听。寺钟过水，带北山画意到南屏。远瓦炊烟起处，荒蹊早有人行。

买陂塘

连日惊秋，亲朋远散，浣桐数见访，足慰岑寂。君将有连城之行，黯然难别，赋此奉赠。

是何声飞来天际，顿教愁思难说。悲秋已判柔魂断，那更知交言别。争兀兀。只似醉如痴，忍看江船发。欢惊一瞥。记劝洗闻根，乱蚕絮语，无碍双荷叶。　　垂杨路、此去寒溪荒县，依依儿女相掣。剪翎笑我雕笼里，仰望云霄辽绝。思归楫。知甚日阶苔，再印词人屦。肝肠谁侠？剩密镂深存，自珍悴影，共照篱边月。

冯沅君

（1900——1974），原名淑兰，河南唐河人。陆侃如室。北京大学国学门研究生毕业。1932 年赴法留学，获博士学位。归国后，历任天津河北女子师范、中山大学、东北大学、山东大学教授。建国后，任山东大学教授、副校长。有《冯沅君创作译文集》，内收《四徐诗稿》《四徐词稿》《四徐续稿》，与陆侃如合著《中国诗史》。

如梦令

一带烟峦凝紫，败苇平沙无际。日夜下渝州，谁惜辛勤江水。江水，江水，中有离人双泪。

生查子

朱霞红欲燃，落叶声如雨。摊卷坐霜林，山外斜阳暮。　　明月记西园，春水思南浦。弹泪诉秋风，秋也辞人去。

点绛唇·翠湖（二首录一）

汨汨柔波，拍船似与愁人语。华灯烟树，总是销魂处。　　明月随人，争识人情苦。移舟去，蓼汀蘋溆，迷却来时路。

浣溪沙·骑岭晚春

一袖东风一袖春，一重山色一重云。鹃红兰紫媚荒墩。　　岩脚林深萦坐树，陌头日丽草如薰。瘴乡三月也撩人。

采桑子·山行

涧泉解共春禽语，处处清音，处处清音。闲琢新词仔细吟。　　岩阴磴道莓苔滑，回首云深，回首云深。虎迹斑斑犹可寻。

减兰·纪梦

伤离情重，飞度关山怜好梦。梦到伊家，红杏窗前一树花。　　花开花谢，旧记孤吟明月下。觅觅寻寻，窣地帘垂不见人。

菩萨蛮·江干步月

江村夜夜望江月，波平月皎沙如雪。四野寂无声，声从无处听。　　江风寒恻恻，绕树乌飞急。叠嶂比重城，蛮烟一带青。

鹧鸪天·依小山

珍重馀香惜旧衣，当初深悔种相思。秋悲夏愿年年在，解佩闻琴事事违。　　人聚散，水东西，肠回心折自家知。后期饮别殷勤约，不道无期是后期。

踏莎行 · 中秋夜闻歌

古林萧疏，野烟轻软。矶头蟾魄参差见。毕生留得几中秋，客心莫放乡愁染。　　蛮岭千重，瘴江一线。流亡有地休言远。招魂哀怨遍潇湘，抚心若个听歌管①。

【注】

① 湘战始败终捷，多国殇。

蝶恋花

四十三年欻过却。往事商量，无敌惟哀乐。厚地高天伤局促，深恩也似春冰薄。　　昨夜瓶枝初破萼。意淡香微，共我同萧索。梦世几人能寂寞，久拼泪向心头落。

（甲申之日）

柯昌泌

女，字徵君，1900 年生，已去世。卒年未详。山东胶县人。有《石桥词》。

蝶恋花

燕去莺来多少恨。帘卷高楼，又是黄昏近。几日桃花红瘦损，天涯消息无人问。　　碾尽香尘车辚辚。别后江南，烟水谁相讯？蜡炬烧残红几寸，今宵归梦犹无分。

薛念娟

（1901-1972），女，字见真，晚号松姑，福建福州人。师从诗词家何振岱，曾与何氏其他七位女弟子合出《寿香社词钞》，有"福州八才女"之誉。历任福州中学语文教师。有《今如楼诗词》。

西子妆慢·春尽日游小西湖怀道之苏州

波碧摇天，山青涌地，迥野无边幽意。飞花片片是离愁，好风光、有谁能记？凝眸烟际。怅年年、留春无计。恁沉吟、对暮云黯淡，书成慵寄。　　轻烟外、隐约群峰，悄悄余寒坠。扁舟何日早归来，剪窗灯、共君无睡。栏杆静倚。望征雁、吴天千里。最消魂、柳外斜阳一带。

点绛唇

一抹秋云，暝天远度寒鸦影。落帆风外，星火生渔艇。　　远笛飞声，听久高楼静。更初永，斗斜星炯，月也如人冷。

齐天乐·客感

窗光向晚如初晓，浓阴欲迷晴昊。卷幔添衣，挑灯展卷，时有江风吹到。沉烟树杪。积暝色千层，飞起栖鸟。伫立空阶，挂檐新月一钩小。　　身闲那愁趣少。绕堤寻旧迹，郁绪凄渺。古堞寒鸦，荒村暮霭，客里怎堪凭眺？离肠断了。是只合商量，梦中欢笑。此日春迟，远怀应更悄。

虞美人·秋夕

流萤几点疏篱外，总觉秋无赖。不如闭户剔银灯，一穗凉红照梦却分明。　　何因悄立风檐下，对此凄清夜？只怜孤赏有寒香，花发庭樨和露着轻黄。

蝶恋花·新寒依枕闻笛声有作

残叶萧萧霜意迫。白月窥帘，菊影摇新碧。凤尾低垂罗帐寂，瞒人却放新寒入。　　婉晚冰姿心不隔。小梦来寻，待慰孤更客。恨煞无情何处笛，梦魂吹落天南北。

风入松·久不见水仙花感作

铢衣翠盖自娉婷，微步晚波轻。东风遮莫培红紫，怎如他、冰雪聪明。疏影犹嫌梅瘦，幽香分得兰清。　　新愁旧恨总难平，玉佩怅无声。芳踪寂寞知何处，弄丝桐、聊慰离情。祝取春回窗几，清泉重荐繁英。

踏莎行·晓色

银汉斜横，层霄微碧。啼鸦声里纱窗白。疏星淡月渐朦胧，断云化作轻霞色。　　画意难描，诗情暗积。梦痕宛宛成畴昔。世间好梦自沉酣，晨光绝好谁知惜？

南乡子·对烛

夜静梦初回，银焰摇风漾锦帏。相对悄然生远思，依稀。往事沉吟独忆时。　　伴读意依依，却似蟾光入翠帏。红蕊词心同灿烂，宵迟。忽结奇花缀绛枝。

施秉庄

（1901——1980），字浣秋，女，福建福州人。北京国立艺术学院毕业，任中学教员。曾从何振岱学诗词。有《延晖楼诗词》。

风入松·秋夜理琴

篝灯明灭断人肠，睡少觉宵长。啼蛩唳雁缘何事，向西风、各谱宫商。侬也起操弦索，孤心迸入炉香。　　更深月落气初凉，照幕是霜光。般般客里浑无赖，甚琴声却异家乡。明日试看林叶，故应近岸先黄。

满庭芳

延津客夜，霜月交辉，孤坐至明，有作。

叶落庭宽，秋高月大，绕檐霜气棱棱。直疑苍宰，移昼作深更。道睡如何睡着，回栏上、百遍闲凭。凝眸处、前江尽白，星火渔灯。　　伶俜。天际影、飞过只雁，略不留声。早金釭焰灭，檀鼎香轻。身在琼瑶世界，看上下、一片空明。忘怀也，孤游已惯，谁道是萧清。

张苏铮

字浣桐，女，1901年生，福州人。何振岱之弟子。曾任省立女子家事职业学校语文教师。有《浣桐书室诗词》。

虞美人·萤火

冷光未肯因人热，隐约偏难灭。凉宵为底入疏棂，却被银灯掩得不分明。　流辉破暝归何处，珍重秋芜路。有人携扇下空庭，莫向月篱烟砌弄星星。

清平乐

辛巳十月，余将之皋兰，雨中遇浣秋于延津门。相顾惊喜，继之以悲。夜语拥灯，不觉漏之尽也。

满江寒雨，驿思同清苦。人向西征天向曙，并入片时延伫。　车声辗白灯光，一声一转离肠。输与天边雁影，风中犹得成行。

八声甘州·自题并影听笳小帧

迓晨曦容与古城阴，幽思落荒遐。望天山迤逦，沙原莽荡，危堑槎枒。薄暖才融积雪，流水点飞鸦。依约乡园景，红杏谁家？　　莫道关河难度，看明驼塞上，并影听笳。数征程万里，归路梦中赊。念江南、年年此际，断魂愁、细雨沁千花。怎生见，卷黄云地，有此容华。

台城路·金陵感旧

廿年不过台城路，江潭柳俱人老。荒堞屯旗，高陵吹角，又是一番斜照。秦淮放棹。漾几曲蓣波，岸湾迷蓼。近水栏杆，旧时颜色自犹好。　　乌衣怎忘巷小。看寻巢燕子，玉栋千绕。索果呼娘，簪花泥姊，依约欢情多少。而今更到。听风笛声声，总成凄调。一片烟林，莽寒鸦古道。

庆春泽

　　弄暝云沉，笼寒日淡，几番无准晴阴。不卷重帘，有人新恋罗衾。幺梅孕冷溪桥路，倩炉烟、扶梦相寻。怎堪禁，菊老荒篱，雁老遥浔。　　吴棉乍试依然怯，念霜关倦角，风院残砧。两处眉山，一般那样愁侵。冰轮莫碾空枝露，盼东风、吹冷蕉心。甚而今，才暖熏笼，又冷瑶琴。

李淑一

（1901——？），女，湖南长沙人。柳直荀室。长沙稻田师范毕业。历任湖南第一师范学校、省立一中、福湘女中语文教员。晚年寓居北京。

菩萨蛮

1933年夏，道路传闻直荀牺牲，大哭而醒，和泪填此词。

兰闺索寞翻身早，夜来触动愁多少。底事太难堪，惊侬晓梦残。　　征人何处觅，六载无消息。醒忆别伊时，满衫清泪滋。

菩萨蛮·村居感怀

缠绵床笫神销损，忧时又被愁思困。月缺几时圆，山深闻杜鹃。　　年年花下立，悲痛无声泣。回首抚孤儿，断肠爷不知。

（1938年）

鹧鸪天

夜色凄清睡起迟，一番秋老一题词。枯桐弱柳俱憔悴，见我犹留别后思。　　明月去，雁来时，纷纷坠叶拂阶墀。不知何处萧萧雨，落尽残花不自知。

探芳信·春梦

频搔首。正独自凭栏，寄情诗酒。叹人生如梦，心事向谁剖。斜阳燕子来还去，那管花消瘦。甚黄昏、一阵清歌，低吟户牖。　　帘外风吹吼。趁寒食年年，清明左右。江北江南，云断青山否？几番吹醒痴人梦，但觉春如旧。最关心、楼外深深疏柳。

木兰花慢·柳丝

是秋魂一片，吹不断、又轻飞。看袅袅依人，愁容未散，真可怜伊。堪叹韶光荏苒，苦缠绵不忍别枯枝。纵使年年依旧，春风能住多时？　　天涯残梦归迟。料几度、苦相思。但人生世上，劳劳尘梦，寂寞谁知？有志莫悲年老，振精神、还与古贤期。怎奈夕阳西去，依然满院游丝。

陈翠娜

（1902——1968），字小翠，女，浙江杭州人。幼从其父天虚我生陈蝶仙学诗。曾任无锡国专及上海中国画院教师。"文革"中被迫害，引煤气自尽。有《翠楼吟草》《绿梦词》《曲稿杂文》。

洞仙歌

芙蓉池馆，有画纨人凭，瘦蝶眠花抱秋冷。爱罗襟如绣，花影如潮，只觉得、人比月华还靓。　银钩和梦语，小展屏山，画取轻雯入鸳镜。鹦鹉悄无声，短笛惺忪，却刚把醉魂吹醒。拼月落参横不归眠，任漏尽铜壶，香销金鼎。

前　调

春山镜里，共双蛾颦皱，绿遍楼前万丝柳。正房栊闷雨，窗幕扃寒，平白里、过了踏青时候。　晚灯初上了，帘隙窥人，新月纤纤为谁瘦？一夜故园心，小梦依稀，还只在曲屏风后。记络索秋千海棠阴，问采伴鹦哥，盼侬来否？

南歌子

香篆销金鼎，更筹转玉龙。峭寒和雨湿帘栊，小朵灯花瘦得可怜红。　　怯怜添重幕，留春怕晓钟。帘钩隔梦响叮咚，吩咐屏山遮住落花风。

清平乐

莺愁蝶怨，捱过三春半。满院绿荫帘不卷，人比斜阳还懒。　　消魂时节清明，一番微雨初晴。睡起凭栏无语，隔墙吹过箫声。

蝶恋花·病中作

花影当窗人未寐。无赖银蟾，偷觑文鸳被。小梦载愁飞不起，和烟堕入蛮荒里。　　如豆灯花红欲死。坐起还眠，睡也无滋味。漾皱罗帏风影细，模糊幻作蚕眠字。

绮罗香

露叶擎珠，萤灯照梦，秋在藕花深处。小倚红阑，凉气袭人如雾。渐吹残水阁箫声；刚睡静玉阶鹦鹉。剩纤纤新月如眉，含颦相对两无语。　　罗云千里似絮。待借轻舟，泛遍绿涛红树。立足昆仑，高唱大江东去。只伶仃人似秋花，怕旋被罡风吹堕。趁馀醺拔剑闻鸡，夜深和影舞。

东风慢·秋夜有怀芝姊

病叶雕虫，圆蛛绾镜，赚成秋意如许。天涯一寸相思月，分照两边离绪。楼倚处。剩依人瘦影凄凉，尚是旧时游侣。　　梦窄愁宽，酒寒茶苦，此夕如何度。眉山绿锁蓬山远，一样镜鸾羞舞。香半炷。正巴山独客无眠，坐听满窗秋雨。

醉花阴

云屏春梦浓于酒，睡起金钗溜。顾镜自惺忪，无主颦蛾，又被风吹皱。　　湘帘匝地斜阳透，花影晴窗走。蜂语入帘钩，摇漾诗魂，人比游丝瘦。

洞仙歌·题仕女画

银屏折梦，逗纤纤鹅月，满院湘桃坠晴雪。恰花梢过雨，帘幕扃寒，轻轻替、掩过罗衾一页。　　掌珠擎雪玉，雏凤娇莺，画枕银床罢调舌。小梦忒遽遽，飞入花间，定宛转化为蝴蝶。待临去低徊又沉吟，替熄了银釭，更番怜惜。

一捐花

风曳绣襟斜，花径春寒峭。是谁唐突唤芳名，羞还恼。欲作娇嗔偬不理，禁不住，眉先笑。　　故理鬓边丝，软破樱唇小。美人心似未眠蚕，难猜料。花底鸣蝉无意识，偏说是，他知了。

沁园春·新美人手

玉节生涡，小握柔荑，人前乍逢。爱琴声如雨，随他上下；粉痕调水，遣汝搓融。鸳海环盟，红绡镜约，都在纤纤反覆中。娇憨处，向隔花抛吻，挥送飞鸿。　　软衣小样玲珑，怕几日春寒冻玉葱。记睡馀揉眼，灯花生缬；憨时折纸，人物如弓。掬月无痕，掐花留恨，剪尽年前凤爪红。难防备，惯掩人身后，遮住双瞳。

高阳台·雨夜

带眼移春，琴心瘦语，等闲负了花阴。影乱风灯，小楼帘幕寒侵。恼人春梦多于草，乍朦胧、梦又相寻。觳沉吟，几度惊回，溜却钗簪。　　关山眼底磨旋过，信天涯未远，只在鸾衾。羁旅飘零，十年辜负书蟫。凄凉莫厌梧桐语，替离人、诉尽秋心。最难禁，一夜帘纤，小院苔深。

高阳台·游仙，消寒雅集，拈题得此

海角霞荒，云边月老，情天几度秋风。萤火星星，近来飞入璇宫。梦魂只识银河路，怕凄凉、又到云中。正匆匆，舞破霓裳，环佩无踪。　　泪珠凝露铜仙老，纵桃花无恙，也减微红。艳劫难消，相思冷化芙蓉。倩魂夜抱枯禅泣，是阑干、都被苔封。漫惺忪，消息人天，一点归鸿。

庆春泽·白梅

鹤梦惊寒，风枝坠雪，冷香吹遍孤村。倚树无眠，点来粉额无痕。情天万古难为老，借琼箫吹转春魂。乱黄昏，老屋灯幽，龙影飞鳞。　　冷云破月三更后，有白衣幽女，照影溪滨。竹外无人，乱山凹处留云。粉蛾冷抱春前泪，误癯仙毕竟天真。问前身，梦到罗浮，缟袂生尘。

前调·红梅

翠羽餐霞，凝妆照水，陈宫艳曲吹残。绛泪弹潮，相思飞上阑干。东风不识江南路，被桃花、赚入孤山。水云边，莫逐幽香，流到人间。　　海天龙背湘神影，甚绛衣春小，环佩珊珊。一笑人天，冷红先破春悭。空山昨夜群仙醉，点苍苔、蜡泪汍澜。认斑斑，月地云阶，湘竹千竿。

齐天乐·水仙

花魂夜半呼难醒，绿琴暗中凄哽。高士才华，美人风格，除却幽兰谁并？芳心自冷。照淡月湘波，珊珊仙影。欲往从之，一川秋水晚烟暝。　　蔤芽暗抽寒雨，望湘皋日暮，冷云吹尽。绮语禅根，香幽色淡，忏却女儿心性。翠虬眠稳。有浅笑窥窗，淡妆端正。擎瘦铜盘，泪华和露凝。

浣溪沙

月殿虚开窈窱云，银河私语静中闻。满天诗思化星辰。　　红藕花香帘外雨，银床凉逼梦中人。起来秋气润苔痕。

琐窗寒·题《红梵词》

辽海黄龙，江天乌鹊，壮怀都左。末路文章，寄到秣陵眉妩。袅秋魂琴弦自凄，泪痕一尺桃花雨。是铜驼荆棘，离骚香草，佳人迟暮。　　庭户。愁来处。问几树垂杨，尚馀飞絮？禅心绮习，浓艳竟看如许。料凄凉吹瘦玉箫，任人听作消魂语。漫付他商女无愁，唱到隔江去。

洞仙歌

夜窗听雨，逗微寒如线，一穗樱花抱愁颤。便冷红吹尽，嫩绿生阴，只觉得、春比梦魂还短。　　石华生广袖，龙脑香多，叠向闲床一年半。凉缬暗灯花，雨冷烟荒，算此味年来尝惯。听帘外潇潇更无人，对六曲屏山，水遥天远。

前　调

荷蕖十万，拥孤亭如岛，寸寸莲心绿房小。对红阑枕水，翠槛围山，却偏被、凉月一弯寻到。　　帘卷人悄悄，吹罢瑶笙，一缕秋魂月中袅。仙骨不知寒，倚冷琼楼，只觉得衣裳缥缈。待手挽银河洗干戈，傍十二颓栏，星危风峭。

前　调

载春船小，恰春人双个，坐近湘裙并肩可。把罗襟兜月，玉笛吹烟，风吹放、鬓角素馨一朵。　　四围山睡尽，瞒却鸳鸯，满载闲云过南浦。树影暗成村，如水罗衣，有几点疏萤飘堕。听落叶潇潇下长堤，恰浅笑回眸，问人寒么？

喝火令

系领芙蓉缬，堆鬟茉莉珠。绿荫深处闭门居。记得个侬生小，窈窕十三馀。　　待月栽新竹，延秋种碧梧。小红楼上上灯初，记得隔重灯影卷流苏。记得流苏帘底，相对译新书。

解佩令

黄河立马，青山射虎，论平生、肯被残书误？旧日豪华，销磨到十分之五。倥悲歌、穷途日暮。　　燕卿金弹，信陵珠履，有多少酒人徒侣。斗大孤城，且暂把斜阳悬住。破江山、待侬来补。

洞仙歌

回廊虫静，有幽人私语，四面花阴下如雨。恰眉痕画了，小扇同携，浑未料、槛外垂杨偷妒。　　月华凉似雾，一抹遥山，隐约烟鬟未容数。却下水晶帘，纤手金蟾，刚添上沉香半炷。正添尽罗衣未归眠，怕深夜东风，落花无主。

湘 月

题何香凝女士画梅，余静芝女士画桃花，张聿光补柳合幅。

美人来未？正江南日暮，碧云千里。情太芳菲心太冷，谁是梅花知己？老干风雷，仙姿冰雪，别有伤时意。胭脂几点，泪痕吹下天际。　　别来杨柳依依，树犹如此，顾影添憔悴。梦醒空山方一世，换了冷红生翠。洗马愁多，避秦地窄，并作三姝媚。春魂如水，无端风又吹起。

金缕曲·寄候佛影居士病中

又报维摩病。想宵来、瓶笙花影，更难安顿。索写墓碑身后事，更仿六朝亲铭。只戏语、报君何忍？王霸蓬头稚子小，料吹灯煮粥应能任。且珍重，莫愁恨。　　念兄但祝兄长命。漫萧条、黄金气短，红禅心冷。我亦频年悲摇落，燕劫危巢无定。更多少、青蝇贝锦。万一重逢文字海，把飘零诗稿从头整。吟翠集，待商订。

丁 宁

（1902—1980），女，原名瑞文，号怀枫，别署昙影楼主。原籍镇江，后随父迁居扬州。十三岁时父殁，十六岁时适黄姓。夫为纨绔子弟，丁宁备受虐待，生一女又夭亡，遂毅然离异，誓不再嫁，从此终身独居。三十年代初与夏承焘、龙榆生、王叔涵等名词人相识，互有唱酬。时龙榆生主编《词学季刊》，连载丁氏《昙影词》，词名乃振，蜚声江浙。嗣日寇侵华，丁氏奉母避难，流离海上。母逝后孤苦无依，萍踪漂泊，四十年代经人绍介，任职于南京私立图书馆。建国后调至安徽省图书馆任古籍管理员，晚年受聘于省文史研究馆。有《还轩词》四卷，存词近二百馀首。

浣溪沙·丁卯二月

凄沁梨云梦不温，冰鸾昙影渺无痕。清愁如水又黄昏。　　芳草有情萦旧恨，游丝何计绾离魂？自甘肠断向谁论！

（1927 年）

玉楼春·夜坐

青灯如死繁音息，意海恬流时起灭。微茫炉火曙天星，寥落门庭秋树叶。　　昏鸦不识中宵月，绕遍空枝还喋喋。几回忍泪嗅残梅，绰约孤芳寒似雪。

甘州·画菊

悄西风将恨上毫端，枯香又吹醒。看烟鬟亚月，清姿浣露，小劫曾经。莫道融冰研粉，辛苦缀寒英。不是霜华冷，倩影谁凭？ 一自东篱秋老，便几番风雨，几度飘零。叹孤芳日暮，无复旧娉婷。待折取铜瓶深护，怕萧疏已失故园情。凄凉感，把悲秋泪，洒向丹青。

台城路

冷雨敲窗，乱愁扰梦，拥衾待旦，咽泪成歌。时己巳重阳后三日也。

打窗落叶西风冷，潇潇更闻凄雨。断漏惊心，疏灯照影，残梦依稀还驻。梨云漫溯。但逝景疑烟，助人酸楚。惘惘音尘，满身凉意散轻雾。 无端十年幻味，夜阑重唤起，清泪难数。咽恨成灰，销戋碎锦，争遣闲愁如许。冰绡再抚。又罗幕生寒，蕊珠催曙。似慰俜伶，戍楼晨角语。

一萼红

辛未清明后二日，出北门视文儿墓，归成此解。

绕长堤。正东风孕絮，缥缈绿初齐。逝水情怀，浮云世味，芳序回首凄迷。恨弹指、仙昙分短，剩此际和泪忆牵衣。落日孤村，伶俜三尺，碧草天涯。　　多少哀蝉心事，问青山无语，只是莺啼。唤客疏钟，催程薄暝，湖上灯火船归。揽双鬓星星碎影，甚轻魂不共纸灰飞。一夜空阶细雨，还梦棠梨。

台城路

夜凉不寐，闻隔院小儿唤母声，极似文儿。悲从中来，更不能已。

微凉一枕音尘远，喁喁绿窗何处。聒耳呢喃，惊魂隐约，兜转伤心无数。低迷认取。似学步阶前，揽衣娇语。强起凭栏，絮虸催泪堕如雨。　　年来怕闻楚些，那堪温旧恨，灯下儿女。贴水犀钱，缨珠象珥，肠断优昙难驻。重逢莫误。待沤灭空泯，白杨黄土。唤月啼烟，北邙吾觅汝。

菩萨蛮 · 听黄老谈少年游侠事

霜矛宛转红蛟尾，宝刀弄影寒秋水。风急暮笳哀，天山千骑回。　　星尘三万里，故国苍茫里。长啸倚吴钩，西风吹客愁。

满江红 · 髯公索旧稿，赋此谢之

逝水沉沉，流不尽、倦怀千叠。却幻作、零笺断颖，暗传呜咽。离恨有天情自警，埋忧无地愁难绝。算柔肠恰似网中丝，重重结。　　凄凉雨，伶俜月。哀蝉怨，啼鹃血。叹十年禁受，一朝都决。陈梦渐随青镜黯，微吟半逐寒螀歇。更那堪回首觅音尘，收蟫屑。

一萼红 · 虞美人花

锦翩跹。甚春光渐老，花事尚缠绵。娇蕊垂珠，仙衣拂羽，清影愁倚芳烟。问谁省虞兮旧谱，怅环佩缥缈画栏前。倦碧眠苔，坠红沉土，肠断年年。　　千古凄凉尘海，信拔山有愿，叠石难填。残垒临江，连烽照野，陈恨回首依然。剩日暮灵芬袅袅，伴东风吹遍奈何天。寂寞璇台夜永，心事啼鹃。

蓦山溪

江南故里，一别且二十年。丙子秋登平山堂，望隔江山色，感事怀乡，遽成此阕，用美成韵。

迷漫烟柳，绿黯隋堤路。倚栏黯魂消，渺乡关、夕阳红处。江山如此，莫更上层楼，谁可语，空延伫，目送征鸿去。　　沉沉兵气，恍见星如雨。往事念干城，悄西风、神鸦社鼓。莼鲈秋老，何日是归期，烽北举，江东注，一息愁千缕。

鹧鸪天·薄命妾辞和忍寒用遗山韵（三首录二）

（一）

雾暝云昏别翠楼，茫茫荆棘遍神州。眼前明月圆如梦，病里春光冷似秋。　　花自落，水空流，当时谁省此中愁？炉香空有回文意，不到成灰不肯休。

（二）

补屋牵萝日已深，眼看桃李渐成阴。卷葹拔叶春犹长，残萼辞枝雨亦禁。　　忘岁月，任浮沉，懒将陈恨细追寻。天寒袖薄平生惯，一点冰心抵万金。

扬州慢·十月二十七日南行道中

哀角吟霜，倦云低垒，峭风渗透离魂。过烟芜一霎，认拾翠前村。自湖上笙歌散后，柳疏莲谢，难罄孤尊。只凄凉、鸥鹭依稀，残梦犹温。　　旧游慢溯，怕重来、凭吊无痕。待紫塞烽销，青溪渡稳，往事谁论？北望故园何在，家国恨、暗逐轻轮。又斜阳如血，归鸦喧趁黄昏。

摸鱼子

丁丑江州岁除，大雪尽日。时倭乱方炽，又将南迁矣。

渺黄昏、乱烟残水，惊心又听箫鼓。飞琼舞罢河山改，缥缈玉尘随步。春莫误。看如此清寒，岂是东风絮。孤怀倦旅。尽柏盏留更，糁盆照夜，倚枕自凄楚。　　虹桥路、烟景家家户户，流离知在何处？故乡惯说蘋洲好，谁料故乡非故。今且去。问如此江湖，怎寄闲鸥鹭。隔墙笑语。正共祝明年，时和岁稔，一再瓣香炷。

（1937 年）

莺啼序·挽碎玉词人①

　　斜阳似欺倦眼，散乡愁万缕。暮云卷、不定烟尘，寂寥春去何许。听花外、青禽悄唤，湖山别后多风雨。付狂澜、一瞥惊沤，故人早露。　　十载凄吟，泪染蠹纸，愧都无是处。赏音感、云树茫茫，锦囊时惠新句。绝纷华、孤踪自警，谢觞韵、豪情常阻。早知他、薄分旋休，隽游谁负？　　风萍小聚，陈迹残存，此身本寄旅。别绪绕、仓皇征棹，照眼烽举。一曲离歌，顿成今古。青江波阔，沧州雾重，伤心明月当头夜，破羁愁、尚拟称觞谱。而今漫省，那堪已隔人天，断吟九泉见否？　　沧桑换劫，生死微尘，看几人醉舞。但沉恨、烟埋玉轴，露冷琴丝，绝响难招，是谁轻误？凄凉怕展，题痕犹湿，惊心归鹤临别语。鹤归来、不道君黄土！何时梦叩青林，唤起悲魂，凯音说与？

【注】

①　"碎玉词人"，王叔涵号。王为扬州词人，与作者为词友。1938 年被日本侵略军杀害于扬州。

莺啼序

戊寅春暮，避乱淞滨，萍梗屡移，烽烟未已。触绪怀归，漫吟成韵。

东风慢摇众绿，感天涯倦旅。画帘卷、缥缈轻寒，乱愁掺入飞絮。自江上、霜蓬散后，伤心怕问虹桥路。甚啼鹃、林外声声，不如归去。　　回首西溪，画舸载酒，听流莺弄语。晓烟重、垂柳毵毵，碧痕零乱诗句。访珍泉、明波千里；灿花市、良宵三五。海云昏、轻把霜笳，替将箫鼓。　　盟鸥梦渺，待雁音沉，悄帆似过羽。最怅念、等闲花木，旧赏池馆，不道将离，更堪延伫。连烽照夜，惊尘窥影，寒枝踏遍栖难稳，叹江乡、纵好非吾土。琳宫翠巇，苍茫一例荒烟，暗潮又催轻橹。　　花空解脱，藕尽玲珑，奈莲心自苦。况此际、登楼情减，唤梦更长，断尽羁魂，几多离绪。思量待遣，青禽归问，庭前红药无恙否？纵花开依旧春谁主？凄凉满眼斜阳，倚遍危阑，故园甚处？

（1938 年）

鹧鸪天·归扬州故居作

湖海归来鬓欲华，荒居草长绿交加。有语堪语猫为伴，无可消愁酒当茶。　　三径菊，半园瓜，烟锄雨笠作生涯。秋来尽有闲庭院，不种黄葵仰面花。

木兰花慢

夜雨鸣阶，清寒沁梦，悄然成韵。

枕寒残醉解，听凄雨，一声声。正淅沥循檐，琤琮和漏，滴到三更。空庭。恍闻絮语，似春魂唤我话平生。冉冉清愁漫展，沉沉逝水堪惊。　　分明。身世等浮萍，去住总飘零。任写遍乌丝，歌残白纻，都是伤情。伶俜。已无可恋，问当窗柳眼为谁青？一窗乱鸦喧曙，梦魂红入疏橡。

木兰花慢

春申重客，人事都非，追溯旧游，恍如梦寐。重阳后十日，将游扬州，赋别髯公、心叔。

烟尘销岁月，又弹指，几沧桑。怅垂老幽栖，纵无从隐，何忍言狂。盈囊零笺断句，便不教追忆也难忘。往事西风一梦，惊心欲唱迷阳。　茫茫。甚处是吾乡，休更话行藏。念此日扁舟，匆匆归去，却似投荒。吟觞。有谁共举，渺长堤无复旧垂杨。莫问重来消息，相逢只恁凄凉。

水调歌头

辛巳中秋，步月北极阁，万象空明，凉波荡影，几疑身在冰壶玉镜中。回顾林隙楼台，灯火灿然，知骚人夜宴犹未已也。

三五团栾月，底事爱今宵？一年秋已过半，隙影渺难招。独向层岩绝顶，极目明波万顷，幽赏兴偏豪。块垒久消尽，浊酒不须浇。　灿星佩，披凉雾，荡冰绡。羽衣舞罢瑶阙，碧海夜迢迢。欲觅仙音何处，侧耳严城更鼓，隐隐已三敲。振袂天风冷，玉宇望非遥。

（1941 年）

鹧鸪天·得髯公书感赋

梦稳何愁行路难，时危转觉醉乡安。蔫昙岂与花争色，轻絮偏同雪比寒。　　情落寞，态阑珊，明珠早似泪珠残。牵萝补屋年来惯，不向西风怨袖单。

一萼红·芦雁

渺天涯。正关河秋老，霜信到蒹葭。掠水横斜，临风断续，残梦时绕平沙。尽消受、菰青露冷，背落日，分影别昏鸦。永夜孤怀，伴砧随月，凄迸哀笳。　　江上偶逢边侣，问前经游处，是也非耶？迷垒云黄，垂烟黍熟，清景犹忆些些。漫惆怅、衡阳望杳，怕潇湘归去已无家。寂寞荒江岁晚，还倚芦花。

金缕曲·午桥医师以毛刻《谷音》为赠，赋此谢之①

抚卷增凄切。甚当时、残山剩水，竟多高节。渺渺蘋花无限意，长共寒潮呜咽。算今古、伤心一辙。搔首几回将天问，问神州何日烟尘歇？天不语，乱云叠。　　未酬素抱空存舌。更那堪苍茫离黍，斜阳似血。唯有君家壶中世，销尽泉香酒冽。且休道沧桑坐阅。好展平生医国手，把孱夫旧恨从头雪。金瓯举，满于月。

【注】
① 《谷音》，明末清初藏书家毛晋所刻。元杜本编，收宋、金末年仗节守义之士诗百首。

金缕曲·题醉钟馗横幅

进士君休矣。想生前触阶不第，几多失意。死后偏教传异迹，颠倒三郎梦呓。夸妙笔、又逢道子。写向人间图画里，入端阳、绿艾红榴队。如傀儡，同魑魅。　　早知饕餮非常计。悔当年希荣干禄，自残同类。鬼国纵横千载久，弱肉浑难胜记。到今日、独夫群弃。五鬼不来供役使，对蒲觞未饮先成醉。掩两耳，浑浑睡。

满江红·甲申七月

匝地悲歌，叹此曲、有谁堪和？莫认作、雍门孤唱，楚湘凄些。白日昏昏魑魅喜，清谈娓娓家居破。问鲁戈、何日振灵威，骄阳挫？　　繁华梦，烟云过。鸥波乐，何时可？笑鹦雏腐鼠，也言江左。灶下金鱼难作脍，盘中紫芡偏成果。剩钟山一逻向人青，遮风火。

（1944 年）

水龙吟

东风尽夕，花事阑珊，触绪抒怀，漫吟成韵。

小庭一夜番风，乱红如雨飞还坠。飘茵几许，粘泥几许，助人愁思。香渺枝空，昼长门闭，隽游难继。甚春工费尽，繁华一瞬，浑不解，东皇意。　　我亦缁尘憔悴。老丛残，未成归计。轻沤梦影，浮云世味，早随流水。争忍言狂，更无从隐，又何心醉？剩殷忧黯黯，斜阳独倚，溅伤时泪。

庆春泽慢·戊子孟秋，乌龙潭步月，闻络纬感赋

澹月窥云，昏烟阁水，夜凉清露初零。络纬惊秋，凄吟直到三更。无端唤醒机窗梦，渺瀛涯莫辨归程。最销魂，万缕千丝，锦字难凭。　便教幽意从头数，问迷金醉粉，能几人听？为汝低回，有声争似无声？青芜未必埋愁地，胜筠笼绮户长扃。许知音，风露深宵，萤火星星。

（1948 年）

鹧鸪天

朱户银钩梦已非，霜风吹鬓欲成丝。纵教天意同刍狗，岂为缁尘厌葛衣。　惊绝代，展深期，低徊忍说识君迟？灵湘清怨飘蓬感，销尽心魂只自知。

叶可羲

（1902——1986），女，字超农，福建福州人。何振岱之弟子，终身苦学不嫁。毕业于北京艺专，历任各中学教师。建国后受聘为福建省文史研究馆馆员。有《竹韵轩诗词集》。

鹊桥仙·听雨

芭蕉池馆，杏花楼阁，云压帘栊渐黑。愁边兀坐易黄昏，数不尽檐声闲滴。　　画梁燕语，绮窗人怨，一样关心谁识。荼蘼开到可怜春，况落尽、胭脂颜色。

减字木兰花·螺江舟次偕德愔、蕙愔、道之

夹溪垂绿，转尽岸湾知几曲。才过桥西，小碍船行橘树低。　　羹鱼炊蟹，野店香醪随意买。篷背诗新，载得秋山瘦似人。

踏莎行·秋江早发

远岸横青，长空裂碧，西风如剪吹帆急。前山才接后山遥，乡关早是千重隔。　　烟补林疏，水欺石侧，枫丹不掩荒寒色。可怜晓月更秋江，芦花无恨头先白。

昼夜乐 · 海滨秋夕

梧桐早报秋消息，细追寻，又无迹。片霞褪尽残红，上下水天一色。只有南飞双雁白，带薄霭、远村低幂。隐约见渔灯，闪滩边芦荻。　　禅心净到红尘隔。此时情，有谁识？依稀盥手银潢，却喜星辰堪摘。吟断凉蛩风渐紧，乍听来、数声遥笛。立久不知眠，问今宵何夕？

人月圆 · 晦夜书感

黑云幂遍沉沉夜，一隙耿孤星。屏山闲倚，蛩喧燕寂，人睡吾醒。　　年华暗转，影羞镜月，心冷壶冰。结茅何日，听秋翠壑，万竹青青。

虞美人

杜鹃啼瘦梨花影，带雨春容冷。抛书未忍更焚琴，流水高山珍重问知音。　　逃禅便换沉沉醉，那是忘忧计。月轮天际莫愁孤，好向寂寥南海照明珠。

齐天乐·画屏，和梅叟师

敧斜山字休重整，参差别饶情性。旧写诗联，新添画本，都与幽人相称。茶人唤醒。误一点流萤，倦飞初定。入户风尖，试移屋角倚宵静。　　吟秋候虫怕听。算殷勤护掩，休搅清兴。宝麝留香，生绡隔月，寒水疏烟相映。萧斋绝胜。怎欣赏无多，忽传更永。帐冷流苏，烛花红渐暝。

风入松·久不见水仙花感作

微茫烟水楚江浔，环佩久消沉。屏山难阻凌波梦，娟娟影、趁月遥临。别恨犹萦翠带，尘氛不染檀心。　　幽愁何事更相侵，小谪到如今。蕊珠宫里休回首，盼梅开、佳约重寻。金盏香边春永，愔愔自谱瑶琴。

卖花声·本意

催梦误疏钟，晓枕惺忪。宵来听雨起偏慵。深巷卖花人过也，香逗帘栊。　　声远趁微风，犹绕楼中。依稀莺燕语芳丛。载得盈篮诗画意，腻紫娇红。

李 祁

（1902——1989），字稚愚，湖南长沙人。肄业于金陵女子大学。1933 年应庚款招考，首批留英，入牛津大学攻英国文学。1937 年归国，先后任教于湖南大学、国立师范学院、江苏学院、浙江大学、岭南大学。嗣应傅斯年邀请，讲学台湾。1951 年由港赴美，在加州大学、密西根大学工作。1964 年赴加拿大温哥华，任教授。1971 年退休，1972 年申请得研究金，入密执安大学，专研朱熹。撰述译著丰硕，有《李祁诗词全集》。

浣溪沙（四首）

观音诞日，夜雨。其后数日小雨，时行凉可衣夹里。西湖一带日隐云青，冷风吹绿，风景气候，非夏非秋，颇疑仙境，暂现人寰。

（一）

盛夏生寒亦一奇，人间隔夕换仙衣。湖山朝见是耶非？　　冷冷云明山水绿，离离叶动露珠滋。疑游同院晓风吹。

（二）

爱看风荷最绿时，飘零雨碎欲无丝。半湖青玉望风欹。　　山树倒涵愁绿重，莲衣坠影露红垂。不同秋色作寒滋。

（三）

　　双桨无声入曲溪，压湖千树碧杨枝。冷香暗逐月痕筛。　　莲子玲珑圆自护，藕花荏弱断还垂。采莲遗藕不同归。

（四）

　　小立长堤月满时，西湖曾记蹙如眉。辛勤夜夜有谁知？　　星斗迢遥山莫接，楼台明灭水中窥。此心此月共盈亏。

蝶恋花

　　一晌寒生催短日。独倚危楼，高处无人识。满目萧萧风去急，月明霜冷千峰白。　　几度忧来天地窄。骨纵能消，那得消魂魄！淡画山川空历历，凄迷病眼何由极？

（1946 年）

临江仙·岁暮初抵岭南（二首）

（一）

十载归来仍故我，战墟满目尘埃。可能劫外认余灰？堂深留梦永，寒重拨弦哀。　　初日园林桃杏浅，有人曾共徘徊。春风入鬓寸眉开。而今成往事，呜咽逐秦淮。

（1948 年）

（二）

北去南来多少路，岭云黯黯长横。山温地暖且消停。幽花堪自摘，薄醉最宜醒。　　天末微波分海色，潮来顷刻都青。莫从过去问来程。湖山惊昨梦，风雨感苍生。

陈家庆

（1903——1970），女，字秀元，号碧湘，湖南宁乡人。南社社员，徐英（澄宇）室。国立东南大学毕业，为吴梅之弟子。曾任教于安徽大学、重庆大学、上海中医学院，"文革"中受迫害致死。有《碧湘阁集》《黄山揽胜集》等。

高阳台·新历除日

竹叶沾唇，梅花点额，小窗帘护深深。酒熟茶香，能消几许光阴？客中第一关情处，怕故山、猿鹤愁侵。怅而今，独抱幽怀，欲寄微吟。　　明朝道是新年好，只风欺冻雀，雪压寒林。那有春风，任他芳讯沉沉。兵尘满眼沙场泪，望玉关、烽火惊心。恨难禁，半壁江南，何处登临？

解连环·送别馥姊依片玉韵

芳情难托。自绿波春去，素心人邈。倩玉箫吹起冰魂，正思绕兰丛，步流蘅薄。水样韶华，怎禁处、几番离索？对琼楼玉宇，懒共嫦娥，暗窃仙药。　　汀洲漫采杜若。怅所思不见，空忆天角。念谢娘、咏絮多才，看秀句瑶笺，几曾闲却？满树繁英，喜犹似、旧时红萼。望今宵、暮帆远渚，潮生月落。

水龙吟·题子庚师《嚼椒室填词图》

月明笙鹤瑶天，素琴弹出幽兰谱。玉台魂断，银屏梦冷，哀蝉重赋。秋雨闻声，春波弄影，碧城何许？怎灞陵桥畔，西风残照，多半是，愁来处。　　莫说龙飞凤翥。好江山、可怜箫鼓。凭栏试望，莼鲈故国，杜鹃心苦。白社联吟，黄垆载酒，鬓丝无数。愿苍苍留得，巍然一老，作词坛主。

庆春泽·中秋寄姊同澄宇作

瑶席传杯，琼枝弄影，比肩人在花阴。玉露初寒，淡烟微逗罗襟。浅斟低语商量惯，怕姮娥、忍俊难禁。笑登临，徙倚雕栏，指点疏林。　　西风无恙流年早，有二分秋色，一寸眉心。玉镜高悬，碧天万里沉沉。幽闺坐对年时事，问婵娟、可忆清吟？只而今，月姊天涯，梦里追寻。

八声甘州·重九澄宇宴客海上即席赋呈同座诸君

对西风一霎又重阳，匆匆换流年。正霜华满眼，雁横秋水，枫落江天。谁信关河倦旅，楚客独潸然？忍说莼鲈美，三径虚悬。　　携酒登临高阁，共夜游秉烛，笑语尊前。看灵光鲁殿，华发几词仙。喜今宵、高吟莲社，畅雅怀、赓韵且流连。明朝好，有人家处，唱遍屯田。（夏映庵陈子言两丈均在座）

满江红

甲戌三月与澄宇同游小姑山，冒雨偕行，舟泊绝壁下，因填此解。

云鬟风鬓，看小姑亭亭幽独。恰便似十洲缥缈，蓬莱遥瞩。千尺飞来烟雨碧，一篙撑起春波绿。渐轻舟泊向大江心，山浮玉。　　绝壁耸，孤峰矗。淮水右，江南曲。叹海门雄镇，瓣香长祝。却忆彭郎曾夺取，含情不语蛾眉蹙。正春风三月我来游，浣尘俗。

木兰花慢 · 晚泊长江感赋

泊长江晚霁，又烟水，送归舻。正风过潮平，雨收云淡，日落山青。两岸渔歌互唱，只声声柔橹荡前汀。莫向江心弄影，鱼龙惊起沧溟。　　扣舷我欲唤湘灵，难与赋娉婷。叹笛里关河，酒边岁月，好梦谁醒？前朝故欢犹在，后庭花依旧隔江听。遥指神京一发，何人痛哭新亭？

木兰花慢 · 石门湖秋泛

展晴帆一叶，向天际，漾轻舟。渐野水寒生，夕阳红断，暮色偏幽。清游。石门小泊，看满湖烟景正温柔。云影低摇碧浪，晚风微拂眠鸥。　　凝眸。芦荻掩汀洲，蟹舍暝烟浮。待隔篱呼酒，举杯邀月，消尽闲愁。悠悠。水乡缥缈，便绿蓑青笠足勾留。更羡渔娃笑语，浑忘魏晋春秋。

浪淘沙

疏柳不藏鸦，瘦影欹斜。水边林下有人家。几日迟来秋更好，开遍黄花。　　何处课桑麻，身在天涯。故乡山色暮云遮。行到前村频怅望，又听悲笳。

虞美人·菱湖晓行

长空镇日笼晴翠，凉露和烟坠。晓来犹见月如钩，钩起一泓寒碧淡横秋。　　临流好景成孤赏，一笑勤还往。兴来高躅几人同，只有无言松竹契幽衷。

满江红·闻日人陈兵南翔感赋

残照关河，听几处、暮笳声切。更休唱、大江东去，水流呜咽。越石料应中夜舞，豫州肯击横流楫？怕胡儿铁骑正纵横，愁千叠。　　长城陷，金瓯缺。黄浦路，吴淞月。照当年战垒，霜浓马滑。三户图强唯有楚，廿年辛苦终存越。问中原又见几人豪，肠空热。

齐天乐·春望

青皇偶向人间驻，芳菲便添如许。曲岸沙平，长堤草润，才过一犁疏雨。时闻笑语。正十里芳塍，春锄处处。几日迟来，东风绿尽涧边树。　　鸣禽渐抽绮绪。乱莺声不断，歌送金缕。竹外花开，江头水暖，绝忆坡仙佳句。幽怀漫吐。试写入丹青，难传毫素。祇恐流光，霎时来又去。

八声甘州·春雨寄玉姊湘江

又长空万里湿云罗，鸣鸠隔芳林。正薄寒时节，小楼夜雨，深巷春阴。才听卖花声过，帘影渐沉沉。忽忆放翁句，隐几微吟。　　料得潇湘江畔，涨半篙绿漪，酿就愁深。想篷窗淅沥，短棹入荒浔。忆灵均滋兰纫佩，总芳馨满抱意难禁。天涯客，每登临处，时动归心。

蓦山溪

幽燕蓟冀，自昔多奇气。百二古雄关，看千载山河壮丽。龙楼凤阙，霄汉郁葱茏，天横翠，星呈瑞，好景浑难绘。　　尧封旧地，忍把从头记。偏坏好家居，恨纤儿无端自弃。范滂何在，慷慨忆登车，金瓯碎，铜仙泪，谁揽澄清辔。

高阳台·和瞿安师访媚香楼遗址韵

旧院苔侵，珠帘月冷，南朝一梦荒唐。燕子归来，梁间犹恋斜阳。楼前脂水空呜咽，更何人、寸断柔肠。看秦淮，歌舞风流，暗换沧桑。　　阉儿逆竖今安在，喜红妆季布，姓字留香。扇底桃花，当年历尽兴亡。侯生老去云亭死，只新词、唤醒欢场。听花前，檀板金尊，一曲凄凉。

蝶恋花·仙人榜

我本大罗仙旧侣。籍列蓬壶，曾钓金鳌去。记入广寒攀桂树，几番窃听霓裳谱。　　今日行经灵诰处。蕊榜高悬，姓字犹留否？回首高寒怜玉宇，翠微小立浑无语。

步蟾宫·溯桃花溪至青龙潭观夷女裸沐

桃花溪畔银涛冷，看洛水惊鸿留影。千岩万壑雪飞来，正潭上珠流玉迸。　　铅华净洗余娇晕，只约略远山难认。横波无赖使人愁，却扬下一天风韵。

如此江山 · 辽吉失陷和澄宇

西风容易惊秋老，愁怀那堪如许。胡马嘶风，岛夷入犯，断送关河无数。辽宁片土。正豕突蛇奔，哀音难诉。月黑天高，夜阑应有鬼私语。　　中宵但闻歌舞。叹隔江、自昔尽多商女。帐下美人，刀头壮士，别有幽情欢绪。英雄甚处。看塞北风烟，江南笳鼓。不信终军，请缨空有路。

（1932 年）

扬州慢 · 过闸北

海上繁华，江南佳丽，东风一夜愁生。看劫灰到处，尽化作芜城。忆昔日、春光满眼，红酣翠软，歌舞承平。但而今、枯井颓垣，何限伤情。　　河山大好，又无端、弃掷堪惊。叹血饮匈奴，肉餐胡虏，一篑功成。百万雄师何在，君休笑、留得蜗争。想神京千里，不闻画角悲鸣。

（1932 年）

望海潮

人来巴渚，梦回楚泽，蘅兰开遍汀洲。故国春心，新亭泪眼，可堪沧海沉浮。往事任悠悠。只琴边酒畔，重溯清游。千古名山，寸心得失几时休。　　薰风又到南楼。想梅花玉笛，吹落江头。江左夷吾，隆中诸葛，一时谈笑风流。天际趁归舟。指青山隐隐，好豁吟眸。待集湘鸿海燕，双桨发轻鸥。

（1945 年）

水龙吟·长江舟次大雪

他乡岁晚遄归，客途千里风兼雪。沧江水碧，远峰头白，空冥奇绝。鸥鹭回翔，鱼龙曼衍，怒潮鸣咽。向暮云天半，舵楼闲倚，登临意，和谁说？　　太息金瓯碎缺，好山川几人豪杰。楚天何处，寒鸦零乱，思深愁结。玉树琼林，望中多少，幻云明灭。问红桑劫后，尘扬几度，到今时节？

一萼红·偕采璋游三海，观游艺会归，感赋

揽芳洲。正湖山歌舞，玉笛出琼楼。法曲绕梁，仙娥绝世，俯仰前代风流。阅多少繁华兴废，只蓬瀛清浅照人愁。金粉飘残，霸图零落，往事悠悠。　　荒径徘徊不语，看雕梁絮燕，细草眠鸥。碧月凝尘，红兰泣露，空叹时序沉浮。莫负他水天良夜，倩何人吟赏语清游。为惜芳华易谢，欲去还留。

石洲慢·秋感

秋尽江南，落叶萧疏，满怀幽悒。月华流梦江乡，缥缈水云凝碧。红心草没，赢得一段新愁，夜阑负手闲庭立。问来去西风，换几番陈迹。　　空忆。汉宫唐殿，炫眼繁华，顿成寥寂。雁去霜寒，为报玉关消息。芳情何在，望断碧海青天，姮娥易老人颜色。又听水楼高，送谁家长笛？

王　真

（1904——1971），女，字道之，福州人。师事何振岱，闽中八才女之一。有《道真室词》。

浣溪沙·近花朝风雨书感

櫓铁摇风急雨翻，江城日暮怯春寒。数峰隐约入云端。　　纵有闲情消竹叶，渐无余地托兰根。登楼心事与谁论？

百字令·游方广岩

孕楼怀阁，是巉崖一片，擎空危立。石磴千层回互上，四面翠交天窄。松借云腴，苔添径滑，岚气沾衣湿。珠帘何在，溜痕犹挂檐隙。　　凝望似海苍茫，风摇修竹，烟暝生遥夕。寂寂禅关幽绝处，尘世炎凉都隔。踏月听蛩，笼灯觅蝠，留我闲游迹。归扶残梦，悄然还恋深碧。

金缕曲·寄念娟

身世君知否？凭高楼、蠹琴虫册，我能穷守。卅载辛酸尝已遍，略把悠闲造就。与元化、虚寥为友。斗虎争龙休相问，任詅痴、惯弄雌黄口。言易尽，心难剖。　　寻思独自沉吟久。念名山、著书传世，古人长寿。啮着蔬根安布素，漫怅年华非旧。只莫把、今生辜负。好景当年须同领，那轻教、无事双眉皱。歌一阕，酹杯酒。

梁州令

帘外花无数。春寒借，重帘护。那知护得是春寒，春愁却被帘遮住。　　春愁无个安排处，看镜羞眉妩。却拼写入诗句，将愁分与伤心侣。

冼玉清

（1905——1975），女，广东南海人。岭南大学毕业。曾任中山大学教授、广东省文史研究馆副馆长。有《流离百咏》《更生记》《琅玕馆诗钞》等。

高阳台

民国二十七年十一月二十一日，广州沦陷，岭南大学迁校香港，予亦随来讲学。栖皇羁旅，自冬涉春，如画青山，啼红鹃血，忍泪构《海天踯躅图》，用写瘝忧，宁作寻常丹粉看耶？廿八年三月志。

锦水魂飞，巴山峡冷，断肠愁绕珍丛。海角逢春，鹧鸪啼碎羁踪。故园花事凭谁主，怕尘香都逐东风。望中原，一发依稀，烟雨冥濛。　万方多难登临苦，揽沧江危涕，洒向长空。阅尽芳菲，幽情难诉归鸿。青山忍道非吾土，也凄然一片啼红。更消凝，历劫文章，徒悔雕虫。

王　闲

（1906——？），女，字坚庐，号翼之，又署味闲楼主，福建福州人。北京培华女子中学毕业。曾受业于何振岱，于词业有所深造，并擅书画。晚年为福建省文史研究馆馆员。有《味闲楼诗词》《味闲楼诗续集》自刻本。

清平乐·茉莉

灯痕映雪，枕畔怜幽绝。微逗清芬消暑热，心绪凉蟾能说。　　鬓边曾衬新妆，茶馀味外留香。一样银蟾冰簟，梦回无限思量。

祝英台近·秋夜弹琴

小园幽，高阁静，丛竹滴凉露。馥郁花香，无影自来去。寻常一样明蟾，伴人迟睡，却添出、这般琴趣。　　独坐处。七弦弄遍深宵，为谁惹愁绪。六曲屏山，秋声掩难住。想见水际沙寒，芦边雁瘦，更听得、涧泉如雨。

高阳台·吊冯小青墓

怨水长流，愁峰自碧，移船来傍渔灯。小载螺觞，为君亲酹芳醲。吟边未恨春岑寂，恨幽窗、冷雨难听。甚伤心，不遣人知，诉与青灯。　　寻常村笛胡悲咽，正烟浮霭敛，柳暗桃冥。徙倚阑干，依稀倩影娉婷。泪痕红湿斜阳里，照寒波、别思犹凝。最凄凉，黯黯孤魂，夜夜空亭。

夜合花·春湖晚泛

柳曳烟痕，桃舒霞影，一亭矗立湖心。邀谁伴侣，船头翠榼朱琴。临水浣，涤尘襟。趁斜晖、停棹闲吟。笛声催暝，山光敛碧，暮霭沉沉。　　归途恰傍烟浔。遥指迷茫塔寺，犹隔疏林。清游胜迹，回头已付沙禽。过竹院，绕松岑。望楼台、灯火红深。夜钟村店，晨鸡客枕，幽梦重寻。

王兰馨

（1907——1992），号景逸，女，广东番禺人。1934年毕业于北平师范大学国文系。1935年，与作家李广田结褵。历任西南联大、南开大学、清华大学、云南大学教席。有《将离集》《晚晴集》，含诗词作品与论文，澳门学人出版社印行。

减　兰

芳魂难返，漠漠轻阴连别馆。春过三分，一树垂垂绿掩门。　　湿烟十里，柳絮濛濛飞不起。淡月银箫，苦忆江南廿四桥。

鹧鸪天

九死痴魂剩一丝，东风吹上绿杨枝。年年花作长杨絮，飞遍城南君未知。　　思宛转，路参差，凤城迢递燕应迷。梨花帘外濛濛絮，正是城南月上时。

浣溪沙

秋压阑干睡起迟，梧桐吹老最高枝。情怀淡到更无诗。　　破晓啼鸦声断后，香销衾冷觉来时。垂帘幽悄雨丝丝。

鹧鸪天

万顷烟波荡月华，隔江何处响琵琶。花飞如
霰愁如海，目断青山未有家。　　烟柳碧，晚风斜，
孤舟明日听啼鸦。拼他一世如红叶，犹得年年咏
落花。

念奴娇

小桃花落，最伤心、恰是那年时节。凄峭东
风惊旧梦，帘外数声啼鴂。绿柳千丝，梨花一树，
相对成凄绝。月寒如水，情更薄如寒月。　　回
首事已三年，玉函锦字，一字无残缺。每向凉宵
挑瘦烛，泪滴红笺无色。流水落花，人间天上，
有恨向谁说。年年此际，还同碧草争发。

卜算子

昨夜梦伊人，涉江采兰芷。若问深情几许深，
有若春江水。　　击楫发悲歌，冷冷江风起。芳
草斜阳可奈何，泪落连珠子。

金缕曲

往事成悲咽。又恹恹、过了清明，断肠时节。异域招魂招不得，万里关山路隔。剩碧海青天凄绝。月冷花残幽梦觉，冷清清满地梨花白。有人倚，阑干侧。　孤魂难渡关山黑。最伤心、玉钗敲竹，心事低说。血泪斑斑挥落处，化作花间蝴蝶。算名士倾城相悦。水样年华尘样事，听琼箫吹冷蛾眉月。风起处，花如雪。

浣溪沙

手把芙蓉读楚骚，一声楼笛下江皋。芳魂秋水若为招。　昨夜梦魂多少恨，人天无赖是红桥。觉来帘外雨潇潇。

金缕曲

寂寞秋千院。望晴空、茫茫碧落，星河如练。一水盈盈不得语，酿就人天幽怨。问愁较星河深浅。雨雨风风春事老，看栏边吹满蔷薇片。明月底，忆初见。　南人不奈胡沙远。况年来、镌愁病酒，瘦消一半。我已天涯伤沦落，禁他薄寒轻暖。问人间、此情何遣？一自笑桃人去后，黯消凝、镜里颜偷换。憔悴尽，天不管。

江城梅花引

城头碎柝已三敲。夜迢迢，雨潇潇。又是跳珠乱点滴芭蕉。寂寞绿窗人一个，怀往事，谱新词，似那宵。　　那宵那宵太无聊。灯半挑，香半消。睡也睡不稳，听彻琼箫。只有隔帷明灭一灯摇。一夜落红知多少，春去也，在江南，第几桥？

虞美人

满庭飞絮风无定，摇碎梧桐影。午吟小阁梦回时，垂幕茶烟刚衬雨丝丝。　　玉钩斜挂帘波软，寂寞纱窗掩。阶前谁扫落花红，只有多情款款绿杨风。

满江红

门掩苍苔，黯消凝、虫声凄咽。懒登楼、玉阑依遍，心情偏怯。蟾影应知伤落寞，琼楼照彻经年别。最凄凉蕉影上窗纱，青灯歇。　　思往事，柔肠结。多少恨，凭谁说。怅秋千院落，飞萤如雪。庭槲寂寥人散后，低迷烟草笼残月。任画帘不卷玉钩闲，微风揭。

木兰花慢

西风纵老去，吹不断，此时情。任秋浅秋深，秋寒秋暖，秋雨秋晴。凄清。弦弦掩抑，是谁家低按小银筝？远谪诗人老去，冰弦莫诉平生。　　天涯涕泪一身行，极目望归程。奈尊酒芳华，良宵明月，瘦损兰成。飘零。数行归雁，倩何人寄语过前汀。但剩荒烟幽翠，西风吹作秋声。

虞美人

残花中酒去年病，此恨与谁省？春愁一夜乱如丝，分付绿杨风定月明时。　　晶帘一片伤心白，万里关山隔。东风毕竟有情无，可能夜夜吹梦到西湖？

黄倩芬

女，1907年生，广东中山人。香港官立汉文师范学校毕业。曾任嘉谟学校校长。为海声词社社员。有《淡明楼诗词稿》。

木兰花慢

有南来燕子，巢檐角、尚盘旋。问野水平桥，斜阳曲巷，几度流连。萧然。漫寻故垒，早应知、沧海又桑田。多少琼楼玉宇，如何遍寄低垣？　　因缘。软语记当年，晓日傍帘边。自世逐时移，情随境冷，尘梦如烟。林泉。枕流漱石，谢紫禽、青眼共云天。雨润幽阶苔绿，朦胧微月初弦。

唐多令·中秋夜有感

林木蔚荒陬，苍苔一径幽。款西风、花影移楼。月又团圆千里共，知几处，著闲愁？　　今古事悠悠，风云万丈秋。莽乾坤、尘世蜉蝣。料得嫦娥归阆苑，应不悔，药曾偷。

蝶恋花 · 忆梅

疏影临风还照水。雪骨冰魂，不着繁华地。翠竹苍松应解意，岁寒三友成知己。　　去日楼台归梦里。冷月黄昏，一往长怀记。破腊暗传春信至，窗前瘦萼今何似。

黄稚荃

（1908——1993），女，号杜邻，四川江安人。早年毕业于成都高等师范，后入北平师范大学研究院历史科学门，读研究生。曾任国民政府国史馆纂修、立法委员、四川大学文学院教授。建国后任重庆市政协委员、四川省政协常委、四川省诗词学会名誉会长、成都市书法协会名誉主席。曾师事黄节、向楚，研究中国历代诗。有《稚荃三十以前诗》《杜邻诗存》等。

金缕曲·丁丑七月登北固山多景楼

高阁登临处。远风来、凉生衣袂，顿消烦暑。千里澄江秋练白，历历风帆无数。对岸指、维扬瓜步。两点金焦浮碧玉，似青鬟镜里争眉妩。名多景，不虚负。　　关山满目劳延伫。算英雄、佳人一例，总成尘土。击楫豪情今不见，望帝春心谁诉。剩废寺、斜阳钟鼓。惆怅南都佳丽地，更何人回首燕云顾。渐暮霭，横江渚。

金缕曲·题冒鹤亭丈《水绘庵填词图》

几换人间世。喜名园、花石无恙，堂构犹是。占得才名三百载，艳说如皋公子。看一派、平桥春水。记得小红低唱处，涨晴波、应是兴亡泪。檀槽碎，称宫徵。　　晨星零落贞元士。数朋俦、黄垆几辈，卷中名字。天遣先生留健笔，撑住东南风气。人似鹤、修龄相比。百顷明漪归未得，待从容裁纂兰台史。图画里，家园美。

周炼霞

（1908——1995），女，名荳，字紫宜，江西吉安人。久居上海，曾任上海中国画院画师，晚年侨居美国。有《螺川词稿》。

浪淘沙

丝雨过银塘，织就新凉。一痕眉月破昏黄。照见旧时携手处，曲曲回廊。　　私展女儿箱，别味重尝，玉珰瑶札总寻常。只检相思红泪点，补画秋裳。

如梦令·题胡亚光画陈小翠像

回首翠楼高处，疑有词仙犹驻。纨扇不禁秋，何况风风雨雨。休诉，休诉，煤麝替描心素。　　水浅湖滨曾遇，亚字栏边凝伫。玉碎掩珠光，只道乘鸾归去。何处，何处，却被梅花留住。

苏幕遮

动微吟，消薄醉。车走雷声，夜气凉如水。好梦成时都辗碎。纵使思量，早是无头尾。　　柳烟迷，虫语细。明月多情，照彻人千里。那得长房能缩地？门外天涯，人在天涯里。

喝火令

翠湿双鸳鬓，红翻百蝶衣。几回含泪诉心期，长任闲愁千斛，压损小山眉。　　才浅难消福，情深易惹痴。怎教相见不相思。况是残秋，况是别离时。况是疏灯小阁，写遍断肠词。

洞仙歌·乙卯小雪观屺瞻老人画墨竹兰石长卷即题（三首录二）

（一）

端溪砚紫，映宣城笺白，明净无尘北窗北。正灵襟动处，意匠新时，全不管、风劲天寒欲雪。　玉盂频注水，洗出琅玕，万个清森浅深碧。慧业问如何，翰墨随缘，因种在三生奇石。恁腕底神来似流星，使匹练横江，纵毫犹窄。

（二）

云根磐礴，绕红心翠叶，画里相逢倍亲切，念湘岩湘竹，湘草湘花，曾记否、是我儿时旧识。　对君应敛手，健笔纷披，谁信须眉皎然雪？犹自抱虚怀，霁月光风，常寄兴高寒百尺。看一气呵成比长虹，更谈笑从容，茗瓯延客。

李圣和

名惠，女，江苏扬州人，1908 年生。曾任扬州国画院高级美术师。有《李圣和诗书画集》。

浣溪沙·病起

啼鸟声声惊梦残，妆成无力倚栏杆。一年花事负春阑。　　明镜怕窥怜影瘦，薄罗初试怯衣单。东风又作晚来寒。

采桑子·咏玉蝶梅

江南二月春来早，烂漫开时，绝世风姿。白玉裁成淡染脂。　　寻香蝴蝶犹酣睡，生怕来迟，化作花儿。先占东风第一枝。

蝶恋花

三五良宵人不寐。小立庭除，月色侵衣袂。明月在天光在地，人间天上长相系。　　池面萍开新雨霁。圆月如盘，冷浸波心内。忽地风来摇月碎，清辉迸作离人泪。

沈祖棻

（1909——1977），女，字子苾，别号紫曼，笔名绛燕、苏珂。原籍浙江海盐，祖上迁居苏州。1930年秋，考入中央大学上海商学院，1931年秋转入南京中央大学本部文学院中国文学系，1934年毕业。旋入金陵大学国学研究班，1936年毕业。1937年日寇全面侵华，与同学程千帆结褵屯溪，违难巴蜀，先后在成都金陵大学、华西大学任教。建国后，历任江苏师范学院、南京师范学院、武汉大学教授。1977年6月27日，在武昌遇车祸逝世。著有《微波辞》《涉江词》《沈祖棻创作选集》《沈祖棻诗词集》（程千帆笺注）、《古典诗歌论丛》（与程千帆合著）、《宋词赏析》《唐人七绝诗浅释》《古诗今选》（与程千帆合撰）。

霜花腴·雪

篆灰拨尽，乍卷帘、无端絮影漫天。风噤寒鸦，路迷归鹤，琼楼消息谁传？灞桥梦残。纵凭高、休望长安。记当时、碧树苍崖，渺然难认旧山川。　　愁问冻痕深浅，早鱼龙罢舞，太液波寒。关塞荒云，宫城冷月，应怜此夜重看。洗杯试笺。枉盼他，春到梅边。怕明朝、日压雕檐，万家清泪悬。

高阳台 • 访媚香楼遗址

古柳迷烟，荒苔掩石，徘徊重认红桥。锦壁珠帘，空怜野草萧萧。萤飞鬼唱黄昏后，想当时、灯火笙箫。剩年年，细雨香泥，燕子寻巢。　青山几点胭脂血，做千秋凄怨，一曲娇娆。家国飘零，泪痕都化寒潮。美人纨扇归何处？任桃花、开遍江皋。更伤心，朔雪胡尘，尚话前朝。

菩萨蛮（四首）

丁丑之秋，倭祸既作，南京震动。避地屯溪，遂与千帆结缡逆旅。适印唐先在，让舍以居。惊魂少定，赋兹四阕。

（一）

罗衣尘涴难频换，鬓云几度临风乱。何处系征车，满街烟柳斜。　危楼欹水上，杯酒愁相向。孤烛影成双，驿庭秋夜长。

（二）

熏香绣阁垂罗带，门前山色供眉黛。生小住江南，横塘春水蓝。　仓皇临间道，茅店愁昏晓。归梦趁寒潮，转怜京国遥。

（三）

　　钿蝉金凤谁收拾，烟尘湏洞音书隔。回首望长安，暮云山复山。　　徘徊鸾镜下，愁极眉难画。何日得还乡？倚楼空断肠。

（四）

　　长安一夜西风近，玳梁双燕栖难稳。愁忆旧帘钩，夕阳何处楼？　　溪山清可语，且作从容住。珍重故人心，门前江水深。

霜叶飞

　　岁次己卯，余卧疾巴县界石场，由春历秋。时千帆方于役西陲，间关来视，因共西上，过渝州止宿。寇机肆虐，一夕数惊。久病之躯不任步履，艰苦备尝，幸免于难，词以纪之。

　　晚云收雨。关心事、愁听霜角凄楚。望中灯火暗千家，一例扃朱户。任翠袖、凉沾夜露。相扶还向荒江去。算唳鹤惊乌，顾影正仓皇，咫尺又催笳鼓。　　重到古洞桃源，轻雷乍起，隐隐天外何许？乱飞过鹬拂寒星，陨石如红雨。看劫火、残灰自舞，琼楼珠馆成尘土。况有客、生离恨，泪眼凄迷，断肠归路。

烛影摇红·雅州除夕

　　换尽年光，烛花依旧红如此。故家箫鼓掩胡尘，中夜悲笳起。拨冷炉火未睡。忍重提、昆池旧事。明朝还怕，剩水残山，春归无地。　　彩燕飘零，玉钗蓬鬓愁难理。当筵莫劝酒杯深，点点神州泪。空忆江南守岁。照梅枝、灯痕似水。星沉斗转，北望京华，危阑频倚。

宴清都

　　庚辰四月，余以腹中生瘤，自雅州移成都割治。未痊而医院午夜忽告失慎。奔命濒危，仅乃获免。千帆方由旅馆驰赴火场，四觅不获，迨晓始知余尚在。相见持泣，经过似梦，不可无词。

　　未了伤心语。回廊转、绿云深隔朱户。罗裀比雪，并刀似水，素纱轻护。凭教剪断柔肠①，剪不断相思一缕。甚更仗、寸寸情丝，殷勤为系魂住。　　迷离梦回珠馆，谁扶病骨，愁认归路。烟横锦榭，霞飞画栋，劫灰红舞。长街月沉风急，翠袖薄、难禁夜露。喜晓窗、泪眼相看，搴帷乍遇。

【注】

① 割瘤时并去盲肠。

月华清·中秋

征雁惊弦，飞乌绕树，几年尘满香径。桦烛清觞，节物故家休省。素娥愁、桂殿秋空；汉宫远、露盘珠冷。端正。想山河暗缺，故遮云影。 高处骖鸾未稳。莫忘了天涯，此回潮信。旧舞霓裳，零谱断弦谁听？早催还、翠水仙槎；待重认、碧天金镜。更永。渐云鬟雾湿，画阑愁凭。

阮郎归

晚妆自向镜中看，长眉弯又弯。夜深香炷渐烧残，篆灰寒未寒。 云漠漠，路漫漫，银屏山上山。莫将罗带结双鸳，同心难更难。

忆旧游（二首录一）

记星灯簇梦，月扇飘香，多少楼台。漏逐笙歌永，任钿车宝马，争走铜街。忽惊万乘胡骑，连夜渡江来。叹绮烬罗灰，珠尘翠土，碧血如苔。 蒿莱。满春殿，剩旧月荒萤，犹照秦淮。画舫东风换，想隔江商女，弦管应哀。此愁不堪题处，落叶满天涯。但北望凄然，神京甚日烟雾开？

虞美人

朱门尽日横金锁，自爱熏香坐。画眉浑懒学春山，未恨人前时样浅深难。　　玻璃枕上晶屏曲，临夜烧红烛。煎心不惜泪如潮，留得孤光一穗照长宵。

霜花腴

角声乍歇，压乱烽、高楼乍理吟觞。愁到囊萸，泪飘丛菊，登临万感殊乡。旧游断肠。更有谁、杯酒能狂？正消凝、满目山河，忍教风雨做重阳。　　凄断十年心事，纵尘笺强拂，梦与秋凉。吴苑烟空，秦淮波老，江流不送归航。雁鸿渺茫。叹客程、空换流光。扬茶烟，鬓影萧疏，自羞簪晚香。

（壬午九日）

高阳台

岁暮枕江楼酒集，座间石斋狂谈，君惠痛哭，日中聚饮，至昏始散。余近值流离，早伤哀乐，饱经忧患，转类冥顽，既感二君悲喜不能自已之情，因成此阕。

酿泪成欢，埋愁入梦，尊前歌哭都难。恩怨寻常，赋情空费吟笺。断蓬长逐惊烽转，算而今、易遣华年。但伤心，无限斜阳，有限江山。　殊乡渐忘飘零苦，奈秋灯夜雨，春月啼鹃。纵数归期，旧游是处堪怜。酒杯争得狂重理，伴茶烟、付与闲眠。怕黄昏，风急高楼，更听哀弦。

临江仙

一夜梨花吹尽雪，梦中从此无春。漫天风雨送黄昏。忍教新泪眼，重湿旧啼痕。　宝篆难销长日恨，小屏谁与温存？暂凭词赋守心魂。微生如可恋，辛苦为思君。

祝英台近

候红桥，探碧渚，芳约记前度。春意如花，香委旧游处。可怜纵有并刀，愁丝难剪，系多少、幽欢私语？　　此情苦。长夜深锁重门，离魂沐风雨。泪作珠灯，持照梦中路。甚时帘底凝眸，相思潮汐，待都付、眼波低诉。

一萼红

甲申八月，倭寇陷衡阳。守土将士誓以身殉，有来生相见之语。南服英灵，锦城丝管，怆怏相对，不可为怀，因赋此阕，亦长歌当哭之意也。

乱笳鸣。叹衡阳去雁，惊认晚烽明。伊洛愁新，潇湘泪满，孤戍还失严城。忍凝想、残旗折戟，践巷陌、胡骑自纵横。浴血雄心，断肠芳字，相见来生。　　谁信锦官欢事，遍灯街酒市，翠盖朱樱。银幕清歌，红氍艳舞，浑似当日承平。几曾念、平芜尽处，夕阳外、犹有楚山青。欲待悲吟国殇，古调难赓。

虞美人·成都秋词（五首录二）

（一）

沉沉银幕新歌起，容易重门闭。繁灯似雪钿车驰，正是万人空巷乍凉时。　　相携红袖夸眉萼，年少当行乐。千家野哭百城倾，浑把十年战伐当承平！

（二）

地衣乍卷初涂蜡，宛转开歌匣。朱娇粉腻晚妆妍，依旧新声爵士似当年。　　回鸾对凤相偎抱，恰爱凉秋好。玉楼香暖舞衫单，谁念玉关霜冷铁衣寒？

声声慢·闻倭寇败降有作

追踪胡马，惊梦宵笳，十年谁分平安？已信犹疑，何时北定中原？真传受降消息，做流人、连夕狂欢。相笑语、待巴江春涨，共上归船。　肠断吴天东望，早珠灰罗烬，乔木荒寒。故鬼新茔，无家何用生还[①]。依然锦城留滞，告收京、家祭都难。听奏凯，对灯花、衔泪夜阑。

【注】

① 癸未夏，红妹病殇；乙酉春，先君复弃养沪上。

水龙吟

断肠重到江南，感时今已无馀泪。腥尘涨海，金钱迷夜，万家酣醉。劫后山川，眼中人物，伤心何世。叹收京梦醒，排阊路远，凭谁问，中兴计？　还见惊烽红起。望关河、危阑愁倚。黄昏渐近，苍茫无极，斜阳难系。漫念家园，荒田老屋，新丧故鬼。怕长安残局，神州沉陆，只须臾事。

水龙吟

九州才靖胡尘，汉家旗帜翻风乱。中原北定，江南重到，但供肠断。千古江山，万家沟壑，十年心眼。换惊烽急鼓，夷歌野哭，登临处，方多难。　　大泽哀鸿流转。更休悲、莼鲈归晚。王侯第宅，京华冠盖，兴亡谁管？海市迷金，琼筵舞翠，狂欢无限。问虞渊短景，昆池浩劫，倩何人挽？

烛影摇红·丙戌除夕

重照山河，烛花依旧啼红泪。浮云一霎变阴晴，何况经年事？不忆莼鲈故里。忆天涯、寒梅旧蕊。拨残炉焰，宛转春灰，难温冰意。　　多少凄凉，梦痕分付清尊洗。病怀消尽昔时狂，斟酒先愁醉。野哭夷歌四起。渐长宵、悲欢倦理。晓鸡休唱，知道明朝，人间何世？

鹧鸪天（四首录二）

（一）

惊见戈矛逼讲筵，青山碧血夜如年。何须文字方成狱，始信头颅不值钱。　　愁偶语，泣残编，难从故纸觅桃源。无端留命供刀俎，真悔懵腾盼凯旋。

（二）

历历新烽照劫灰，东归愁认旧楼台。剧怜万姓成孤注，怅望千秋赋七哀。　　朝市换，估船来。横江铁锁为谁开？百年难待悲辛有，何处青山骨可埋？

减字木兰花

平生何事，寂寞人间差一死。天地悠悠，独立苍茫涕泗流。　　蓼虫辛苦，风雨挑灯谁可语？块垒难平，异代同悲阮步兵。

水龙吟

丁亥之冬，余在武昌分娩，庸医陈某误诊为难产，劝令剖腹取胎；乃奏刀之际，复遗手术巾一方于余腹中，遂致卧疾经年，迄今不愈。淹缠岁月，黯闇河山，聊赋此篇，以申幽情。己丑二月，记于沪滨。

十年留命兵间，画楼却作离魂地。冤凝碧血，瘢萦红缕，经秋憔悴。历劫刀圭，牵情襁褓，艰难一死。叹中兴不见，藐孤谁托，知多少，凄凉意。　争信馀生至此。楚云深、问天无计。伤时倦侣，啼饥娇女，共挥酸泪。寄旅难归，家乡作客，悲辛人事。对茫茫来日，飘零药裹，病何时起？

隆莲法师

女，俗称游永康，1909年生，四川乐山人。出生于教育世家。1921年至1927年自修完成初、高中课程。1928年任教于成都女子师范。1939年任四川省府编译室编译，旋出家入成都受道禅院为尼。建国后任四川省佛教协会会长，中国佛教协会副秘书长，主持创办四川尼众佛学院并任院长。有《摄大乘论略述》《儒菩萨行论》，参与编写《藏汉大辞典》。

满江红

听谱新词，竞歌颂团栾新月。望长空、银河净洗，海天如接。一片清辉谁界断，千秋佳节今犹昔。算人间何恨最难消，长相忆。　　思亲泪，冰绡积。还乡梦，关山叠。只盈盈一水，并刀难裂。玉臂宵寒君莫怨，金瓯大业何容缺。喜嫦娥一笑出云端，陈完璧。

张 荃

（1911——1959），字荪簃，女，广东揭阳人。之江大学国文系文学士。曾任之江文理学院、厦门大学、台湾大学讲师。1951年任马来西亚大学中文系讲席。有《荪簃诗词集》。

踏莎行

羁旅情怀，江湖况味，消磨壮志今馀几？人间恩怨总难平，离情未诉心先碎。　　险韵吟诗，深杯问字，旧游依约还能记。钱塘乱后少花枝，丹枫合染斑斑泪。

虞美人·草山看杜鹃

年年望帝春心苦，哀绪萦千缕。啼痕婉转到山花，染得枝枝如血妒红霞。　　海天万片随风舞，疑入桃花路。辞枝花落不重开，谁向海天尽处挽春回。

喜迁莺

樱桃才了，又翠叶翻圆，游鳞吹藻。细蕊含羞，红葩卷恨，划破碧波舟小。杨柳浅深摇曳，芦苇参差环绕。蒋山暗、斜阳低照，疏阴林表。　　深悄。听杜鹃啼血正哀，馀响云霄袅。丛绿牵情，晚霞散绮，消得旧愁多少？归去画船人，独飞尽、芳洲鸥渺。莫回首、但孤城岑寂，湖亭残照。

水龙吟

夜深独立回廊，回廊明月凉如水。倚阑极目，疏星几点，凉云无际。蛩语风前，墙根惊听，声声和泪。正萧条院落，薄酲初解，此情绪，难成睡。　　别后锦书慵寄。纵相逢、旧游非是。韶华似梦，少年轻掷，壮怀都废。最忆联吟，江湖堆雪，青芜涨地。问南山红叶，何人携酒，纵湖堤辔。

齐天乐

画栏凭遍空肠断，情怀此时谁说。隐约霜痕，盈庭绿影，愁入枝头红叶。旅魂瘦怯。更苦雨凄风，几番摧折。心事眉端，恁般排遣总愁绝。　　残灯又逗芳节，剩阶前盆菊，犹伴寒蝶。短笛惊风，邻鸡怨夜，谱出秋声凄切。人间天上，佇吊梦伤离，甚时能歇。极目苍茫，去鸿明更灭。

虞美人

疾风着意鏖残暑，客枕离魂度。梦中犹记泪痕斑，为是峰峦重叠欲归难。　　从今身世悲飞絮，南北皆歧路。欲抛心事重成眠，无奈一轮明月又当前。

浪淘沙

春意入江城，草色青青。伊人别后几多春。满目愁云芳讯杳，独坐芜城。　　到枕海潮生，梦忒分明。窗前啼鸟最无情。唤得一痕春梦断，续也无因。

张纫诗

（1911——1972），女，名宜，广东南海人。工诗词，兼擅书画。曾游历大江南北，卜居越南、香港等地。有《张纫诗诗集》《张纫诗诗词文集》。

江城子·题柳如是画像

绛云楼外水无还，夕阳间，柳谁攀？绿到蘼芜，花落剩雕栏。梦醒三生莺燕老，留色相，本来难。　　两蛾犹作入时弯，自春残，眼波闲。愁听吴侬，低唱念家山。便有真真呼不出，魂尚恋，旧诗坛。

西江月·读史

逐鹿原头明月，斩蛇泽畔斜阳。至今空照草根黄，冷落歌风台上。　　千古群雄割据，六朝五季兴亡。史家身世亦茫茫，眼底江山无恙。

一剪梅·本意

管领江南第一春，梦贴冰痕，香贴诗魂。最无情处始怜君。红是微醺，白是丰神。　　归路迢迢况不真，山又盘云，海又扬尘。上帘疏影月黄昏，寒照前身，暖照谁人？

木兰花慢·读朱子范《抗战史诗》词卷原韵二首（录一）

是新亭涕泪，染双袖，未曾干。任陵下蟠龙，城头踞虎，终换江山。春残。乱花逝水，到天涯、一样有人间。风卷云沉绝塞，碧芜前路漫漫。　　悲叹。回首失秦关，望不见长安。问十年锋镝，兰成赋草，多少辛酸。生还。旧灯未暖，又惊心尘鹿走中原。太息无情日月，至今重照刀环。

鹧鸪天·和伯端秋日重题《空桑梦语》词卷原韵二首

（一）

花种天台事欲追，春灯楼阁鹧鸪词。无云可伴青山老，一字难安短梦知。　霜叶倦，夜帘垂，锦心闲写众生悲。西风吹上梁间月，应是沉吟独起时。

（二）

试马坪前树过楼，笙歌禅悦等闲收。词心一缕如云变，沧海无波共月流。　花照座，鬓先秋，不须琴断始言愁。空桑梦语疑鹃化，我亦思归且暂休。

张充和

女，1913 年生，安徽合肥人。旅居美国，曾在加州大学等校任教。

鹧鸪天·得家书谈霁晴轩旧事却寄

水阁春深入梦浮，长廊一抹未应殊。沉烟乍暖终须散，皓月长圆亦自孤。　　愁路远，说当初，眼前事事总模糊。年年归梦扶清影，及到归时梦转疏。

浣溪沙（八首）

选堂翁三叠忼烈《秋兴》韵，余亦勉和八章博粲。

（一）

絮语寒蛩欲诉谁，一灯如豆似皈依。怕寻归梦坐移时。　　孰系流光添画稿，莫将颜色著霜姿。万红飞后雪花飞。

(二)

　　开箧流连未忍捐，江花江水总堪怜。冷红欲去更含嫣。　　著地有声如堕恨，因风起舞似飞钿。笙歌魂断寂寥前。

(三)

　　山气霞光日夕妍，三秋不费买花钱。芳洲容与绕清泉。　　故燕回巢飞两两，冷红辞树舞千千。谁裁诗句绣华年？

(四)

　　暂别真成隔世游，离家无复记春秋。倩谁邀梦到苏州？　　月满风帘慵理曲，秋深烟渚怕登楼。也无意绪蘸新愁。

(五)

　　难遣繁忧入酒卮，关河约略似当时。懒逢佳节换新衣。　　墨淡笔荒馀怅望，意新词涩乍凝思。闲窗窈窕暮云垂。

（六）

故蕊寒花欲吐心，奇红数点出疏林。川平人远晚凉深。　相与还违千古事，调酸似苦彻宵吟。高楼近日罢鸣琴。

（七）

风雨连朝独掩门，寒云枯木出颓垣。归途超忽似乌孙。　静院宵深劳梦远，明湖秋老惹风翻。已无霜叶坠清沦。

（八）

百岁藤高覆紫茎，花如堆梦叶鬅鬙。江山胜处罢闲僧。　草木自怡能止恨，悲欢细算不成憎。行看涧石已无棱。

黄墨谷

女，1913年生，福建厦门人。曾任教于重庆女子师范学院，北京师范学院，为中央文史研究馆馆员。著有《谷音集》等。

江城子·丙午春，竹韵有缅甸之行（二首）

（一）

沉香亭畔碧阑阶，点冰苔，独徘徊。薄雾轻烟，微湿缕金鞋。欲掩画屏风不定，明月影，入帘来。　　红尘日日暗妆台，细钿钗，忍重开？冷艳凝霜，谁折一枝梅？驿路千程山万叠，书不到，雁空回。

（二）

沉沉绮阁酒微醒，小秦筝，谱离情。愁水愁风，寒食到清明。料得天涯行客苦，征战地，短长亭。　　江潮带雨晚来生，枕边声，不堪明。残烛双花，照影太伶俜。试剪双花寻好梦，天欲曙，梦难成。

玉楼春

黄昏阵阵廉纤雨，花谢重阶三月暮。陌头柳色上帘波，镜里霜华凝鬓雾。　　春江不合离人住，潮水无情来又去。孤帆何日趁东风，长系桥南乌柏树。

清平乐

幽居空谷，世味如纱薄。芳草天涯依旧绿。人倚阶前修竹。　　春山殢雨含烟，高墙柳树飞绵。片片落花风里，韶华似水流年。

谢叔颐

女，1913年生，湖南宁乡人。退休教师。

浣溪沙

梦断衡阳去不回，铜驼荆棘劫余灰。青山日暮独低徊。　　黄叶西风吹满径，明朝谁与踏歌来？溪边历乱蓼花开。

临江仙

妩媚溪山留我住，扁舟载酒谁同？人间天上两迷蒙。征鸿过也未，蓦地起西风。　　万里秋风何淡碧，斜阳坠叶飘红。凭栏脉脉下帘栊。今宵如有梦，流水断桥东。

吴君琇

（1914—1997），女，祖籍安徽桐城，清桐城派古文家吴汝纶孙女。曾在南京农科史研究室工作。有《舒秀集》。

蝶恋花

　　早岁丹心期自许。镜里流光，不绾朱颜住。搔首问天天不语，堂堂白日崦嵫去。　　万户千门新燕乳。转绿回黄，不许人迟暮。纬地经天时不与，苍生转被浮生误。

吕小薇

（1915——2007），女，名蕴华，号竹村，江苏武进人。1933 年毕业于无锡国专。抗战时流寓江西。从事中、高校教学及古籍整理工作四十餘年。有《竹村韵语剩稿》。

临江仙·题画

昼暖日长人渐静，玉纤团扇轻轻。蕉心未展似侬心。摇愁愁不去，庭院碧阴阴。　　好梦分明醒后记，梦醒方悟情深。炉烟飞散又重凝。两般都寂寞，一样杳难寻。

（1932 年）

菩萨蛮（二首录一）

1934 年中秋，与卢沅、周振甫、吴德明等同学五六人，游吴淞野宴。诸君各携酒肴，为余饯别也。醉成三阕，今但记其二矣。

劝君休问今何夕，潮痕早没沙滩血。残垒在西边，哀鸦绕暮烟。　　霓虹灯似雾，歌媚"毛毛雨"。谁唱大刀环，长城山外山（时指认淞沪抗战遗迹，国事苍茫，共起唏嘘）。

金缕曲

　　1936年七夕前,应衡九约,游姑苏天平山,观山前石笋所谓"万笏朝天"者。既而独上觅吴王台,遥瞩太湖天际。衡九以病后心悸未登。下,共谒万松林范墓。归作《金缕曲》二阕,以纪兹游相许盟心之约。稿久散失,仅记两首之残,合为一词,以存永念。1987年老薇追记。

　　昨认山灵语。道姑苏、天平幽胜,待小薇去。晓起驰轮三百里,惊破空山烟雾。便谢却人间尘土。怪石嶙峋森万戟,甚朝天玉版奴媚主^①！看列阵,刑天舞。　　吴宫废址今何许?上荒台、渺然四顾,凉生袂举。目极沧浪悬一棹,记取盟心尔汝。肯闲誓明宵牛女?夭矫龙蛇影外路,共斯人忧乐迈千古。同下拜,松间墓。

【注】

① 作者注:俗传乾隆下江南,抚臣所定名。

蝶恋花·永新书所见,寄衡九

　　赤脚溪头谁氏女?折了垂杨,乱打双凫侣。陌上少年招唤处,嗔眉又作盈盈顾。　　眼下韶光浑若许。风物江南,人是西江旅。拂耳溪风吹碧树,可能吹得相思去?

(1941年)

曲游春·咏燕

掠水初来也。正飞花乱絮，春去如翼。度陌穿帘，遍天涯、那更芳菲时节。待与从头说。应惆怅、江南消息。怎新巢挈侣将雏，忘了旧家风物？　曾忆海尘扬劫，有盈野哀鸿，深树鹖鸠。卷地罡风，但楼空泥落。矶荒江咽，千古恨难雪！羞再绕、垂杨竞腰折。剩呢喃、对诉兴亡，还惊羁客。

蝶恋花

1947年傅抱石先生画展于南昌，读先生《屈原行吟图》，遂赠以词。图盖作于重庆抗战时也。

黯黯沙洲洲欲暮。四塞荒云，叠叠无重数。若有人兮临远渚，陆离长剑行何处？　清狖啼空星夜雨。帝魄谁呼，红泪浇黄土。游目沅湘吟自苦，骚魂画意秋千古。

成应求

1916 年生，女，湖南长沙人。湖南大学中文系毕业，历任教职，晚年与潘力生结缡，居美国。

点绛唇·纪怀

曾忆年时，岳云湘水留人住。画廊朱户，双燕凭来去。　　尘海澜翻，往事休轻诉。如春煦，夕阳红处，芳草天涯路。

林北丽

学名隐，字幼奇，女，1916 年生，福州人。曾任中国科学院上海动物研究所、药物研究所图书馆负责人。有《更生集》。

鹧鸪天 · 寄怀沙坪坝亚子兄

昨夜星辰昨夜风，鬟云衣雾两朦胧。吟笺入手伤心绿，骰子相思刻骨红。　　愁万叠，意难通，忍随流水各西东？寥天目送惊鸿影，魂断归来似梦中。

（1945 年）

黎兑卿

（1916——　　），女，湖南浏阳人。幼承家学，早慧能诗。为岳麓诗社理事。有《棣华楼诗词》。

蝶恋花·送春

无限春愁生暮雨。手卷珠帘，分付随春去。帘外花飞兼落絮，新愁赚得眉峰住。　　碧尽天涯芳草路。柳径桃蹊，都是愁来处。枝上残红余几许，一双燕子留春语。

（1933 年）

疏影·本意

霜庭照月，讶小窗清荫，香雾重叠。倩影珊珊，隐约冰魂，新唱楚些招得。湘帘不卷阑干曲，早印遍、玉痕瑶色。想夜深、漏箭迟迟，好梦正迷蝴蝶。　　谁是孤山处士，美人相伴隐，高卧飞雪。冷蕊冲寒，竹外枝枝，生怕笛声吹彻。呼童扫却依然在，笑满院、不堪攀折。赖素娥、移上云屏，一幅天然奇绝。

（1935 年）

虞美人·九日

撩人百种秋情绪，帘外纤纤雨。鸳鸯独宿雁分飞，一缕芳魂无定欲何归？　　洞庭波渺乡关远，佳节谁消遣？纱橱凉透翠衾寒，却有黄花同瘦影姗姗。

【注】

时外子赴荆沙，巽姊在浏阳。

（1947 年）

冯影仙

女，1917 年生，广东顺德人。曾为复兴丽泽中学教员兼训育主任，海声词社社员。有《美椿楼诗词稿》。

念奴娇·读文天祥《正气歌》

浩然英气，塞苍茫大地，能吞胡羯。何限孤臣悲壮史，展卷教人凄咽。骂贼常山，渡江祖逖，肝胆皆如铁。高歌慷慨，唾壶应已敲裂。　　缅想信国当初，从容就义，拼洒苌弘血。遗恨崖门沉玉玺，帝子随波渐灭。留取丹心，汗青长照，清操同冰雪。悠悠千古，永怀畴昔忠烈。

张珍怀

（1917——2005），号飞霞山民，女，浙江永嘉人。无锡国专肄业。长期任教，退休后曾在上海师范大学古籍整理研究所工作。有《飞霞山民词稿》《日本三家词笺注》《阳春白雪笺》《清闺秀词选》《域外词选》（与夏承焘合编）等。

木兰花

冻云珍重藏芳韵，为说东风寒不信。依灯疏朵灿明珰，点镜春姿垂绀鬓。　　凝眸蹙黛含幽恨，飞羽年华愁一瞬。夜阑吹麝弹吟边，泪溅湘弦天可问。

（1940 年）

鹧鸪天

落寞清宵画角哀，娇梅照眼觉春回。愁羁吟抱沉沉著，香袭神思栩栩飞。　　波淡荡，月徘徊，流辉万顷泻琼瑰。千林漠漠笼寒碧，一棹悠然独去来。

减字木兰花

声飞玉笛，满地琼琚明月白。清影扶疏，一树珊瑚万琲珠。　　嫣然浅笑，宝篆绀壶春悄悄。红萼宜簪，还共禁寒说素心。

定风波

一片绀烟护玉屏，寥天鹤唳暮寒生。开遍江南花万树，谁主。翠尊弹泪暗销凝。　　明月应知尘世恨，堪问。苍松同证岁寒盟。漫说阳春绯雪艳，休羡。东风容易落繁樱。

风入松·九日

菊黄萸紫不堪看，愁漾吟边。清尊照影惊秋瘦，酒浇块垒争坚。吹帽西风无赖，泠泠凄入冰弦。　　神州莽莽恨漫漫，遍野狼烟。低徊一抹斜曛外，梦华弹指阑珊。双袖泪花红浣，悄然独凭高寒。

（1941 年）

浣溪沙

绣箔依灯揽镜看，一簪淡菊逗秋妍。醉枫髡柳试霜天。　　短梦频惊憎夜永，吟心乍转带愁还。月华如水雁声寒。

菩萨蛮

银筝拍促华灯暗，翩翩舞拥吴姬艳。兰麝染衣香，楼心夜未央。　　霜枫楼外吼，哀颤栖风叟。飞毂卷芳尘，寒蟾窥冻魂。

木兰花

江天极目秋如醉，家国悠悠空迸泪。迷离繁炬照危楼，迤逦飞舻归暮市。　　檐花蓦落残红穗，罗袖怯寒沾雨细。西风莫扬柳丝斜，柳外颓云沉欲坠。

鹧鸪天

夜色沉沉雁语哀，悄听悴叶点空阶。烛花红炫纵横泪，心篆寒凝宛转灰。　　萦懊绪，惜深杯，醉眸倦涩枕函偎。悠扬蝶梦飞无定，争恨霜飙卷便回。

念奴娇·和白石韵

梦摇剩碧，叩双舷、容与哀时吟侣。吹碎绿云风澹荡，曼睇嫣红无数。丝柳萦晖，山鬟窥镜，乍敛纤纤雨。疏钟回响，悄然凝作清句。　　向暮一舸幽香，穿花转棹，欸乃凌烟去。暝色漫空愁渐起，最念阑宵鸳浦。月落寒禁，露零珠泣，孤醒曲波住。信芳伤抱，乱莎凄黯归路。

鹧鸪天（六首录四）

（一）

檐角残晖敛夕阴，长悲人境夜沉沉。因寻好梦常偎枕，为惜馀芳不浣衾。　　相聚短，负恩深。优昙身世卷蕤心。纵横烛泪怜孤影，凄切茶笙伴悄吟。

（二）

不奈繁灯绚夜帱，伤高偏是住危楼。深参静定方生悦，已分伶俜何必愁。　欢已尽，梦全休，匆匆聚散比浮沤。芳醪化泪难成醉，鸾镜飞霜怯敛眸。

（三）

栩栩清宵蝶梦圆，梦回月堕锦衾寒。欢倾醑茗依稀见，泪浣残篇辗转看。　鹃泣血，柳飞绵，湘江哀怨迸朱弦。飘风划地惊春去，幽恨如馨欲语难。

（四）

一映风吹万古尘，花开顷刻抵千春。稽天巨浸滔滔世，斫地哀歌滟滟尊。　愁缱绻，忆纷缊，芳华有翼梦无痕。心光依旧明如电，客意于今冷似云。

（1946 年）

高阳台·戊子除夕

烽火弥天，蕃街饯岁，江南争赋沉哀。密苣辉辉，万家醺醉深怀。寒欺孤馆愁宵永，拥旧衾、冻涩吟怀。任梅枝，隔户飞香，不信春来。　　喧阗爆竹惊欢梦，更薵腾欹枕，羁绪萦回，凋尽华年，芳情都化寒灰。花钿彩胜翩翩影，奈祗今、云鬓霜催。伫无眠，明镜深灯，独自徘徊。

琦 君

女，原名潘希真，1917年生，浙江永嘉人。之江大学中文系毕业，曾从夏承焘学词。任职司法界有年，退休后任教台湾文化大学与中央大学中文系。有《三更有梦书当枕》《与我同车》《烟愁》《钱塘江畔》《琦君说童年》《词人之舟》等散文集、小说、文学评论、儿童文学及词学专著等三十馀种。

金缕曲

梁实秋先生译成莎士比亚全集，敬赋此致贺。

大匠功成矣。卅馀年、书城兀兀，古今能几？善恶无常人性在，会得莎翁此意。真异代文章知己。早岁才华惊海内，最艰难走笔烽烟里。伤故旧，闻鸡起。　高轩此夕须沉醉。引金樽、清风明月，豪情堪记。多少悠游闲岁月，有个中英次第。把文史从头料理。千古浮名馀一笑，听轻歌、身外均闲事。夫人道，加餐耳。

虞美人

锦书万里凭谁寄？过尽飞鸿矣。柔肠已断泪难收，总为相思不上最高楼。　梦中应识归来路，梦也了无据。十年往事已模糊，转悔今朝分薄不如无。

盛静霞

（1917—　　），字弢青，女，江苏镇江人。毕业于中央大学中文系，为吴梅、汪东弟子。曾任之江大学国文系讲师。建国后，执教浙江师范学院、杭州大学中文系。有《碧簩词》。

南歌子·和云从咏余屋外芭蕉之作

渐放层层叶，争抽寸寸芽。门前桤木也输它。只有植蕉人尚滞天涯。　　挹露供诗本，和烟补槛纱。几多情思为伊加。傍得碧云一片便为家。

浪淘沙·寄云从南京兼怀祁姊

楼外已双扃，断没人行。跫跫自数一声声。踏遍空楼千万遍，也算归程。　　江上月孤明，风起前汀。论诗常记一灯青。犹有幽人芳躅在，未是伶俜。

鹧鸪天·月

洒向高梧最上枝，霏霏一地冷于诗。惊回玉枕缠绵际，坐到星河黯淡时。　　人瘦削，夜凄其，一襟幽思怯因依。苍凉碧海愁归去，十二峰头路欲迷。

鹧鸪天·题夏瞿禅先生《月轮楼校词图》

鱼亥纷纷最乱真，千秋乐苑亦荆榛。古灯应下衣冠拜，楼阁重看七宝新。　　山吐月，砚生云。丹黄欲下屡逡巡。传薪心事谁能识，接响风骚要有人。

鹧鸪天

雪耕十载离乡，将归省家室。小住即出，意必有不可堪者，因道此意，谱一解送之。

梦里归程也不长，千山万水是康庄。为寻十载相思地，横跨中原古战场。　　兵气迥，积骸荒，一毡一笠便还乡。忍教灯下初干泪，又向征鞭洒万行。

玉楼春·白沙乡村师范学校藕池小学

层阴窣地清无暑，一曲凌波堤上路。含犹未放叶都香，擘不成圆珠作雨。　　晚来寂寂闻花语，似说清凉凭领取。月移人影渐分明，印入水心幽香处。

踏莎行

单枕寒生，疏窗风骤，凄凄一夕教人瘦。五更才得梦儿成，梦中又到分襟候。　　雪黯江天，雁沉长昼，寸心已碎书来后。只能掩泪不开缄，开缄须湿行行透。

蝶恋花·题徐绮琴《百花图》

梦入罗浮千蝶路。万态横陈，赚煞痴人数。观久不知身已舞，回头但觉香成雾。　　腕底精神凝炼处。渗粉溶朱，更比春辛苦。展向窗前须妥护，秋山正自多风露。

八声甘州·春霖

是依稀残月下章台，孤飞到天涯。便低拴燕翼，轻钩山黛，暗勒兰芽。几杵疏钟未散，一带谢桥斜。认得鞋尖凤，又渐浓些。　　已是冬衣典却，甚凄风一夜，泪绽冰华。渺乡关春梦，都被晓寒遮。想中流、伊人宛在，放兰桡、何处访蒹葭。惊云重，坐愁羁旅，唤酒人家。

木兰花慢·逊儿生十四月，渐能学语学步

向江南寄迹，珠在掌，岁初新。喜嫩舌生香，小眉隐秀，种种怜人。温存。牵衣索抱，慰闲愁调弄到黄昏。燕子呢喃言语，惊鸿宛转腰身。　　消魂。看汝颊融春，使我鬓换银。便连夜无眠，一灯针线，那计辛勤。难分。此中甘苦，护娇痴更惹阿爷嗔。多少新来词料，为伊展作春云。

宋亦英

（1919—2005），女，安徽歙县人。苏州美专业毕业。历任安徽省美术工作室、省群众艺术馆、省工艺美术局等负责工作，退休前任省政协委员，省美协副主席。有《宋亦英诗词选》《春草堂吟稿》《宋亦英集》。

喝火令·读秋瑾烈士诗感赋

报国头颅贱，抛家生死轻。辞亲仗剑海东行。凄绝秋风秋雨，千载不堪听！　　长啸鬼神泣，磨刀天地惊。壮怀豪气郁龙吟。唤起愚蒙，唤起睡狮魂。唤起万千恩怨，竟夕不能平。

（1945 年）

茅于美

（1920—1998），女，生于江苏镇江。昆明清华研究院外文系研究生毕业，美国华盛顿大学英国文学硕士，伊利诺州立大学英国文学博士，回国后任中国人民大学外国文学教授。有《茅于美词集》《茅于美诗词续集》《中西诗歌比较研究》等。

临江仙 · 秋意

林叶殷红犹未遍，闲庭寂寂花空。轻罗小扇怯西风。暮云侵碧树，摇落意重重。　　拈管裁篇无意绪，高楼欲上还慵。新愁旧恨锁眉峰。黄昏谁是伴，微雨暗帘栊。

（1940 年）

水调歌头

罗袜熨阶冷，蟾影隔林疏。倚栏独立无语，似听素娥呼。常恐凌波归去，剩得秋云如水，千里月华孤。寂寞瑶台路，惆怅复何如？　　寒宵静，银波淡，渺愁予。闲庭花影零乱，幽思远江湖。我欲风生翠带，携手灵姬一笑，星转万明珠。永伴清辉好，天地只斯须。

（1940 年）

临江仙

　　湖上芙蓉初绽蕊，汀洲芳草萋萋。落红经雨未成泥。春归何处，枝上柳绵飞。　　若到荼蘼花事了，今生不种荼蘼。一番好景觉来非。菱花镜里，犹自惜蛾眉。

（1940 年）

鹊桥仙

　　红灯影里，欢情场上，偏有寸心如锁。但知无计拨神弓，一箭地、千逃万躲。　　愁丝如茧，恨丝如束，每怪自缠自裹。低声寻问"意如何"，却讳道："不曾真个"。

（1942 年）

蝶恋花

　　天末层云长惨咽。不见青天，争见盈盈月？从古乌鸦憎白雪，人间黑白何须说！　　但似韶颜终似昔。镜里分明，那怕千谣诼？倚立深更时踯躅，苍苔露凝朱栏热。

（1942 年）

清平乐

愁丝千缕，缠裹朝和暮。金茧层丝蚕自吐，犹解化蛾飞去。　　谁怜世上浮名，望如郊野流萤。独夜更行更远，掬来光热无凭。

（1943 年）

玉楼春

人生过境难回顾，哀乐追怀旋失故。远帆初泊碧波平，风定方知怜去住。　　十年憧憬浑无据，情景当前常自误。迷途已是不堪寻，又看日移身畔树。

（1943 年）

虞美人

失群应似高飞雁，云海嬉游惯。侧身应似塔中灯，万里孤航黑海破涛行。　　人寰怅望空悲切，心瓣生双翼。翱翔化石补青天，但愿人心如链永相牵。

（1943 年）

生查子

　　妾有夜光珠，采掬经沧海。悱恻以贻君，奇处凭君解。　　近偶失君欢，断弃平生爱。不敢怨华年，但惜珠难再。

（1947 年）

卜算子

1947 年 9 月 17 日，余自沪启程赴美留学，于太平洋舟中有忆。

　　昨夜月明时，云净天如洗。万顷波深澄且蓝，宛忆君眸子。　　长念久凝眸，问我忧何事？云月迢迢路几千，寄意凭流水。

水调歌头

　　执手似曾识，何必恨逢迟？今生谁遣相遇，秋夜畅谈诗。"几日海舟相聚，蓦地寸心无据，此意许卿知"。感此缠绵意，眠食费禁持。　　孤舟上，风雨里，可同归。千番梦里寻觅，天证梦非痴。唯念天涯羁旅，若有良缘牵系，争忍说分离？语默心犹颤，拥吻月痕低。

（1947 年）

点绛唇

如坠泥潭，愈攀愈拔徒深陷。海舟相伴，谁遣今生见？　一缕柔情，共话金桥畔。归途晚，华灯万盏，万象同明灿。

（1947 年）

虞美人

目成便已心相许，我独何能拒？"芳龄恰是可人时，试问佳期五月可嫌迟"？　前缘万里红丝系，细韧颇难计。行踪也教似红丝，一任东西南北不分离。

（1948 年）

虞美人

相知不觉春阴早，桃李枝头闹。几番携手问佳期，"风雨绸缪何处觅枝栖"？　便云"我已如狂醉，百劫何曾畏？颠簸瞬息是人生，沧海同舟胜取世间名"。

（1948 年）

潘思敏

（1920—），女，广东南海人。为香港学者陈荆鸿之夫人。有《茹香楼词》。

扬州慢·深秋过大埔松园

桂子香残，蓼花红褪，古园鹤隐凉柯。叹重阳去后，更绿意无多。况低压浮云蔽日，可堪回首，咫尺关河。纵教成、萧瑟秋吟，心绪如何？　当年谢屐，忆春时、梅岭烟萝。对十里寒香，一车行色，青鬓销磨。此际媚川凝伫，黄昏也、几棹渔歌。问怀珠何处，遥遥秋水微波。

角招·国风艺苑花朝小集龙城醉月楼

望无际。层阴漠漠连朝，酿寒天气。踏青期近矣。扑蝶放春，即今谁记？东风又起。怕渐老芳园花事。莫访故皇台榭，只馀片石苍凉，伴花魂而已。　红紫。都饶画意。凝烟揾露，簪笔终难拟。看莺吟燕喜。度柳穿帘，依依情味。潆洄一水，叹十载不成归计。忍向阑干徒倚。结肠甚处能消，愁如此。

黄润苏

女，1922年生，号澹园，四川荣县人。复旦大学毕业。曾任复旦大学教授。有《古典诗词教学与写作》《澹园诗词》。

柳梢青

岚光照眼，登临又是，雁归时节。槛外篱边，绫罗剪碎，几番蕴藉。　　年年怕到清秋，依旧是、重洋人隔。数点昏鸦，几声怨笛，一弯新月。

踏莎行（二首录一）

方过清明，小园香满，荼蘼架上红深浅。旧时光景画栏闲，呢喃软语双双燕。　　往事如烟，岁华惊晚，梧桐月影嘉陵岸。休将锦字寄征鸿，鸿征不到重洋远。

刘佩蕙

（1923—），女，广东南海人。中山大学教育系毕业。旅居港、美，为香港海声词社及鸿社、旧金山鷾鹣诗社社友。有《兰馆词草》《行余词草》。

生查子·初夏（二首录一）

绿杨烟霭深，阡陌花时短。风雨渡江来，零落篱根艳。　　画屏山又山，梦觉深深院。故故惜芹泥，付与梁间燕。

施亚西

女，1923年生，浙江萧山人。历任华东师范大学中文系讲师、副教授，华东师大出版社编辑室主任兼编审。

声声慢

阶前栏畔，叶底枝头，东风一霎狼藉。愁拥寒衾，忍听剑鸣箫咽。阑珊泪痕酒影，到心头、一般难拭。笑语里、有伤心无数，了无人识。　　独向天涯浪迹。负幽人、雨笠烟蓑相忆。故国春深，休问燕莺消息。千山万山杜宇，隔疏帘、晚来声急。又细雨，一声声、争教睡得？

（1943年）

洞仙歌

黄昏乍雨，听松涛如吼，独耐单衣凭栏久。为心头别有，一缕温馨，长够我、敌得晚来风骤。　　孤云何处去？无数青山，都为争春试眉秀。不寐待鸡鸣，且上层楼，山窗外，茫茫宇宙。但渐见天边一星明，破黑夜沉沉，向灯遥逗。

（1944年）

风入松·听松

乍闻天籁下诸天，仿佛出鸣弦。又疑海水东流去，细听来、都在松颠。回首忽然飞杳，不知落在谁边？　化身便欲逐云烟，随韵共回旋。待招云外吹笙侣，跨鸾凤、流转千山。谱就丹心一曲，随风播向人间。

蝶恋花·元宵咏梅

云净雪消寒日暮。寂寂江城，缥缈闻钟鼓。月满中天花满树，遥知春在香来处。　清绝不同高士赋。铁骨冰姿，别有温存语。长笛随风吹梦去，芳馨长绕神州路。

叶嘉莹

女，号迦陵，1924年生，满族，北京人。40年代毕业于辅仁大学国文系，为顾随之入室弟子。50年代任台湾大学教授，并任淡江与辅仁两大学兼职教授。60年代赴美国，任密西根州立大学、哈佛大学客座教授。后定居加拿大温哥华，任不列颠哥伦比亚大学终身教授。1989年当选为加拿大皇家学会院士。自70年代末返大陆讲学，先后任南开大学、四川大学、北京师范大学等校客座教授，南开大学中国文学比较研究所所长及中国社会科学院文学所名誉研究员。专力于古典诗词研究，著述甚丰，有《迦陵论诗丛稿》、《迦陵论词丛稿》等20余种。诗词作品有《迦陵诗词稿》。

临江仙

一片冻云天欲暮，长空败叶萧萧。蓟门烟雨白门潮。几回月上，回首恨难消。　　莫向荒城寻故垒，秋来塞草全凋。北风吹响万林梢。倚栏人去，雁影落寒郊。

（1940年秋）

浣溪沙

屋脊模糊一片黄，晚晴天地爱斜阳。低飞紫燕入雕梁。 翠袖单寒人倚竹，碧天沉静月窥墙。此时心绪最茫茫。

（1941 年春）

菩萨蛮·母殁半年后作

伤春况值清明节，纸灰到处飞蝴蝶。杨柳正如丝，雨斜魂断时。 人怜花命薄，人也如花落。坟草不关情，年年青又青。

浣溪沙

莫遣佳期更后期，人间桑海已全非。怀人肠断玉溪诗。 杜宇声悲春去早，落花风定燕归迟。一帘微雨细于丝。

（1942 年春）

浣溪沙（四首录一）

送尽春归人未归，斜街长日柳花飞。旧欢新怨事全非。　　风紧已催红蕊落，雨多偏觉绿荫肥。满川芳草杜鹃啼。

（1943 年春）

浣溪沙

记得南楼柳似金，隔帘依约见青禽。空花梦好酒杯深。　　昨日偶寻黄叶路，西风老尽少年心。恁时争信有而今？

（1943 年春）

踏莎行 · 次羡季师韵

草袭春堤，波摇趁水，庭前冻柳眠难起。闲行花下问东风，可能吹暖人间世？　　柝响更楼，钟传野寺，几人解得浮生事？竟将韶秀说春山，争知山在斜阳里。

（1943 年春）

鹧鸪天

叶已惊霜别故枝，垂杨老去尚馀丝。一江秋水蘋开晚，几片寒云雁过迟。　　愁意绪，酒禁持，万方多难我何之？天高风急宜猿啸，九月文章老杜诗。

（1943 年秋）

水龙吟·咏榴花用东坡咏杨花韵代友人作

日长寂寞园林，倚南窗、梦魂飘坠。蓦地惊心，榴花照眼，动人幽思。色艳如霞，情浓胜火，芳心深闭。点砌下苍苔，绛英三五，时时被，风吹起。　　常怨东君薄倖，向阳春、不教红缀。宵来暴雨，朝来烈日，欢情零碎。开到飘零，无香有恨，愿随流水。镇相看默默，无言只解，伴人垂泪。

（1944 年）

鹧鸪天（二首录一）

香印烧残心字灰，蝉声初断雁正悲。坐看白日愁依旧，小步秋林懒便回。　　清梦远，晚风微，戏拈螺黛点双眉。阶前种得黄花好，莫问秋情说向谁。

（1944 年秋）

贺新郎 · 夜读羡季师《稼轩词说》感赋

此意谁能会。向西窗、夜灯挑尽，一编相对。时有神光来纸上，恍见上堂风致。应不愧稼轩知己。爱极还将小语谑，倩霜毫挥洒英雄泪。柏树子，西来意。　　今宵明月应千里。照长江、一江白水，几多兴废。无数青山遮不住，此水东流未已。想人世古今同此。把卷空馀千载恨，更无心琐琐论文字。寒漏尽，夜风起。

（1944 年秋）

浣溪沙（五首录二）

用韦庄《浣花词》韵。1944 年冬，时北平沦陷已七年之久。

（一）

别后魂消塞北天，十年尘满旧金钿。更无清梦到君前。　　手把玉箫吹不断，梧桐凋尽独凭栏。碧云楼外月初残。

（二）

说到人生已自慵，更无尘梦不惺忪。昨宵星月桂棠风。　　弦柱休弹金络索，锦囊深贮玉玲珑。心花验取旧时红。

破阵子

理鬟薰衣活计，拈花斗草心情。笑约同窗诸女伴，明月西郊试马行，踏青鞋已成。　　入夜预愁风雨，隔帘细数春星。莫怪新来无梦好，且喜风光到眼明，镜中双鬟青。

（1945 年春）

［编者按］以下作者生卒年未详，按姓氏笔画排列。

女词人生卒年不详者，以姓氏笔画为序

马素蘋

女，清末河南开封人，民国间在世。

虞美人（二首）

（一）

枫林又见飘红叶，怊怅经年别。青山尽处断云飘，眼底雁归人去路迢迢。　　关城霜落惊荒草，客鬓天涯老。萧萧芦荻也知愁，一夜万花飞白满汀洲。

（二）

黄花开遍怜秋暮，底事归期误。云开彭蠡见孤鸿，隔水萧萧芦叶战西风。　　寒生玉臂清辉满，梦阻关河远。红楼剪烛唱清歌，记得斜阳一角乱山多。

浣溪沙（二首）

（一）

接水长堤晚照寒，横空归雁破秋烟。林亭过雨百花残。　　万顷丛芦翻雪浪，一轮皎月转晶盘。瑶台人去几时还？

（二）

红烛纱窗梦不成，残星濯露向人明。西楼孤月冷无声。　　海内风尘新连触，天涯涕泪旧身名。梧桐坠叶响空庭。

鹧鸪天（二首）

（一）

寂寞梧桐小院秋，玉笙吹彻晚来愁。西楼十二重阑上，一片云罗淡不收。　　天似水，月如钩，满阶黄叶见萤流。金河照眼波千顷，可许乘槎作胜游？

(二)

暮雨潺潺客枕凉，洛城秋尽遍啼螀。千重云树连中岳，万古王侯上北邙。　　才几日，又重阳，黄花红叶感流光。人间不少兴亡恨，女几峰高木有霜。

王德愔

生卒年未详。女，福州人。著名词人王允皙（又点）之女，何振岱弟子。有《琴寄室诗词》。

瑶华·帘

重门掩树，朱槛凭花，带垂檐浓绿。凉云一片，低窣处、曾听玉奴歌曲。摇曳湘魂，算解慰词人幽独。最可怜、入夜尖风，护得纱窗红烛。　　几番燕子归迟，只枯坐无言，衣单寒缛。银钩漫上，有微月初挂，小楼西角。欲眠未忍，恁愁思如波难掬。怕梦见、千里来寻，隔断怎生重续？

台城路·游方广岩

盘盘小磴随林转，危峰插天如立。履薛防虚，攀萝怯仄，路滑筇枝无力。钟声渐密。看邃宇弥烟，凸岩悬石。法雨添泉，古檐垂溜日千滴。　　荒凉禅意更寂。问空山隐者，何地堪觅？箧里词篇，屏间画稿，留取颓云踪迹。沧桑暗易。念世外桃源，几人曾识？一片斜阳，暮蝉喧细翼。

风入松·初阳

烛龙初驾现神奇，珠气涌咸池。是谁窃得丹炉火，向云端、散彩飞翚。唤醒人间尘梦，片时山静川辉。　　园林新暖爱晨曦，桃李赖扶持。重帘融遍韶光好，仰虚空、流照无遗。应念堂前春永，负暄来傍阶墀。

水龙吟·燕溪客次寄念鹃

千丝离绪粘人，夜阑无梦披衣起。商声易警，杵残空巷，蛩喧苔砌。寒雨初停，青灯依壁，此时愁最。正天宽鸿杳，江长鱼少，音书断，谁相慰？　　总拟秋来归计。黯云阴、者般尘世。高城画角，遥天烽火，兰舟休舣。回首当年，衔泥社燕，都营新垒。愿升平再倚，梅花林下，共春风醉。

邓小苏

女，广东南海人。南社广东分社社员。

西江月

秋到瑶台良夜，波涵玉宇无尘。前身合是广寒人，照我雾鬟风鬓。　　且逐兔公归去，可逢猿叟交亲。乘槎便访饮牛津，剑气斗光堪认。

左又宜

女，字鹿孙，湖南湘阴人。夏敬观夫人。有《缀芬阁词》。

霓裳中序第一·用草窗韵

　　苔衣冷翠叠。乱石荒阶飞败叶。蛛网当门暗结。更古甓絮虫，颓垣筛月。香消臂雪。剩锦笺、都付吟箧。还追念、别巢燕老，软语向侬说。　　凄绝。银屏凉咽。叹客里、流光易灭。清商惟是怨别。怅泪湿红轮，腰冷金玦。唾壶敲又缺。怕更苦、阳关恨阕。秋如水、西风庭院，梦绕故园蝶。

暗　香

　　除夕庭梅盛开，置酒花下，以风琴谱白石《暗香》《疏影》词，声韵幽美，因与映庵各和之。

　　四山寒色。渐冷魂唤醒，灯楼横笛。细蕊乍舒，雪底阑边好攀摘。惊听催春戏鼓，休闲搁、吟笺词笔。趁此夕、一醉屠苏，花暖烛摇席。　　南国。思寂寂。叹岁去岁来，万感萦积。翠禽漫泣，仙梦罗浮那堪忆。清漏帘间滴尽，疏竹外、云封残碧。怕暗暗，年换也、有谁见得？

疏　影

苔盆种玉，倚绣屏婀娜，深夜无宿。碧袖天寒，朔管频吹，凄风弄响帘竹。熏笼纸帐烘才暖，但笑索、枝南枝北。想姹红、悉待春来，让却此花开独。　　同向灯筵送岁，醉颜对镜浅，杯映眉绿。末世悲歌，及早收身，可有孤山林屋？宵残蜡剩匆匆去，瞬间奏、落梅醋曲。恐渐携、卧陌长瓶，酒渍扫香裙幅。

解语花·白桃花

肥堆艳雪，澹却浓脂，生恐朱颜误。泪痕弹许清铅水，点滴袂罗娟素。天台旧路。怕玉洞、更无寻处。琼树新、春在楼东，子夜歌谁度？　　斜傍雕栏怨暮。恁千红成阵，珠玉频睹。倩魂来去。流连久、露井粉光无数。停樽待语。有淡月、清风迟汝。愁宴阑、门掩深深，同梦梨花雨。

叶成绮

女，字圣彦，生卒年未详。安徽桐城人。

忆江南

兰棹远，泪尽酒初消。不是秋城偏寂寞，一林风雨自萧条，重过旧年桥。

浪淘沙

小院伴回廊，如许秋光。几行疏柳滞斜阳。病起思人成兀坐，细数寒螀。　　几日又重阳，枕簟新凉。一痕烟雨划秋江。说到吴船风又软，枉费商量。

浣溪沙·秋夜忆徽姊

如水新凉沁薄帷，依前圆月小楼西。夜香烧罢翠帘垂。　　腰瘦不禁愁系绹，梦遥还赖酒扶持。天涯宁更有逢时？

卢青云

女，生年未详。出生于香港。曾任编辑、中学教师、电台节目主持人等。著作有《江山花雨》《万里书踪》等十馀种。

绮罗香·咏枫

绛色凝妆，燕支点黛，浴罢早凉甘露。不爱争妍，寒傲惯招人妒。休羡那、二月莺飞；更看足、三春蝶舞。最怜他隐约丹裳，年年只伴碧梧侣。　　叮咛谁共细雨，征雁都归南浦。孤高如许，冷入吴江，不屑仲春花谱。正清秋、霜染千林；尽化作、新诗题处。记当初、向晚停车，一番芳艳吐。

八声甘州·陇西道

驾轻车千里走边城，飘泊暂为家。望河西路远，重关内外，绝塞堪夸。万仞祁连山嶂，飞雪逐流霞。讯息惊尘漫，纷扰交加。　　回首玉门故垒，问遗踪何在，数点归鸦。傍交河驻马，缥缈夕阳斜。想当年、金戈星列，只空城、摇落听悲笳。凝眸处，有明驼在，瀚海风沙。

吕　凤

女，字桐花，江苏武进人。生卒年未详。有《清声阁词》。

蝶恋花·秋蛩

乍见莎根零白露。石砌墙阴，早把秋心诉。五夜凄清长絮絮，向谁絮尽愁千缕？　　摇落天涯声几许。一种情怀，和雁同辛苦。客梦离魂都付与，黄昏添上芭蕉雨。

浪淘沙

镇日雨潇潇，庭院萧条。春寒料峭上花梢。花信轮番催不发，黯淡花朝。　　块垒酒难浇，宽尽围腰。笔床书卷尽相抛。燕子不来帘幕悄，人病无聊。

鹊踏枝

春日迟迟人意倦。炷罢沉檀，珍重垂银蒜。不使浓烟空外转，怕他心字如丝乱。　　惯不加餐偏自劝。杯酒酬花，强把眉痕展。花总有情醒病眼，东风吹起愁无限。

过秦楼·燕

琐院留香，深堂迟燕，永昼惯闲银蒜。虾须织就，犀押抛残，窣地垂垂轻软。俫教一桁风前，花影重筛，珍珠零乱。看波翻雾胃，蝶迷蜂误，湘痕清浅。　　最无赖、隐约藏来，玲珑界处，咫尺天涯人远。斜萦细雨，暗度凉蟾，雅衬瑶窗纱茜。偏是游丝，无端飞上雕栊，粘将花片。把春光留住，为语等闲莫卷。

贺新凉

霜锁闲庭院。朗层霄、溶溶冰镜，素辉圆满。望到当头能几见，偏是北风吹乱。赚频岁、天涯人倦。一样良宵寒气重，想嫦娥、心事终难遣。守寂寞，瑶台畔。　　还丹分付蟾蜍炼。试新妆、娟娟千里，深情流远。悟彻盈亏欢意浅，不独华年轻换。俫耐尽、严更无怨。照到人间棋局变，恐神仙也觉眉慵展。清梦阁，几肠转。

刘嘉慎

女，字敏思，一字佩规。广东番禺人，生卒年未详。曾从况周颐学词。

浣溪沙·游虎丘作

迤逦郊行试跨驴，雨馀天气晚凉初。道旁时见柳扶疏。　　千古江山留霸迹，百年身世愧雄图。楝花风里唤提壶。

临江仙·秦淮烟雨

春色谁云如逝水，垂杨绿到而今。南朝胜地怕登临。苍茫四顾，王气久销沉。　　画舫笙歌无恙否，花时几换晴阴。溟濛烟雨碧波深。乱云迷岫，凝伫更长吟。

菩萨蛮

春风妆出花如许，年年引动游人绪。对景独徘徊，呢喃燕又来。　　柳丝随意绿，底事萦心曲？四海可为家，登楼感岁华。

金缕曲·归国有感

　　故国依然否？览江山、年时金粉，不堪回首。生不逢辰天方蹶，又值箕张有口。看起陆、龙蛇飞走。阳战阴凝天地闭，慨民生际此同刍狗。谁分辨，苗和莠？　　摩挲铜秋悲阳九。阅沧桑、团栾无恙，几家能有？大纛高牙人争羡，吾意毋为牛后。弹指顷、炎隆非旧。三径宁无干净土，赋归来记彼柴桑叟。松与竹，岁寒友。

张端仪

女，广东番禺人，沈芷邻媳，仲强室。

踏莎行·听雨

斗转参横，青灯照老，窗前寒月如钩小。卷帘无语对嫦娥，叮咚玉漏馀音袅。　　乍觉凄凄，旋闻悄悄，枝头惊起双栖鸟。彻宵迢递断侬魂，琴边枕畔天难晓。

长相思·春怨（三首录一）

花作团，蝶作团，斜抱云和不忍弹。罗衣怯暮寒。　　路漫漫，水漫漫，枝上流莺唤梦还，何曾到玉关。

昭君怨·古剑

昔日项庄曾舞，伍子虚酬渔父。土锈雪花寒，敛芒光。　　莫把光芒尽敛，还汝本来气焰。飞去斩枭雄，奏奇功。

张祖铭

女，字织云，原籍江苏铜山县。关赓麟继室，夫妇唱和，有《饴香集》二卷。

蝶恋花·和外子《豳风堂晚饮》元韵

万绿葱茏含宿雨。霁色初开，亭树清无暑。一棹烟波容与处，垂杨院落谁为主？　　薄暮马嘶人渐去。凉月如钩，照我行还驻。芳草粘天丁字路，双双归鸟池边树。

念奴娇·菱角坑待雨同外子作

藕花深处，正绿杨倒蘸，柔波如镜。长日作何消夏法，池上好寻芳讯。翠盖摇烟，红桥望雨，绘出江南景。浓阴做晚，转增无限诗兴。　　隔岸人影衣香，霓裳曲里，风颤钗头胜。恨事新亭谁省识，玉树后庭休听。烟暝横塘，人行古渡，满地参差影。此时归也。再来莫误花径。

菩萨蛮·别思

柳丝低拂阑干绿，锦衾斜掩屏风曲。何处系离愁，楚云天尽头。　　碧窗魂一缕，杜宇凄凉语。别泪背人弹，杏花春昼寒。

菩萨蛮·暑退

水晶帘底笼香雾，画梁紫燕双来去。欹枕碧琉璃，绿窗初醒时。　　庭花初转午，一霎芭蕉雨。独自凭回阑，罗衫暗地寒。

雨中花·杏花

春闹繁枝交蝶舞。引芳径、泥人纤步。怅连夜东风，万花如糁，失却溪头路。　　燕啄胭脂犹几许。正迷蒙、冷烟疏雨。忆三月江南，卖花时节，应遍红千树。

虞美人·蝴蝶

天涯芳草笼云暖，来去千千转。栖香心事惯
依人，又是几番疏雨送黄昏。　　游丝不系纤腰
住，魂断江南路。寻芳何处趁残红，无奈翩翩弱
体不禁风。

眼儿媚·落花

落花时节瘦人天，独立画栏前。无奈风颠，
偏招雨妒，春梦谁边？　　残红满地无人管，惆
怅绿杨烟。收拾胭脂，载将馀恨，都付啼鹃。

张雪茵

号双玉，女，生年未详，安徽安庆人，寓居台湾，曾任诗学研究所研究员。有《双玉吟草》。

虞美人

泪湿阑干花着露，春在缠绵处。东风织恨柳梢头，叶叶枝枝摇曳不胜愁。　　伤心游子天涯住，都被飘零误。薄寒天气卷帘迟，才卷珠帘又数燕归期。

菩萨蛮

烟笼远树愁如织，河山变色空陈迹。无语独凭阑，落花风雨寒。　　旧欢何处觅，芳草连天碧。海上月初生，思亲魂梦萦。

鹧鸪天

月满城楼风满溪，好扶乡梦到桥西。苍茫故里知何处，雁怯重云未肯归。　　情脉脉，思依依，归期欲卜更无期。姮娥应解怜孤客，莫向天涯照乱离。

贺新凉

　　一片溶溶月。祇昨宵、洞箫声里，伴人愁绝。容易天涯长作客，捱过深秋时节。偏又听群鸿声咽。暝色苍茫关塞黑，唤西风吹落千林叶。凝望眼，寸肠结。　　江南景物休重说。更伤情、新亭遗址，坏云千叠。况是秦淮风浪起，画舫笙歌都歇。怕也似寒涛呜咽。漂泊我如杨柳树，客殊乡、惯送人离别。檀板尽，短歌缺。

罗 庄

女，生卒年未详。浙江上虞人。字孟康，有《初日楼稿》。

采桑子（十首录八）

戊辰春暮，侍两大人赴杭作湖上之游。是役尽室偕行，流连数日，殊惬素心。因仿欧阳公《西湖好》词成短调十阕，地虽不同，景则无殊，故首句皆用原词。醉翁兼咏四时，兹亦仿之，效颦之讥，其曷敢避。

（一）

春深雨过西湖好，可惜来迟，绿暗红稀，粉蝶黄蜂亦懒飞。　　孤山梅子青如豆，剩有蔷薇，密刺攒篱，风动浓香尚袭衣。

（二）

画船载酒西湖好，却笑无能，薄醉难胜，纵有新醅不敢倾。　　披襟赢得船头坐，指点遥青，认出南屏，醒眼看山分外明。

（三）

群芳过后西湖好，新绿团阴，清昼愔愔，垂柳池塘浴锦禽。　　落红几点浮花港，风起看沉，惊散鱼针，破藻穿萍入水深。

（四）

何人解赏西湖好，雨雾中宵，绿涨三篙，晓趁平波泛画桡。　　四围山色浮空翠，日出烟消，水石清寥，鹤御天风下九霄。

（五）

清明上巳西湖好，想见游人，绮陌骄春，拾翠拈红闹十分。　　我来花信风都过，弦管无闻，目断香尘，不听轻雷响画轮。

（六）

荷花开后西湖好，短桨清歌，一棹凌波，万顷香中缥缈过。　　红幢翠盖看难厌，水国凉多，衣怯轻罗，暝色催人可奈何。

（七）

　　天容水色西湖好，安得清秋，来伴闲鸥，红蓼花中共拍浮。　　夜凉何用愁风露，艇系芳洲，人上层楼，绕郭烟岚一望收。

（八）

　　残霞夕照西湖好，映水丹枫，夹岸芙蓉，远渚通明上下红。　　惟馀一事堪惆怅，不见雷峰，塔影凌空，遗址荒凉对晚风。

俞令默

女，浙江杭县人。

清平乐

落红无数，正是愁来路。休倚高楼吟旧句，杜宇声声不住。　　春光去也匆匆，纵教留恋无从。痴绝天涯飞絮，终朝犹逐东风。

蝶恋花·宵深见月

碧海青天怜皎洁。一样人间，两样团栾月。如此凄清如此夕，任伊桭触年时别。　　霜冷离鸿音信绝。彻夜思量，底事成胡越？不愿珠圆宁玉缺，为情瘦损情知得。

赵连城

女，广东中山人。冯秋雪室。澳门雪社、广州锦社社员。

陌上花

闲居有忆桂林寇警逃难沿江南下景况，倚此记之。

漓江水碧，栖霞云淡，暗蛩催晚。机影军声，愁绝小檐雏燕。六年八口同流转，惘惘心情何限。记仓皇散乱，千舸连樯，沧波哀断。　　尽江山黯黯，沉沉夕照，碧血啼痕相半。满眼新愁，阳朔景光谁玩？可怜万姓跄踉日，道路死生天管。看龙平在望，凄凄人面，又惊风剪。

程倩薇

生卒年未详，女，广东人。

扬州慢·闻平津警报

金寸山河，铁围区脱，从教虏骑凭陵。问貔貅坐拥，甚面目谈兵？叹神州、微茫禹迹，膻腥染遍，谁误苍生？悄危阑闲凭，愁闻哀角声声。　　杞忧莫诉，便痴顽、也自心惊。怅虎豹当关，荆榛塞路，难请长缨。抚剑雄心犹在，浇清醑、块垒宁平？更伤情长望，龙沙凄黯征程。

蒯彦范

女，字燕雏，上海人。寿鈇弟子。

霜花腴·石工师命题《珏庵填词图》

四明往日，甚冷芸残熏，唱入晴烟。凝绪红鼙，冒情碧鳞，东风将息吟边。唾馀泪潸。数新腔、按出尊前。记年时、醉雨声中，锦温花谷总依然。　　休道梦窗憔悴，检签腾乱叶，艳进丝栏。大漠衣尘，江南花事，愔愔分付蛮笺。短歌雾鬟。影画绡、楼宇高寒。算销魂、一卷霜腴，倚毫相并看。

高阳台·和趣园词集原韵

桃莩初酤，莎庭乍软，画檐絮柳微狂。廿四番风，春禽唱暖韶光。夕阳只为新晴好，费安排、今日词场。漫沉吟，浅醉花前，曲水流觞。　　多情一例游踪驻，对绿肥红瘦，相与平章。燕子呢喃，引歌按入宫商。年华过客何须管，伫朝朝、觅句丛香。趁芳辰，俊侣传笺，几折诗肠。

绛都春·蛰园牡丹，步石工师原韵

红欹茜坠，是胃影露浓，扶花轻醉。罗舞瘦腰，袖薄吹香，斜阳咫、胭脂半染相思字。付绣径深丛吟费。流连俊客，流莺递语，小春芳事。　　一例。琼宫密萼，总无主、莫问嫩晴荒寺。浅弄洞箫，梦缅芳心，繁枝底、殢情粉镜娇无地。待移向、雕阑闲倚。几番觞羽襟尘，绛都清丽。

惜黄花慢·琼岛登高，借彊村翁韵

慵数年芳。正楚蒌零落，来醉荑觞。登临极目，凭高望远，徘徊送日，菊绿橙黄。卷帘莫讯销魂句，飐双袖、无那新凉。奈帝乡。俊游宸跸，飞盖惊霜。　　镜漪一碧如江。便闹红一舸，片霎沧桑。蓦然回首，依稀旧苑，弄秋易晚，又是重阳。嫩寒不许晴光驻，胃眉翠、试整轻妆。甚断肠，短辞银粉流香。

菩萨蛮（二首）

（一）

大堤一夜风吹暖，望中草色茸茸软。无语立窗前，杨枝瘦可怜。　　冬山留睡影，社燕归飞迥。向晚莫徜徉，徜徉空断肠。

（二）

轻寒作弄愁时候，东皇肯唤花开否？往事等闲休，楼前空水流。　　隔篱莺乍啭，酿得韶光浅。帘影日迟迟，新痕上绿枝。

翟贞元

生卒年未详，女，江苏泰兴人。

曲游春·咏燕

俊羽轻盈甚，拂柳荫花径，来去如织。细啄芹泥，垒香巢应在，雕梁帘隙。泪眼楼头，问知否、行云消息？纵呢喃软语殷勤，留得几分春色？　　记得铜驼巷陌。怅往事依稀，多少游勒。瀚海飘零，趁云深梦暖，剪红裁碧。花雨林间湿，休轻负、江南寒食。怕等闲、换了韶光，乌衣路隔。

八六子·月夜泛舟北湖

暮霞沉。玉轮涵水，湖山映带平林。看远浦萦青绕白，满船鬓影衣香，暂停柳荫。　　吾生难觅知心。好景芳时难得，浓欢乐事重寻。但入夜、空闻打城潮急，素波流月，对人无语，那堪点点惊鸥不定，霏霏凉雾初侵。散幽襟。哀蝉柳边又吟。

满江红·秋思

悄倚危楼，看节序、橙桔又逢。风袅袅、洞庭波远，谁采芙蓉？又是关山飞木叶，不堪沟水各西东。更琵琶瑟瑟起寒江，孤舫空。　　湘江恨，愁未融。湘累怨，几千重。叹寻常风月，一瞥无踪。天外哀鸿惊好梦，梵宫遥夜度疏钟。渐凄凉月色转虚栏，移井桐。

拜星月慢

槛菊开残，阶桐落尽，满月秋光零乱。倦客天涯，有羁情无限。更愁绝、盼到西风，音信无准，一水兼葭人远。向晚鸣榔，助离人凄怨。　　念韶华、瞬息成虚幻。青鸾里、暗自朱颜换。堪叹十载江南，早繁华过眼。到如今、旧梦云烟散。空赢得、镇日眉难展。向夜永、剔尽灯花，独听残北雁。

东风第一枝·春柳

缕缕娇黄，丝丝淡碧，东风着意搓就。爱伊摇月藏烟，恰值断桥芳昼。经番晴雨，看一抹、鸦黄初透。算岁岁、带雨攀条，赢得泪丝沾袖。　　千万路、驿亭纤手；千万恨、渭城娇口。寄声旧日章台，系住俊游能否？凝妆楼上，又怕见、陌头人瘦。莫等闲、吹老杨花，催起别情如酒。

过秦楼·拟清真

木落空山，波沉南浦，客里更逢秋晚。霜晨画角，月夜疏砧，唤起别愁千万。犹忆执手河桥，别语分明，晓风吹散。念妆楼日日，阑干凭遍，困酣心眼。　　空望断。叠叠云山，重重烟水，锦字难凭鱼雁。黄花摘露，红叶沾霜，冉冉物华轻换。争奈无端，梦中归骑疑真，迎门笑浅。又秦箫咽月，吹彻相思一片。

翟兆复

女，广东，惠阳人。

小重山

淅淅萧萧竹打墙，愁深怜梦短，夜偏长。问谁踯躅曲栏旁。怀幽恨，起步月流霜。　　家国两凄惶。高堂生白发，结中肠。羞看珠泪灿寒光。儿女态，负我志轩昂。

鹧鸪天

为避斜风户不开，无聊重把绮窗推。灯前沉水摇烟弱，帘外轻寒挟雨来。　　人语歇，漏声催，才舒衾枕又徘徊。生愁今夜游仙梦，未到瀛洲被唤回。

黎　徽

女，字墨君，广东顺德人，词人黎国廉（季裴）之女，谭长蘐（元博）室。

摸鱼儿·过某废园

过园亭、问谁为主，草间狐兔惊起。萧萧翠竹深如束，岁久无人料理。歌舞地。剩燕麦兔葵，摇荡春风耳。凋残百卉。算只有殷勤，树间啼鸟，似续旧歌吹。　　风流事、昔日诗词迤逦，名园金谷同比。繁华已散香尘逐，尽付无情流水。今徙倚。看坏石颓垣，落日留寒沚。韶华老矣。但一径青芜，双飞粉蝶，黯淡斜阳里。

齐天乐·蝉

午阴急送幺弦响，依稀乍闻林表。倦咽高槐，还藏嫩柳，吟断几回昏晓。仙衣脱了。记奁镜当年，鬓鬟轻窈。冷落齐魂，故宫庭院已残照。　　梧桐叶疏尚抱。但吟风饮露，高洁难饱。碧树无情，金风又换，试问凄凉多少？斜阳树杪。才唤得秋来，又随秋老。断续琴丝，一声声渐杳。

摸鱼儿 · 新雁

又凄凄暮秋摇落，惊寒宾雁初至。衡阳目断关山远，飞度荻花秋水。霄汉里。有几点轻霜，寒逼凌云翅。征程万里。正落木催寒，荒芜映月，零落数行字。　　霜满地。结阵共言归计，一群天外嘹唳。相呼暮雨休相失，撩动玉关愁思。归去未？正远戍征夫，洒尽思乡泪。庚邮待寄。听牧马遥嘶，胡笳互动，长夜不成寐。